Même pas en rêve

DANS LA MÊME SÉRIE

1. *Gossip Girl*
2. *Vous m'adorez, ne dites pas le contraire*
3. *Je veux tout, tout de suite*
4. *Tout le monde en parle*
5. *C'est pour ça qu'on l'aime*
6. *C'est toi que je veux*
7. *Je suis parfaite, et alors ?*
8. *Ma meilleure ennemie*

gossip girl

Même pas en rêve

Roman de

Cecily von Ziegesar

Fleuve Noir

Titre original :
Only In Your Dreams

Traduit de l'américain par
Marianne Thirioux-Roumy

ISBN : 978-2-265-08588-6

Elle est comme Alice au pays des merveilles,
et son allure et sa prestance sont un mélange subtilement dosé
de la Reine rouge et du Flamant rose.

Truman Capote

gossipgirl.net

thèmes ◀précédent suivant▶ envoyer une question répondre

Avertissement : tous les noms de lieux, personnes et événements ont été modifiés ou abrégés afin de protéger les innocents. En l'occurrence, moi.

Salut à tous !

C'est l'été depuis cinq petites minutes et, déjà, il fait 38 °C sur les trottoirs de la ville. Heureusement, nous pouvons enfin larguer nos uniformes en crépon de coton bleu et blanc hideux et fatigués – pour *toujours*. À moins que nous ne décidions de les ressortir du placard à l'occasion de notre première fête de Halloween à l'université. Les kilts plissés rendent les garçons dingues !

Ça n'a pas été facile facile de survivre à quatre années de lycée, de doser les fêtes, le shopping, les études, les fêtes et le shopping avec juste ce qu'il faut de grâce et d'aplomb pour pouvoir atterrir dans l'Ivy League. Mais nous l'avons fait, et nous avons les diplômes – et les cadeaux qui vont avec (*vroum, vroum, vroum !*) pour le prouver.

Au cas où vous auriez eu la tête sous un rocher pendant toute l'année, nous sommes les jeunes qui mettent la même énergie à nous amuser qu'à faire du shopping, et, maintenant que nous avons constitué notre nouvelle garde-robe d'été, il est temps de nous éclater comme il se doit. Vous nous connaissez, et il n'y a aucun mal à l'avouer : vous aimeriez être comme nous. Nous sommes les filles qui arpentent Manhattan en robes bain de soleil Marni impeccables et en tongs Jimmy Choo tant-pis-si-on-les-bousille. Nous sommes les garçons-bronzés-depuis-les-vacances-de-Pâques-à-Saint-Bart qui descendent un Tanqueray-tonic dans des flasques en argent d'époque sur le toit du Met. L'été est là, et les préoccupations fastidieuses telles que les cours avancés ou les exams d'entrée à l'université sont derrière nous. Ces deux prochains mois, ce ne sera que du bon : amour, sexe, gloire et *infamie*. À ce propos, justement…

LA FILLE LA PLUS CÉLÈBRE EN VILLE EST SUR LE POINT DE DEVENIR ENCORE PLUS CÉLÈBRE :

Elle est déjà une légende locale, mais pourrait-elle briguer une toute nouvelle notoriété? Genre, les couvertures de *Vanity Fair*, et les premières sur tapis rouge? Ça m'en a tout l'air maintenant que **S** a réussi à décrocher le seul job d'été qui *valait le coup* : un grand rôle dans un grand film hollywoodien – dirigé par Ken Mogul, cette crapule de réalisateur potentiellement cinglé – où elle va donner la réplique à une mégastar, le sublime **T** à la barbe dorée de plusieurs jours. Attention, *syncope en vue*. À en juger par l'histoire de **S**, **T** ne devrait pas tarder à devenir son partenaire également hors écran. Il y en a certaines qui ont vraiment le cul bordé de nouilles.

Même si tout le monde pensait que le rôle était *fait* pour **O**, il semblerait qu'elle se soit remise d'avoir perdu face à sa meilleure amie… une fois de plus. Peut-être s'y habitue-t-elle ou peut-être est-elle trop occupée à prendre son pied avec son nouveau petit copain délicieux, dans les draps crème en coton égyptien aux six cents fils de l'hôtel Claridge de Londres ! C'est vrai, son aventure enivrante avec lord **M**, ce gentleman anglais bien foutu, a fait changer le décor d'un New York torride à un Londres huppé. Et je n'ai aucun mal à les imaginer faire bon usage de la suite de **O**. Il va de soi que le manoir de lord **M** est censé être encore plus agréable que le Claridge, si tant est que ce soit possible – alors pourquoi ne séjourne-t-elle pas chez lui ? Nous ne tarderons pas à le savoir – des bruits sur ses frasques retraversent déjà l'océan Atlantique.

Des informations scandaleuses sur **N,** notre chouchou perpétuellement défoncé mais tout aussi perpétuellement mignon, arrivent aussi en ville – bien qu'il ne se trouve qu'à deux pas d'ici, dans les Hamptons où il fait toujours beau. Il galère grave à Long Island après le sale épisode du vol-de-Viagra-à-son-entraîneur-de-lacrosse-et-de-la-suspension-de-diplôme. Il paraît qu'il est déjà bronzé et qu'il transpire sans arrêt à force de refaire la toiture de la maison de son coach. Certaines autochtones passent en voiture exprès, rien que pour le mater torse nu. Pendant ce temps, *de ce côté* de Long Island – à Brooklyn, pour votre info – on a vu **V** tirer les bénéfices de sa courte cohabitation avec **O**. Hello, robe portefeuille en soie noire DVF ! Il n'y a que **O** pour *la* laisser comme une vieille brosse à dents usée ! Nul ne sait si **V** a eu une aventure avec les deux protagonistes de ce duo demi-frère et sœur, mais **A** et **O** ont tous les deux continué leur route en tout cas. Au sens littéral du terme. Aux dernières nouvelles, **A** s'est lié d'amitié avec une danseuse du ventre tatouée à Austin, Texas, qui a deux bébés boxers. Dieu merci pour **D** – on l'a vu dans tous les coins de la ville s'en mettre plein la vue comme un touriste. En voilà un que son grand saut à l'ouest à l'automne rend tout sentimental.

VOS E-MAILS :

Q: Chère GG,

Alors voilà, je me trouvais à l'aéroport de Heathrow, en route pour ce pensionnat anglais de tapettes, où mes parents me forcent à aller dès cet été, quand devine qui j'ai vu ? **O**, *alias* la fille de mes rêves ! Je croyais que mes problèmes étaient résolus, jusqu'à ce que j'arrive sur le campus et entende trois rumeurs *vraiment* inquiétantes :

1) **O** ne sort pas seulement avec un connard d'Anglais, elle lui est *fiancée*.

2) *Il* est déjà fiancé à quelqu'un d'autre.

Et le plus fou :

3) Lord Connardino ne satisfait pas les besoins de femme de **O**, si tu vois ce que je veux dire. Il est peut-être trop fatigué à force de passer du temps avec sa fiancée ?

Donne un coup de main à un frère, s'il te plaît. Je vais péter un câble, grave, si je ne trouve pas de fille qui sait que le football américain, ce n'est pas la même chose que le foot !

— B Back on the Market

P.S. : *Moi*, je dure toute la nuit.

R: Cher BB on the M,

Je ne sais pas comment ils font en Angleterre, mais ici en Amérique, dix-sept ans, c'est bien trop jeune pour se marier. Ouh ouh, on n'a même pas encore fait de trucs avec nos potes de résidence universitaire ! Ne bouge pas. Rien ne dure éternellement…

— GG

P. S : Toute la nuit, tu dis ? À quoi tu ressembles, déjà ?

Q: Chère GG,

Il m'a fallu beaucoup d'implorations et de supplications, mais j'ai fini par convaincre mon père de casquer pour une location d'été à Southampton, juste pour mes amis et moi. Voilà que nous, nous y sommes, mais il n'y a personne. Alors, qu'est-ce qui se passe ?

— No Sex On The Beach.

R: Chère NSOTB,

Si tu veux savoir, arriver trop tôt dans la saison dans les Hamptons est un peu... eh bien, vulgaire, sauf si tu y es *obligée*, comme certaines personnes que je connais. En attendant pourquoi ne pas tout restructurer ? Tu as une maison entière à ta disposition – transforme ces draps ABC Carpet & Home aux motifs de feuilles de palmier en toges et mets-toi dans l'esprit universitaire !

— GG

ON A VU :

O accuser un bagagiste de Virgin Atlantic de lui avoir volé l'un de ses *innombrables* strings Cosabella en dentelle dans son sac marin Tumi. Ça lui apprendra à prendre un vol commercial ! **S**, lire – *lire* ? Ouh ouh, l'école est finie ! – une édition de poche usée de *Diamants sur canapé* sur un banc ombragé dans Central Park. Elle l'évoquera sûrement un jour dans l'émission *Inside The Actors Studio*. Un **N** en sueur chevaucher, chevaucher, chevaucher – voyez jusqu'où m'entraîne mon imagination ?! – son vieux Schwinn rouge à dix vitesses dans le centre de East Hampton. Qu'est-il arrivé à la Range Rover ? **V**, chez Bonita, ce minuscule resto mexicain rustique à Williamsburg, demander à quelqu'un de nettoyer sa table avant de s'asseoir. Peut-être que **O** a bien déteint sur elle. **D**, baguenauder sur West End Avenue pendant des heures – d'ailleurs, où est-il censé *garer* cette énorme maquereaumobile, la Buick bleue qu'il a gagnée en cadeau de bac ?

C'est tout pour aujourd'hui. Je me casse. Après tout, pas besoin d'être un crétin de matheux en route pour le MIT[1] pour comprendre qu'il ne nous reste que onze semaines d'été – soixante-dix-sept jours, pas plus – avant de devoir nous débattre avec des choses telles que les résidences universitaires mixtes, ou savoir si l'on peut choisir « stylisme » comme matière principale ; et peut-être vivre une aventure parascolaire torride avec ce prof de littérature anglaise probablement-supermignon-sous-son-blazer-en-tweed-et-son-nœud-papillon. Mais ne tirons pas de plans sur la comète ; il fait chaud dehors, et les choses sont déjà torrides. La vie est pleine de mystères – sans parler de bombes en bikinis à pois et de beaux gosses en shorts de surf pastel. L'été, sans règles ni horaires, offre le cadre parfait pour que l'on se lâche, grave. Là, je prends mes lunettes de soleil Gucci rose clair trop grandes pour moi, un exemplaire du *Elle* français, un écran total Guerlain et une serviette Missoni à rayures turquoise et mandarine, direction le parc. Quel coin du parc ? Vous n'aimeriez pas le savoir ?

Vous m'adorez, ne dites pas le contraire,

gossip girl

1. Massachusetts Institute of Technology. *(N.d.T.)*

le jeune couple en voyage de noces

— Bonjour, madame ! roucoula une voix féminine à l'accent britannique superguilleret.

Olivia Waldorf soupira et se retourna sur le côté. Elle se trouvait à Londres depuis trois jours, mais ne s'était toujours pas remise du décalage horaire. Pourtant elle s'en fichait : c'était un petit prix à payer pour revoir lord Marcus, son petit ami-anglais-au-sang-noble-mais-bien-réel, aussi-beau-qu'une-vedette.

Wendy, l'une des trois femmes de chambre dont les services 24 heures sur 24 étaient offerts avec la suite de luxe d'Olivia au Claridge, traversa le parquet blond dans un claquement de talons et déposa un lourd plateau en acajou sur le lit king-size, si grand que la jeune fille l'avait divisé en quatre parties : une pour dormir, une pour manger, une pour regarder la télé et une pour le sexe. Jusque-là, *cette dernière* n'avait pas été utilisée. Wendy tira les épais rideaux de velours bordeaux sur le gigantesque mur de fenêtres, inondant l'immense pièce de lumière. Elle se réfléchit sur le plafond opulent aux filigranes d'or, et se réverbéra sur les miroirs aux dorures qui tapissaient le dressing-room adjacent.

— Aïe ! cria Olivia en tirant l'un des six oreillers somptueux en plumes d'oie sur sa tête pour protéger ses yeux du soleil.

— Le petit déjeuner comme vous l'avez demandé,

miss Waldorf, annonça Wendy en soulevant le couvercle en argent du plateau pour révéler une bouillie d'œufs brouillés trop liquide, de grosses saucisses graisseuses et une flaque de tomates trop cuites, le tout peu ragoûtant.

Cuisine anglaise classique. Miam-miam.

Olivia lissa ses cheveux châtains ébouriffés et releva les bretelles du caraco Hanro rose clair qu'elle portait pour dormir. La nourriture avait l'air dégueulasse, mais elle sentait superbon. Oh tant pis, elle méritait bien un petit plaisir, non ? Faire du tourisme dans West London la veille lui avait ouvert l'appétit.

Si « visiter » Harrods, Harvey Nichols et Whistles s'appelle faire du tourisme.

— Et votre journal, ajouta Wendy en déposant l'*International Herald Tribune* sur le plateau avec un grand geste du bras.

Olivia avait demandé le quotidien à son arrivée – une femme de Yale devait se tenir au courant des événements dans le monde, après tout. Et tant pis si elle ne s'était pas encore attaquée à la partie « lecture ».

— Est-ce que ce sera tout ? demanda Wendy d'un ton guindé.

Olivia acquiesça d'un signe de tête et la domestique disparut dans le salon. La jeune fille transperça une énorme saucisse d'un coup de fourchette en parcourant la première page du journal. Mais la minuscule police de caractère et les photos prosaïques étaient si rasoir qu'elle ne parvint pas à se concentrer. Le seul journal qu'elle lisait, c'était le supplément Styles du *New York Times* du dimanche, et encore, pour chercher des visages familiers sur les photos des soirées de charité. Pourquoi une femme avec sa grande expérience du monde aurait-elle besoin de lire les nouvelles du monde, d'ailleurs ? Elle *faisait* les nouvelles du monde.

Si Olivia avait toujours été impulsive, sa présence à Londres était en fait l'idée de Marcus. Le cadeau de bac du jeune homme – à part les boucles d'oreilles Bvlgari tellement extravagantes qu'elles en étaient ridicules – avait été un billet d'avion pour Londres. Olivia avait imaginé des semaines de pluie, à rester enfermée dans son immense château de pierres et faire l'amour non-stop – comme quand on fume clope sur clope – et à ne s'arrêter que pour ronger une patte de mouton froide, ou n'importe quel autre snack médiéval stocké dans la cuisine primitive mais bien achalandée du château. Mais Marcus était tellement occupé à travailler pour son père qu'il avait eu seulement le temps de déjeuner avec elle et de la bécoter rapidement.

Jetant le journal par terre sans l'avoir ouvert, elle chercha le *Vogue* anglais sur sa table de nuit – elle avait fait le plein de tous les magazines britanniques pour savoir ce qu'il fallait acheter et où l'acheter – lorsque son Vertu fin comme un rasoir sonna joliment. Une seule personne possédait son nouveau numéro londonien.

— Allô ? répondit-elle de sa voix la plus sexy, la bouche pleine d'œufs brouillés.

— Darling, fit lord Marcus Beaton-Rhodes avec son charmant accent britannique. Je passe te voir. Je voulais juste m'assurer que tu étais levée, ma jolie.

— Je me lève ! Je me lève !

Olivia était incapable de maîtriser son excitation. Elle avait passé les deux dernières nuits toute seule, et son excitation sexuelle, à son comble, frôlait la frénésie. Comment avaient-ils tenu jusque-là sans l'avoir fait, elle l'ignorait. La chance d'un interlude matinal sans culotte se présentait-elle ?

— Bien, poursuivit-il avec sa charmante façon bien à lui d'aller droit au but. Je serai bientôt là. Et j'ai une surprise.

Une surprise ! songea Olivia, étourdie, en refermant son téléphone. C'était *précisément* le genre de réveil téléphonique qu'il lui fallait pour la faire sortir du lit. Elle se précipita dans la salle de bains en se débarrassant de ses vêtements. Serait-ce des roses et du caviar ? Du champagne frappé et des huîtres ? Il était un peu tôt le matin pour ça, mais à en juger par le dernier cadeau qu'il lui avait offert – les boucles d'oreilles en perles Bvlgari, avec leurs O en or qui pendillaient – ce devait être un beau cadeau. Un symbole tout aussi exquis de son amour éternel ? Tout le monde à New York était si follement jaloux de son petit ami anglais parfait qu'ils avaient fait courir des rumeurs selon lesquelles Marcus était déjà fiancé. Il existait un seul moyen d'enterrer *ce* ragot à jamais : rentrer à New York une bague de lui au doigt. De préférence un diamant sans défaut, quatre carats, taille émeraude, bien qu'un vieux bijou de famille fît aussi l'affaire.

Comme c'est humble de sa part.

Lord Marcus l'avait initialement invitée à passer l'été dans le manoir de Knightsbridge de son père, mais quand il était allé la chercher à Heathrow dans sa Bentley crème avec chauffeur, il l'avait emmenée directement au Claridge. « Nous n'avons simplement pas la place, mon ange », lui avait-il murmuré à l'oreille, son souffle chaud envoyant des frissons le long de sa colonne vertébrale, alors que le réceptionniste lui donnait la clé de sa chambre. « De plus, quand je passerai te voir, nous aurons une intimité totale. »

Bien, que répondre à cela ?

Olivia ne savait pas au juste ce que faisait le père de

Marcus dans la vie, mais cela avait un rapport avec les bons et obligations, et quoi que ce fût, ça avait vraiment l'air rasoir. Marcus faisait un stage au bureau de son père pour l'été, et se coucher tard et se lever tôt signifiait qu'il lui restait très peu d'énergie pour… le sexe. Olivia, qui ne l'avait fait que quelques fois avec Nate Archibald, mourait d'impatience d'essayer avec quelqu'un plus âgé et plus expérimenté, comme Marcus – même si baiser avec Nate n'était pas si nul.

Son tonique de bain La Mer au romarin et son dentifrice Marvis à la menthe masquant la puanteur des œufs brouillés et des tomates, elle retourna dans la chambre à toute allure et sauta au lit. Elle ne portait qu'un brin d'eau de bain parfumée à la lavande, Chanel nº 5 et les boucles d'oreilles Bvlgari qu'elle n'avait pas ôtées depuis sa soirée de remise des diplômes au Yale Club, voilà un peu plus de deux semaines.

Après avoir lâché le petit appartement de Vanessa Abrams dans un Williamsburg louche et miteux, et sans avoir aucunement l'intention de retourner dans le monde de fous qu'elle appelait auparavant son chez-elle, Olivia avait décidé de vivre au Yale Club. Lord Marcus et elle s'étaient rencontrés dans l'ascenseur, et son accent sexy et son jean bien repassé l'avaient immédiatement fait craquer. Le destin avait voulu que leurs chambres soient voisines, et elle imaginait parfaitement son souffle anglais sexy dans son cou avant même qu'ils ne s'embrassent – ce qui s'était passé le soir même. Après s'être épanchée auprès de lui devant six ou sept cosmos, Olivia était tellement sûre d'avoir trouvé l'amour de sa vie qu'elle lui avait pratiquement sauté dessus. Elle était trop éméchée – et lui, bien trop gentleman – pour aller au-delà d'un simple baiser. Mais *tout cela* allait changer.

Elle remonta les draps sur son corps et alluma une

cigarette, prenant une pose qui disait : « *Je suis en lune de miel et crevée à force de le faire, mais que diable, recommençons !* » Elle attrapa le journal par terre et le tourna à la première page pour faire croire qu'elle le lisait. Voilà. Parfait. Une bombe intellectuelle. Une femme qui connaît le monde et lit tout ce qui concerne les crises internationales – et préférait discuter desdites crises *au lit.* Si seulement elle possédait des lunettes de lecture *vintage* années 50 pour les mettre sur le bout de son nez !

Autant qu'il te voie nue avec !

Juste alors, lord Marcus ouvrit la porte de la chambre à la volée et Olivia tourna lentement la tête, comme si elle avait du mal à se détacher de la crise actuelle de la volaille en Asie. Il portait un costume d'été charbon, parfaitement taillé sur mesure, avec un T-shirt James Perse olive en dessous qui rendait ses yeux très verts encore plus sérieux, foncés et tellement prometteurs.

— Que se passe-t-il donc ? fit-il en fronçant ses sourcils châtain doré. Tu te souviens que j'ai dit que j'avais une surprise ?

— J'en ai une pour toi, moi aussi, roucoula Olivia d'un ton sexy. Viens regarder sous les draps.

— Bien, poursuivit-il, quelque peu impatiemment. Habille-toi, mon petit.

— Je ne veux pas, protesta-t-elle en faisant la moue.

Il traversa la pièce à toute allure et déposa un baiser rapide sur son nez.

— Plus tard, promit-il. Maintenant habille-toi et retrouve-moi en bas dans le hall.

Puis il tourna les talons, quitta la pièce et laissa le corps d'Olivia parfumé, bien hydraté et épilé, nu et seul.

La surprise avait intérêt à être bonne.

Olivia sortit de l'ascenseur lambrissé vêtue d'un ensemble choisi à la hâte : une tunique Tory Burch chocolat (merci, Harrods !) son vieux jean True Religion préféré et de gros sabots gold Marc by Marc Jacobs. Elle avait tout de la jet-setteuse en vacances. Parfait pour une petite excursion d'un week-end à Tunis dans le jet privé de lord Marcus. Et si c'était *ça*, la surprise ?

Le hall d'hôtel en marbre grandiose éclairé par des lustres grouillait d'activité, mais Olivia sentit le silence gagner la foule lorsqu'elle traversa le sol carrelé, ses sabots produisant un bruit sourd, en direction du cabriolet en velours noir rembourré où Marcus l'attendait assis. Il était si sacrément beau qu'elle ne put s'empêcher de l'admirer, comme un tableau ou une sculpture rare. Il lui était difficile de résister et de ne pas plonger ses doigts dans les ondulations épaisses de ses cheveux dorés. Elle était tellement occupée à s'extasier mentalement sur son sublime amoureux anglais qu'elle remarqua à peine qu'il était main dans la main avec quelqu'un qui n'était *assurément* pas elle.

Ding, ding ! Y a quelqu'un ?

Oubliant l'escapade romantique en Afrique, Olivia regarda en plissant les yeux la blonde chevaline qui tenait la main de son petit ami. *C'est quoi, ce bordel ?*

— Olivia, enfin ! l'accueillit lord Marcus en douceur, en se levant mais sans lâcher la main de sa compagne. Voici, ma chérie, Camilla, ma cousine bien-aimée, celle dont je t'ai parlé. Mon âme sœur. Elle est en ville pour quelques semaines. Nous étions pratiquement des jumeaux et nous avons grandi. N'est-ce pas la plus merveilleuse des surprises ?

— Merveilleuse, répéta Olivia en se jetant sur un fauteuil à côté d'eux.

Elle ne se souvenait pas avoir jamais entendu parler d'une quelconque cousine Camilla.

Mais bon, écouter n'avait jamais été son fort.

— Je suis vraiment enchantée de te rencontrer, dit Camilla en regardant sous son long nez proéminent – le genre de gros pif que même le meilleur chirurgien esthétique ne pourrait refaire.

Son teint pâle d'Anglaise était recouvert de couches comiques de poudre beige et de blush rouge primaire. Ses jambes étaient clownesquement longues et maigres, comme si on l'avait étirée sur l'une de ces vieilles machines à rallonger démodées qu'Olivia avait essayé de trouver sur eBay.

— Mimi a débarqué hier matin sans prévenir, expliqua lord Marcus. Imagine, comme une orpheline, ses sacs à la main !

Il gloussa.

— Oui, eh bien heureusement que je peux compter sur mon cher Mar-mar pour m'ouvrir sa maison, en rajouta Camilla, en passant nonchalamment sa main libre dans ses longs cheveux blond filasse.

Des cheveux que l'on pouvait facilement couper en pleine nuit.

Attendez – *sa maison* ?

— Tu habites chez lui ? demanda Olivia d'un ton grossier, détestant déjà Camilla-aux-dents-de-travers et son affreuse robe bain de soleil en soie indienne jaune, qui coûtait probablement une fortune mais qui ressemblait à une nappe. Mais je croyais qu'il n'y avait pas de place ?

— Il y a toujours de la place pour la famille, répondit lord Marcus en serrant la main de Camilla semblable à une serre avant de se retourner vers Olivia. Tant pis, mon ange, nous passerons de grands moments ensemble.

Sûrement.

un est le chiffre le plus solitaire

— Archibald ! hurla Michaels le coach en direction du toit. Je veux entendre ton cul de feignant taper sur ces bardeaux. Tout de suite !

— Oui, monsieur, marmonna Nate en regardant le coach grimper dans son minivan bleu et sortir de la petite allée.

Il klaxonna un *bip bip bip bip* joyeux avant de filer à toute allure dans la rue suburbaine de Hampton Bays. Nate le voyait très bien gober du Viagra et se branler devant les pornos qu'il devait sûrement garder dans sa boîte à gants.

Connard, ajouta le garçon en silence. La sueur lui piquant les yeux, il s'épongea le front et regarda d'un air renfrogné le toit de bardeaux noirs. *Idiot*, se dit-il pour la centième fois de la matinée. Il n'était que neuf heures du matin, mais un soleil violent tapait déjà, les bardeaux rêches lui arrachaient les genoux et son dos l'élançait. Il se redressa de toute sa hauteur et ôta son T-shirt Stussy vert citron trempé. Puis il fit tomber son marteau et s'assit, bien que le toit fût si chaud qu'il sentait qu'il lui brûlait le cul à travers son short.

Il chercha dans ses poches le pétard thaï amoureusement roulé à la main qu'il avait été assez futé pour cacher là la veille au soir, puis sortit le briquet en plastique jaune qu'il planquait dans sa chaussette et alluma le joint, avalant bien la fumée.

Un p'tit joint dès le matin : le petit déjeuner des champions.

Sa connerie lui coûtait cher, c'était clair, mais il demeurait bien déterminé à ne pas laisser la moindre erreur gâcher son été. Ses journées appartenaient à Michaels le coach, mais ses nuits étaient encore à lui, et il avait la maison de ses parents de Georgica Pond à lui tout seul, vu que sa famille préférait l'isolement splendide de leur propriété de Mount Desert Island, dans le Maine.

Il ouvrit son portable d'un coup et parcourut son répertoire jusqu'à ce qu'il tombe sur la première personne qu'il connaissait qui possédait une maison dans les Hamptons. C'était absurde de ne pas utiliser à bon escient la baraque idéale pour faire la fête.

Il n'y a pas de petites économies.

« Salut c'est Charlie, dit la boîte vocale. Je suis à l'étranger pour deux semaines, mais laissez-moi un message et je le consulterai à mon retour. À plus. »

Zut. Nate raccrocha sans laisser de message.

Il continua à faire défiler son répertoire jusqu'à ce qu'il tombe sur le numéro de Jeremy Scott Tompkinson, un autre ami d'école. Il se souvenait à moitié avoir entendu dire que Jeremy passait l'été à LA, où il prenait des cours de comédie, ou autre chose d'aussi nul.

Le seul mec qui, il en était sûr, se trouvait actuellement dans les Hamptons, était Anthony Avuldsen. Il essaya donc de le joindre, mais il ne répondit pas non plus. Il devait probablement dormir encore : personne doué de raison ne serait debout si tôt le matin.

Renfrogné, Nate tira une autre bouffée sur son joint. Il n'avait aucun mal à imaginer la marche infinie des journées chaudes et moites et des nuits calmes et solitaires qui l'attendaient avant qu'il ne fasse enfin ses bagages, direction Yale, à l'automne.

Pauvre bébé.

Depuis son perchoir sur le toit, il pouvait voir le grand jardin de derrière du coach, le même jardin qu'il était chargé de tondre et d'aménager les semaines à venir. Il avait été si préoccupé qu'il n'avait pas remarqué le plus beau : la femme du coach, allongée au bord de la piscine, qui bronzait sous le soleil vif du matin, seins nus. Elle était mère et plus toute jeune, mais elle n'était pas vieille non plus. Au moins, ses seins avaient bien vieilli. Il avait vu *Le Lauréat* et il n'était jamais sorti avec une femme plus âgée. Ce sont des choses qui arrivent. Peut-être que travailler pour le coach sans être payé ne serait pas si nul, après tout.

Ou peut-être que le soleil lui monte à la tête.

le rendez-vous de v avec sa destinée

Chancelant un tantinet sur ses sandales compensées noires Céline ouvertes aux orteils – d'accord, techniquement, elles appartenaient à Olivia, mais elle savait que sa colocataire d'antan ne reviendrait jamais à Williamsburg récupérer les affaires qu'elle avait laissées – Vanessa frappait les pavés du Meatpacking District[1], trop-branché-pour-un-lieu-qui-sent-la-viande-morte, en direction de la porte rouillée sans nom du grand loft où vivait et travaillait Ken Mogul.

En dépit des promesses alcoolisées de sa camarade de classe, Serena van der Woodsen, de lui glisser un mot en sa faveur lors de la folle soirée de bac d'Olivia il y a quelques semaines, Vanessa Abrams n'avait jamais sérieusement espéré avoir de nouveau des nouvelles de Ken Mogul. Plus tôt dans l'année, il s'était pris d'intérêt pour sa carrière lorsqu'une séquence de film presque classée X qu'elle avait tournée de Jenny Humphrey et Nate Archibald en train de se faire des câlins à Central Park avait surgi sur le Net ; il avait alors essayé de la prendre sous son aile et d'en faire sa protégée. Mais Vanessa ne supportait pas l'idée d'être sous l'aile de *qui que ce soit*, et travailler sur une grosse production

1. Ancien quartier des abattoirs, devenu La Mecque du shopping. *(N.d.T.)*

hollywoodienne à LA n'était pas franchement son truc. Elle était davantage une cinéaste-auteur-de-films-sur-les-pigeons-morts-et-les préservatifs-usagés qu'une réalisatrice de superproductions pour ados, mais *Diamants sous canopée* allait être tourné à deux pas de chez elle, chez Barneys, dans les quartiers chics. Il était tentant d'en faire une expérience professionnelle. Pourtant il y avait quelque chose qui la mettait mal à l'aise.

Elle sonna à l'interphone qui comportait uniquement les initiales du réalisateur et attendit, tripotant nerveusement ses vêtements. Presque toute sa tenue provenait du butin qu'Olivia avait laissé. Elle avait assorti un top col boule noir Mayle sans manches avec son jean noir à elle tout usé, les grosses sandales Céline d'Olivia et la besace en cuir DKNY gris acier dans laquelle Olivia transportait d'ordinaire son ordinateur portable. Le look était faussement bohème : elle ressemblait à quelqu'un qui se fichait bien d'avoir l'air sophistiqué.

Comme si elle s'en était souciée un jour…

D'un seul coup, la porte s'ouvrit à la volée sur une fille incroyablement grande qui portait un jean coupé supercourt et un top rose sans manches. Sa peau marron foncé était sans défaut ; ses cheveux étaient longs, noir de jais et parfaitement raides, et ses yeux, immenses, verts et étincelants. Elle sourit, révélant des dents blanches absolument parfaites.

Qui pourraient d'autant mieux vous dévorer…

— Ouais ? fit la déesse-top model afro-asiatique avec une grimace hostile.

Elle ressemblait presque à un personnage méchant de Jade Empire, ce jeu pour Xbox, et Vanessa se voyait bien se faire décapiter d'un coup de son long poignet maigre de *fighting machine*.

— Hum, ouais, je suis venue voir Ken.

— Monte, marmonna Jade Empire avant de tourner les talons.

La lourde porte en acier se referma d'un coup et Vanessa la suivit dans un escalier étroit en ciment puis dans une immense pièce ouverte illuminée. Une forêt de colonnes en acier rouillé supportait le plafond en voûte et une rangée de fenêtres offrait une vue incroyable de l'Hudson River. Le vaste espace, divisé par une longue bibliothèque ouverte, regorgeait de livres d'art épais, de disques vinyles, de photos encadrées et de vases sales. Le dernier album d'Arcade Fire braillait de minuscules enceintes Bose montées au-dessus de la bibliothèque, et la musique résonnait de toutes parts.

— Il doit être quelque part, expliqua Jade Empire, visiblement pas intéressée. Tu as rendez-vous, hein ?

— J'imagine.

— Alors reste là. Il va bien débarquer, tôt ou tard. Bonne chance pour tout, quoi que ce soit.

Elle haussa les épaules, ôta d'un coup de pied ses chaussons chinois jaunes incrustés de perles, et s'en alla en traînant les pieds au fond du loft, disparaissant derrière la bibliothèque.

Vanessa se tourna vers le mur derrière elle, recouvert du sol au plafond de photos encadrées de tailles toutes différentes. Elle en reconnut certaines – c'étaient des clichés du travail de Ken Mogul. Avant de le rencontrer, la jeune fille avait vénéré le cinéaste, et elle connaissait tout ce qu'il avait fait. Son endroit préféré au monde était Capri en Italie, et avant de se tourner vers le cinéma, Mogul avait été un photographe renommé. Des instantanés de Ken en personne coincé dans des alcôves de boîtes de nuit à côté de visages célèbres tels que Madonna, Angelina Jolie et Brad Pitt, et David

Bowie, étaient mélangés à ses photos d'art de modèles à moitié nus qui flânaient sur des quais de métro jonchés d'ordures.

— Tu aimes ce que tu as sous les yeux? fit une voix râpeuse derrière elle.

Vanessa se retourna pour voir le visage à la barbe de plusieurs jours de Ken Mogul, en chair et en os. Il avait l'habitude énervante de ne jamais ciller, et il posa ses yeux bleus globuleux légèrement injectés de sang sur elle avec un sourire affolé. Il portait un gilet en flanelle à carreaux et un vieux Levis coupé aux genoux.

— Voici ce que l'on va faire. (Il poursuivit sans attendre sa réponse. Il tourna en rond et Vanessa n'eut d'autre choix que de le suivre devant l'immense bibliothèque puis dans un bureau spacieux agrémenté d'une fenêtre de la taille d'une porte de garage.) Assieds-toi.

Il lui servit un grand verre de ce qui ressemblait à du thé à la menthe glacé dans un pichet en verre vert, et montra du doigt une chaise Eames en cuir rouge derrière une table moderne milieu de siècle jonchée de papiers. Il se servit à boire avant de se vautrer dans un fauteuil de bureau, le fit tourner sans raison, se balança dessus et posa les pieds sur le bureau.

— C'est purement alimentaire, c'est clair, mais, entre nous, *Diamants sous canopée* va déchirer, grave. Ne le dis pas aux producteurs, mais ce n'est pas le film d'ados de base. Je pense façon Godard. À quelque chose d'humain, d'humoristique et de foutrement sombre.

— Hum-hum, murmura Vanessa en sirotant son thé.

Non seulement elle était distraite par les œuvres d'art dans l'antre du réalisateur – au-dessus de son bureau était accrochée une photo de lui, complètement nu, plus vraie que nature, qui plongeait dans les vagues avec cette garce de pétasse de Jade Empire – mais elle détestait ce genre de discours prétentieux sur l'art.

Autant t'y faire, miss NYU Film School.

— Alors qu'en dis-tu? demanda Ken en se curant ouvertement le nez et en jetant par terre d'une pichenette le résultat de ses investigations. Je sais que c'est un gros studio, je sais que c'est un gros budget, je sais que c'est une comédie romantique. Mais ce sont justement toutes les raisons pour lesquelles j'ai besoin de toi. J'ai besoin de ta vision pour m'aider à offrir quelque chose au public qui va au cinéma qui redonne goût à la vie.

Parce que tu crois qu'ils t'ont attendu?

Vanessa contempla par la fenêtre les voies du métro aérien abandonnées voilà des décennies, où poussaient désormais des arbres et de l'herbe, et un gros bâtiment en construction dans le pâté de maisons voisin. C'était tout ce qu'elle détestait : une comédie romantique pour adolescents d'un grand studio. Mais Ken Mogul avait *besoin* d'elle : combien d'étudiants en première année à NYU pourraient en dire autant? De plus, ça lui paraissait carrément trop drôle et elle n'avait que dalle de prévu cet été. C'était d'ailleurs la raison pour laquelle elle était venue ici au départ : par pur ennui.

Elle se retourna vers Ken.

— Il faut que j'y réfléchisse.

Le réalisateur ôta ses pieds du bureau, tripota ses papiers et finit par déterrer un paquet de cigarettes tout fripé. Il en ficha une dans sa bouche, mais ne l'alluma pas.

— Le premier rôle féminin était censé revenir à mon épouse, poursuivit Ken, mais comme tu le sais déjà, j'ai décidé d'aller dans une autre direction.

— Épouse?

Vanessa avait du mal à croire que quiconque puisse

rêver d'épouser un dingue névrosé et vaniteux aux yeux globuleux, tel que Ken Mogul.

— Heather, je crois qu'elle t'a ouvert.

Miss J'suis-la-Sympathie-incarnée était Mme Mogul?!

— Oh, bien.

Vanessa ne put résister : elle jeta un autre coup d'œil à la photo de nu derrière le bureau. On aurait dit une scène tirée d'un film porno pirate.

Primates des Caraïbes?

— À présent elle ne m'adresse plus la parole car j'ai décidé de choisir Serena. Serena va cartonner, et toi aussi.

— Je suis honorée, répondit Vanessa. Vraiment. Mais il faut que j'y réfléchisse un peu, d'accord?

Tu as intérêt à réfléchir vite, ma belle. Hollywood n'attend personne!

s déménage

— Je vais au 169 de la 71e Rue Est, déclara Serena van der Woodsen au chauffeur lorsqu'elle se glissa sur la banquette arrière en vinyle noir du taxi.

Elle baissa la vitre et laissa l'air assez chaud de fin de matinée souffler sur son visage. Aha, l'été ! Toute sa vie, l'été avait été synonyme de fêtes dans la propriété familiale de Ridgefield, Connecticut, ou de longs après-midi ensoleillés dans le parc à lire de vieux exemplaires du magazine *W* et à sucer à grand bruit des bâtonnets glacés Stoli-cranberry qu'elle partageait avec Olivia. Aujourd'hui, pour la toute première fois de sa vie, Serena avait un boulot. Elle retourna une enveloppe épaisse en papier kraft dans ses mains et sortit la lettre qu'elle avait déjà lue plusieurs fois :

Holly, tu dois souffrir pour ton art. Tu dois ÊTRE ton personnage. Fais tes valises. Les clés dans cette enveloppe sont les clés de ta nouvelle vie – la vie originale de Holly. À plus tard, Kenneth.

C'était une lettre pour le moins bizarre, mais qu'espérait-elle d'autre de la part d'un excentrique de renommée mondiale tel que Kenneth Mogul? Il était son réalisateur ; autant lui obéir, se figura-t-elle.

Elle tapota les deux vieux fourre-tout Kate Spade monogrammés à rayures blanc et rouge à côté d'elle. Ils sentaient encore une odeur délicieuse d'océan et de lotion solaire et contenaient une réserve secrète de sous-vêtements Cosabella. Plus un des vieux T-shirts de Brown de son frère Erik, qu'elle avait piqué la dernière fois qu'il était rentré à la maison ; plus une robe bain de soleil Milly transparente, ses tongs Michael Kors les plus confortables, une robe Cynthia Vincent en jersey à motif cachemire rose et noir, son fidèle jean Seven, une seconde paire de tongs, au cas où, et un top Viktor & Rolf blanc brodé. Seulement les basiques.

Elle contempla par la vitre les marches grandioses du Metropolitan Museum of Art, les arbres luxuriants de Central Park, les immeubles majestueux de la 72e Rue, la vue panoramique de Park Avenue, puis les tours modernes et affreuses sur la Troisième Avenue qu'elle connaissait mal. Beurk.

— Nous y sommes, mademoiselle, annonça le chauffeur de taxi en la gratifiant d'un grand sourire dans le rétro, la bouche remplie de dents couronnées d'or.

Une dent arborait même la lettre *Z* peinte au pochoir. *Z comme* Zorro *ou Z comme* Zeus ? se demanda Serena.

— Oh.

Elle sortit son porte-monnaie Bottega Veneta bordeaux et chercha des pièces. Puis elle descendit du taxi, tenant en équilibre ses fourre-tout pleins à craquer, et passa en revue les maisons couleur mastic à la recherche du bon numéro.

Il y avait le 171, il y avait le 167, mais, entre les deux, seulement des immeubles sans numéro ; et elle ne pouvait pas deviner lequel était le sien. Elle traîna ses sacs vers le perron le plus proche où elle s'assit. À en juger par les bâtiments bas en forme de boîtes, l'endroit où elle allait emménager ne serait pas *tout à fait* comparable à ce à quoi elle était habituée. Elle sortit une cigarette, l'alluma, et fit un pas de côté lorsqu'un jet de fumée grise nauséabonde s'éleva en volutes d'une grille dans le caniveau.

Réveille-toi Dorothée, tu n'es plus au pays d'Oz.

Marrant, la vitesse à laquelle tout pouvait changer – elle était passée de Serena van der Woodsen, terminale à Constance Billard et mannequin à ses heures, à Serena, actrice professionnelle. Elle ne lui paraissait pas si lointaine l'époque où ses plus gros soucis consistaient à se rappeler la date de la vente privée Catherine Malandrino du mois, à se chamailler avec Olivia dans la salle VIP du Marquee, ou à baisouiller avec Nate dès lors qu'il le voulait – ce qui, pendant une brève période, avait eu lieu partout et tout le temps.

Chienne de vie, alors !

— Vous êtes perdue ?

Serena leva les yeux… les leva, les leva, très très haut. Au-dessus d'elle se tenait un grand garçon supermignon, aux épaules carrées, aux cheveux châtain foncé à la coupe BCBG, une fossette à son large menton et de jolis yeux bleus. Il portait un costume gris guindé et une cravate bleu marine, mais son sourire était tellement charmant qu'elle était bien résolue à oublier sa tenue de bureau ringarde.

Mais serait-elle résolue à oublier le boxer écossais ringard qu'il portait probablement en dessous ?

— Je cherche cette adresse, soupira Serena en tendant à l'inconnu les clés sur lesquelles le numéro 169 était peint en rouge.

Certaines filles savent vraiment cultiver le truc de la damoiselle en détresse.

— Bien, dit-il, tout sourires. Je crois savoir parfaitement où se trouve cet immeuble. Parce que, en fait, j'y habite. (Il tendit la main pour l'aider à se lever.) Salut, je suis Jason Bridges.

— Serena van der Woodsen, répondit-elle en défroissant sa jupe Lilly Pulitzer vert pomme et en le gratifiant de cette espèce de sourire entendu d'ingénue-aux-grands-yeux pour lequel était célèbre Audrey Hepburn.

Pas étonnant qu'elle ait décroché le rôle.

Exactement comme Holly Golightly, Serena était une virtuose du « elle-ne-peut-raisonnablement-pas-être-aussi-belle-et-aussi-innocente » qui faisait accourir les garçons en masse.

— Bien, Serena, dit le jeune homme en se penchant pour attraper ses deux sacs pleins à craquer. Allons à la maison.

Il ouvrit la porte du numéro 169, une maison de ville blanche aux finitions noires sur laquelle grimpait du lierre. Il poussa la vieille et lourde porte noire et Serena entra la première.

Un véritable gentleman !

— Alors, commença-t-il alors que la porte claquait derrière lui, tu viens voir Thérèse ?

— Non.

Serena se renfrogna en passant en revue la cage d'escalier et le vestibule uniquement éclairés par un lustre en fer forgé, joli mais sombre. Tout l'endroit empestait la vieille dame morte comme si l'on n'y avait pas touché depuis le décès de sa première propriétaire, trente ans auparavant. Pourtant il n'en demeurait pas moins charmant et semi-grandiose, dans son genre bien à lui.

— J'aménage ici, je suppose, dit-elle.

— Tu supposes ? fit Jason en riant et en commençant à gravir les marches de bois, qui gémirent et grincèrent bruyamment. Qu'est-ce que cela veut dire au juste ?

— Eh bien, je joue dans ce film et ce matin j'ai reçu un mot de mon réalisateur qui me demandait de faire mes valises et de venir ici, et me voilà. Je crois que c'est pour m'aider à entrer dans le personnage, quelque chose comme ça.

— Vedette de cinéma, hein? s'enquit Jason.

— Quelque chose comme ça, répondit Serena, légèrement embarrassée.

— Waouh. (Il se retourna pour lui adresser un sourire timide.) C'est un bel immeuble, mais j'aurais cru que les stars préféraient séjourner dans des endroits un peu plus glamour, comme le Waldorf ou quelque chose comme ça.

— Nous tournons une reprise de *Diamants sur canapé*, expliqua-t-elle, choisissant les termes exacts que Ken Mogul avait utilisés pour décrire son premier film à gros budget, *Diamants sous canopée.* C'est là où vivait Holly Golightly dans le film original, mais j'imagine que tu le savais déjà. Ainsi je suis censée me mettre dans sa peau. C'est mon premier film.

— Ah ouais? fit Jason alors qu'ils arrivaient sur le palier, où il manquait quelques carreaux du sol en mosaïques noir et blanc. De quoi parle-t-il?

— Il parle d'une citadine – c'est moi – qui rencontre un type innocent de la campagne, qui essaie de devenir acteur. (Elle laissa comme par hasard de côté que ce type serait joué par Thaddeus Smith, un acteur super-canon.) Puis, cette fille coincée de l'Upper East Side le drague avec son argent, et des trucs comme des déjeuners chez Fred's, tu sais le restaurant de Barney's?

Elle espérait que ce qu'elle racontait voulait dire quelque chose. Elle avait tendance à parler à tort et à travers et à oublier ce qu'elle voulait dire.

Comme si les types auxquels elle s'adressait en avaient *quelque chose à faire.*

Ils prirent un autre escalier et Serena poursuivit, légèrement essoufflée :

— Une autre fille gâche son innocence, qui est, genre, la seule et unique qualité qui lui permettrait de réussir en tant qu'acteur, et elle le transforme en New-Yorkais blasé. Puis c'est à mon personnage de le sauver.

— Donc cela signifie que nous serons voisins tout l'été ? demanda Jason, tellement plein d'espoir que ça en était charmant.

— En fait, juste quelques semaines, reconnut-elle.

Diamants sous canopée avait beau être un film à gros budget, Ken Mogul ne disposait que de douze jours de tournage.

Ils arrivèrent sur un palier et descendirent un couloir étroit. Puis il tourna et lui fit prendre une nouvelle volée de marches.

— C'est encore loin ? s'interrogea Serena haut et fort.

Elle était légèrement hors d'haleine.

Autant arrêter ces cigarettes françaises infumables.

Ils arrivèrent sur un autre palier, descendirent un autre couloir et gravirent une nouvelle volée de marches. Et s'il l'emmenait simplement dans une tanière obscure pour la violer ? Devrait-elle se méfier ? Elle tapota la poche de sa jupe pour vérifier que son portable s'y trouvait bien, au cas où.

— Je fais mon premier boulot, moi aussi, expliqua-t-il. Je suis associé d'été chez Lowell, Bonderoff, Foster et Wallace. Le cabinet d'avocats. J'y ai bossé jusqu'à quatre heures cette nuit, voilà pourquoi je pars travailler maintenant. Mais d'habitude je ne bosse pas si tard.

Enfin, ils parvinrent au dernier étage, où le plafond était bas, et le couloir enténébré. Serena distingua de la rougeur sur les joues de Jason. Elle ne savait pas si c'était à cause de tous ces escaliers à la noix ou à cause d'elle.

— Nous y sommes, annonça-t-il.

Elle déverrouilla la porte et la poussa. Jason la suivit à l'intérieur et laissa tomber ses sacs par terre dans un bruit sourd qui résonna sur les murs de l'appartement vide. Deux ampoules nues saillaient du plafond pisseux, gâté par tellement de tâches d'eau qu'il ressemblait presque à un motif *tie-dye*.

— C'est sympa, observa-t-il hardiment.

Pardon?

Serena flâna dans la pièce principale de l'appartement et faillit perdre son équilibre sur le sol de bois glissant et grinçant. Trois fenêtres agrémentées de grilles tout abîmées donnaient sur la rue et sur la maison de retraite en briques épaisses d'en face. Par celle du fond de la minuscule cuisine, Serena reconnut l'escalier de secours de la version originale de *Diamants sur canapé* où Holly Golightly grattait sa mandoline en chantant « Moon River ». Olivia avait les larmes aux yeux chaque fois qu'elles regardaient cette scène. Serena ouvrit une fenêtre. L'appartement dégageait une odeur de renfermé à vous rendre claustro et à vous donner des haut-le-cœur, comme un relent mêlé de sardines et de pieds qui transpirent.

— Mais où sont les meubles ? demanda-t-elle, sa voix se rapprochant dangereusement d'un gémissement.

— Et qui est-ce ? demanda Jason.

Un chat noir entra dans le séjour, arrivant sans se presser de la chambre du fond de l'appartement.

Eh bien, cela explique l'odeur.

Serena sortit son paquet de Gauloises et passa la tête par la célèbre fenêtre de la cuisine, dans l'espoir de se sentir inspirée, mais elle se sentit seulement nerveuse et un peu perdue. Que fichait-elle là, au fait ?

Elle allait jouer dans un grand film – *allô* ?

— Il est mignon.

Dans la cuisine, Jason s'accroupit pour caresser le chat derrière les oreilles.

Serena se retourna, alluma sa cigarette en regardant son voisin brun aux yeux bleus jouer avec le chat, qui, à l'évidence, habitait, lui aussi, dans leur immeuble.

Tu vois ? Les vues ne sont pas *toutes* nulles.

d apprend l'art du service clients

— Excusez-moi, monsieur, pourriez-vous me dire où je peux trouver les romans sentimentaux ?

Daniel Humphrey, accroupi par terre, s'assurait que les biographies étaient bien rangées par ordre alphabétique de thème et non par auteur. Quand vous travailliez au Strand, la meilleure – et plus grande – librairie de New York, il était important de prêter attention à des détails tels que le rangement correct des biographies.

Si ça l'excite…

— Nous en avons peut-être quelques-uns sur les étagères près de l'escalier, mais nous n'avons pas de rayon romans d'amour, expliqua Dan, incapable de dissimuler son mécontentement.

— Merci, répondit la femme d'un ton guilleret avant de s'en aller sans se presser fouiller parmi les livres poussiéreux de Johanna Lindsey et autres romans de Nora Roberts qui restaient en rayon.

Le Strand était légendaire, pas uniquement pour sa sélection incroyable, mais aussi pour son personnel extrêmement cultivé et terriblement snob. En fait, Dan était aux anges d'avoir décroché ce job. Il avait vu l'offre d'emploi après avoir déposé à Kennedy sa sœur Jenny, qui partait rendre visite à leur mère à Prague et suivre des cours de dessin. Ce qu'il était censé faire cet été-là le déprimait quelque peu. Lorsqu'il vit l'affiche sur la vitrine du magasin, il se dit que c'était un signe.

Et maintenant, voilà qu'il garnissait les étagères de livres dans la meilleure librairie de la ville. Mais comparé aux autres librairies, il y avait zéro ambiance au Strand. Pas de musique, pas de café. Juste des rangées et des rangées d'étagères mal assorties, remplies de livres à ras bord.

Poussant un chariot grinçant surchargé de volumes poussiéreux, Dan se fraya un chemin dans l'allée étroite du rayon biographies. Son boulot consistait à passer des heures tout seul et à ignorer les clients, ce qui lui laissait beaucoup de temps pour réfléchir : à la littérature, à ses poèmes, à quoi ressemblerait Evergreen College dans l'état de Washington, et surtout, à ce que serait son dernier été à New York – et son dernier été avec Vanessa. Il avait fait une grosse scène lors de la cérémonie de remise des diplômes en déclarant qu'il ne s'inscrirait pas à la fac pour pouvoir rester à son côté ; mais il s'avéra qu'il avait hâte de rouler vers l'ouest dans la Buick Skylarck 77 bleu métallisé trop cool que son père lui avait offerte en cadeau de bac. C'était la voiture idéale pour une virée en caisse : il serait comme Jack Kerouac dans *Sur la route*, prendrait les autoroutes à toute allure et ferait l'amour à la terre et au ciel avec les mots qui se glisseraient dans sa tête à mesure qu'il roulerait. Il laisserait des poèmes à toutes les femmes qu'il rencontrerait – l'amant mystérieux qu'elles n'auraient jamais complètement. D'ici là, il passerait un dernier été parfait en ville avec Vanessa, son premier amour.

Il s'empara d'un exemplaire de *La Vie de Samuel Johnson*, de Boswell, sur le dessus de son chariot et s'accroupit sur le sol de bois poussiéreux du magasin, essayant de trouver l'endroit où il devrait le ranger.

Son esprit se mit à vagabonder alors que les mots lui venaient à l'esprit :

Mains chaudes sur le volant,
Tu es mon embrayage, mes pédales,
Fais voler la poussière. Le désir. Le désir. Le fais monter.

D'accord c'était un peu ringard, mais c'était ce qu'il ressentait en ce moment. Il entreprit de dresser mentalement une liste classique des lieux de rendez-vous romantiques de New York : voir Shakespeare dans Central Park, prendre le Staten Island Ferry rien que pour le plaisir, regarder le soleil se lever au-dessus du pont de la 59e Rue, comme Woody Allen et Diane Keaton dans *Manhattan*. Peut-être prendre la voiture jusqu'à Jones Beach dans le Skylark, le vent salé soufflant par les vitres ouvertes dans les cheveux de Vanessa… Bon d'accord, pas ses cheveux – elle n'avait pratiquement pas de cheveux – mais peut-être pourrait-elle porter une longue écharpe en soie, quelque chose comme ça. Il le voyait d'ici. Ce serait le plus romantique des étés.

Ce serait *quelque chose*, en effet.

— Excusez-moi, avez-vous les annales d'*Ulysse*? murmura une voix masculine haut perchée à peine audible, interrompant sa rêverie.

Des annales pour James Joyce ? Horreur !

Dan regarda d'un œil mauvais le jeune gothique ringard qui lui avait demandé son aide. Il portait une boîte-déjeuner à l'effigie de Batman, et Dan comprit qu'il était aussi gothique ou ringard qu'irrécupérable.

— Pourquoi n'essaies-tu pas de lire le vrai livre ? lui lança-t-il, méprisant.

« Irrécupérable » – qui était en vérité plus âgé que Dan –, un élève de NYU, peut-être, ou un pauvre con qui faisait front en université d'été pour finir par décrocher son diplôme à l'âge de vingt-trois ans – haussa les épaules.

— Gonflant, répondit-il.

Dan aurait voulu donner un coup de poing dans son estomac maigre, mais il réalisa brusquement que c'était son boulot – non, son devoir – de faire lire ce pauvre con. Il se leva.

— Suis-moi.

Il conduisit le gothique idiot dans une petite pièce du fond remplie de classiques reliés cuir, et trouva un magnifique exemplaire Eveyman's Library du chef-d'œuvre de Joyce. Dan choisit une page au hasard et se mit à lire à haute voix :

Touche-moi. Yeux doux. Main douce, douce, douce. Je suis seul ici. Oh touche-moi vite, sans attendre. Quel est ce mot connu de tous ? Je suis tranquille ici, triste aussi. Touche-moi, touche-moi.

Il marqua une pause et leva les yeux.

— Allez, tu veux le faire, ne dis pas le contraire, le pressa-t-il.

Le gosse eut l'air terrorisé : il devait craindre que Dan soit une espèce de pervers littéraire planqué au Strand. Il fit tomber sa boîte-déjeuner Batman et fila comme une flèche.

Dan s'assit par terre et finit la page. Il devait reconnaître que James Joyce avait toujours eu le don de l'exciter.

Oui, ça sera un été intéressant, en effet.

les casques sont presque aussi importants que les préservatifs

Nate, debout sur son Schwinn d'époque, poussait les pédales avec ses pieds avant de se rasseoir en douceur sur la selle en cuir non rembourrée et inconfortable. Il aimait bien faire du vélo comme ça, pédaler le plus fort possible puis se rasseoir pour sentir la brise chaude d'été sur son visage. À sa droite, les vagues clapotaient sur la plage. À sa gauche, se trouvait un vignoble plein de vignes de Chardonnay. L'air sentait le sel et le steak grillé. Il écouta le crissement gratifiant de la route graveleuse sous ses roues et se fendit d'un grand sourire paresseux.

Son joint du matin avait fait l'affaire, et, en fin de compte, ce qui était supposé être sa punition d'été le ferait planer. Le travail physique avait quelque chose d'apaisant. Il avait passé l'été suivant son année de seconde à aider son père à construire le *Charlotte*, leur voilier, dans la propriété de ses parents de Mount Desert Island dans le Maine ; l'après-midi passé à travailler chez Michaels le coach lui rappelait plus ou moins cet été-là, bien que le décor – des rangées de maisons et des plages surpeuplées – ne fût pas tout à fait aussi serein. Pourtant il n'y avait rien de tel que le travail manuel, le soleil vif et la récompense d'une Stella

Artois bien fraîche, lorsque la journée était terminée – et pas de distractions.

Il n'avait pas à penser aux cours : l'école était enfin finie et Yale lui paraissait extrêmement loin. Olivia, la fille qui, il en était quasi sûr, était l'amour de sa vie, mais avec laquelle il faisait systématiquement tout rater, se trouvait en Angleterre avec son aristo de nouveau petit copain, sûrement en train de faire du shopping, de manger des scones et de boire beaucoup trop de thé. Serena, en passe de devenir une star du cinéma, était restée en ville, et Jenny, la petite troisième à la poitrine extrêmement généreuse avec qui il était plus ou moins sorti l'hiver dernier, avait été expédiée en Europe. Mieux valait qu'il se tienne loin de ces trois-là.

Il se fendit d'un grand sourire, en réalisant que c'était ainsi que se passerait l'été : des journées de dur labeur, rentrer chez lui à vélo, puis prendre une douche, fumer un joint et rester peut-être un temps tout seul, exactement ce dont il avait besoin. La maison du coach se trouvait à Hampton Bays, à plusieurs kilomètres de chez lui dans East Hampton, mais c'était comme un monde différent, avec ses maisons de banlieue, ses minivans, ses centres commerciaux. C'était précisément le genre d'endroit qui l'aiderait à se recentrer sur son été – son plan, justement. Il n'avait aucune fille particulière en vue, et, de toute façon, elles avaient tendance à ne lui créer que des problèmes. Peut-être était-il mieux en solo.

Comme s'il était jamais resté seul plus de trente secondes.

Nate dut descendre de son vélo et le pousser sur une colline particulièrement mauvaise, soufflant sous l'effort. Quand tu engloutis trois joints par jour, voilà le résultat.

En sueur et à bout de souffle, il regrimpa sur son vélo au sommet de la colline et se laissa descendre, laissant la gravité faire tout le boulot. Il baissa les yeux et donna un petit coup à son avant-bras pour voir si la peau rose devenait blanche quand il la touchait. C'était quelque chose qu'Olivia aimait lui faire quand ils allaient à la plage ensemble. Après avoir décrété qu'il était brûlé, elle l'enduisait généreusement de sa lotion solaire de luxe. Il tapota de nouveau son avant-bras. Un peu cuit, c'est sûr.

Voilà le résultat quand on zappe le Coppertone[1] !

Puis il leva les yeux et s'aperçut qu'il filait tout droit et à vive allure vers le bas-côté. Il tint bien le guidon, fit une embardée, mais il allait si vite qu'il dérapa. Méchamment.

S'ensuivit une salve d'applaudissements polie, comme à une compétition de golf.

Nate leva les yeux, réalisant qu'il était étalé les quatre fers en l'air sur le parking goudronné de l'Oyster Shack, un resto de fruits de mer à bardeaux gris, à mi-chemin de chez le coach et de la propriété familiale vieille de cent ans près de Georgica Pond dans East Hampton. Un groupe de lycéens était assis à une table de pique-nique jonchée de bouteilles de bière tiède et de paniers de fritures, et tous le fixaient.

— Merde, marmonna Nate.

De minuscules cailloux étaient enfoncés dans ses paumes et il avait déchiré le T-shirt Stussy vert délavé dans lequel il avait travaillé toute la journée. Il ôta la terre de ses mains et regarda son treillis coupé – rien à signaler.

1. Célèbre marque américaine de produits solaires. *(N.d.T.)*

Faites confiance à Nate Archibald pour être encore plus beau en sueur, en sang et crasseux.

Il s'accroupit pour examiner la roue avant du vélo. Elle était tordue.

— Pas de bol !

Nate leva les yeux. La voix appartenait à une blonde bien roulée aux yeux bleus, aux cheveux blond foncé frisés tirés en arrière et fourrés sous un bandana rouge. Son dos-nu rose descendait dangereusement et sa minijupe en denim remontait, prometteuse. Une paille maculée de rouge à lèvres sortait du Coca qu'elle tenait dans sa main gauche. Elle tendit la droite à Nate ; ses longs ongles parfaitement vernis étaient du même rouge que la canette.

— Ignore mes amis, lui dit-elle comme pour s'excuser.

Sa peau était du même beige doré que celle de toutes les filles qui utilisaient l'autobronzant Clinique, mais malgré le beige, des taches de rousseur recouvraient son nez, ses joues, ses épaules, ses bras et sa poitrine. Nate avait appris grâce à Olivia que les filles s'avéraient en général plus compliquées qu'elles n'en avaient l'air, et les taches de rousseur apparentes de celle-ci semblaient suggérer qu'elle était bien plus qu'une simple bombe typique de Long Island.

Il se fendit d'un grand sourire lorsqu'il lui prit la main et la laissa l'aider à se relever.

— Ouais, c'est rien, répondit-il d'un ton piteux.

— Tu vas devoir le faire examiner, conseilla Taches de Rousseur en désignant le vélo d'un signe de tête.

— Ouais, marmonna Nate.

Il ne se faisait pas plus de souci que ça pour le vélo. La seule chose qui, semblait-il, méritait d'être examinée se trouvait juste en face de lui.

— Je m'appelle Tawny. Je connais un endroit où tu

pourrais faire réparer ton vélo. Mais avant je vais peut-être t'offrir un cornet de glace.

Tawny[1] ? Mais n'est-ce pas la couleur de son autobronzant ? Bien sûr.

Il avait fumé le filtre de son joint de ce matin avant de partir de chez le coach – d'où l'accident, peut-être ? – et une glace lui semblait on ne peut plus appétissante.

— Moi c'est Nate.

— Alors, raconte-moi, Nate ! Je ne t'ai jamais vu par ici, fit Tawny en traversant la rue jusqu'à une minuscule maison bleue délavée, si petite qu'on l'aurait crue tout droit sortie d'un dessin animé.

Deux petits enfants, perchés sur les marches, léchaient des cônes de crème glacée à la fraise.

— Deux cônes à la vanille, ronronna Tawny au type boutonneux derrière le comptoir.

Elle avait une pointe d'accent, mais Nate n'arrivait pas à le situer précisément : rien de spécial.

Il donna de vagues coups de pied dans le bord de la maison de dessin animé avec les bouts de ses Stan Smith usées. Il aurait voulu passer les mains sur les bras chauds parsemés de taches de rousseur de la jeune fille.

Tawny s'agenouilla, sourit et posa un billet de cinq dollars sur le comptoir, passa la main à l'intérieur pour attraper deux cornets pointus au sucre sur lesquels étaient empilées des boules de glace blanches et crémeuses. Elle en tendit un à Nate.

— Merci.

La glace se mit à fondre immédiatement sous le soleil de fin d'après-midi, ruisselant sur sa main. Il la lécha délicatement.

Tawny toucha doucement son genou écorché. Il y

1. *Tawny* : en anglais, couleur fauve. *(N.d.T.)*

avait quelque chose dans sa façon de le faire – une possessivité ? une certitude ? un *je-ne-sais-quoi** particulier ? – qui lui rappelait Olivia. Mais cette fille n'avait rien à voir avec elle : Olivia ne porterait jamais de dos-nu rose, ne laisserait pas un cornet de glace dégouliner sur ses mains ou… ne lui offrirait pas non plus à manger lors de leur premier rendez-vous.

Rendez-vous ? Ça allait vite.

— Tu vas bien ? demanda la fille en se relevant. (Elle lécha ses lèvres roses et gonflées.) Tu as l'air tellement sérieux.

En vérité, Nate se demandait à quoi elle ressemblait sans son dos-nu. Sa poitrine était-elle parsemée de taches de rousseur, elle aussi ? Rien que d'y penser, ses mains le démangeaient.

— Je suis simplement ravi de t'avoir rencontrée, lui répondit-il, un peu bêtement. (Il se tapota le menton avec une serviette.) On devrait traîner ensemble cet été.

Record mondial : Nate Archibald a réussi à jurer de renoncer aux filles pendant trois bonnes minutes.

* Tous les mots en italique suivis d'un astérisque sont en français dans le texte. *(N.d.T.)*

Vanessa claqua la portière rouillée du taxi et contempla la façade en brique usée par les intempéries de son appartement de Williamsburg, retournant encore dans sa tête la proposition de Ken. Elle aimerait bien avoir quelqu'un à qui demander conseil, mais elle se gardait bien d'appeler ses hippies de parents égocentriques qui vivaient dans le Vermont. Ils se contenteraient de lui faire la morale sur l'art, le commerce et la « responsabilité créative. » Elle regrettait que sa sœur Ruby ne soit pas là – elle était la seule à laquelle elle faisait vraiment confiance pour parler de ces choses-là.

Un break Ford blanc au pare-brise en miettes était garé devant l'immeuble depuis des semaines. L'une des portières arrière manquait, et des sacs-poubelle et de vieilles couvertures étaient empilés sur les sièges. Quelqu'un devait vivre dedans, ce qui expliquerait l'odeur d'urine nauséabonde qui entourait la voiture.

Super.

Vanessa ouvrit la série compliquée de verrous et de loquets de l'immeuble et monta lourdement les marches, hésitant à mi-chemin. Des voix provenaient de son appartement. Avait-elle laissé la télé allumée? Elle s'approcha de la porte sur la pointe des pieds et écouta, sans respirer. Oui, il y avait *bel et bien* des voix, elles venaient *bel et bien* de l'intérieur, et l'une d'elles lui était extrêmement familière.

Ruby, sa sœur aînée, était en tournée marathon en Europe avec son groupe de rock, SugarDaddy, depuis huit semaines. Une carte postale occasionnelle de Madrid ou d'Oslo avait apparu dans la boîte aux lettres, et elles avaient parlé une fois au téléphone, mais le mode de vie de rockeuse en tournée ne prédisposait pas tant que ça à garder le contact.

Vanessa ouvrit la porte à la volée, tout excitée.

— Ruby ! s'écria-t-elle en avisant sa sœur avec son pantalon de cuir pourpre et sa nouvelle couleur de cheveux assortie. (Elle était presque iridescente.) J'arrive pas à croire que tu sois de retour !

— Hé ! la salua nonchalamment Ruby depuis le canapé.

Elle était à califourchon sur un type maigre et mal rasé qui portait un pantalon de cuir noir, identique au pantalon pourpre de Ruby. Celle-ci colla le bout de sa cigarette au bout de la sienne pour l'allumer. Elle ne se leva pas pour étreindre sa sœur, et son ton était complètement nonchalant, comme si Vanessa rentrait de l'épicerie où elle serait allée acheter du lait ou autre chose.

— Hum. Salut ? fit Vanessa, légèrement interloquée.

Elle referma la porte de l'appartement derrière elle.

— Qu'est-ce qui se passe, frangine ? demanda Ruby en tirant sur sa Marlboro tout en passant en revue la déco Olivia-isée de l'appartement. J'ai vu que tu avais un peu refait la déco.

Vanessa ne tenait pas à papoter des rénovations d'Olivia. Ruby était de retour pile au moment où elle avait le plus besoin d'elle !

— *Ouh ouh ?* Tu es rentrée ! Voilà ce qui se passe ! Comment s'est passé ta tournée ?

Sa grande sœur haussa les épaules.

— Berlin, Londres, Paris, Budapest. On a déchiré. Grave.

— Salut à vous, la rock-star victorieuse. Je suis Vanessa, dit-elle en se dirigeant vers le type que chevauchait Ruby. Il ne l'avait pas regardée une seule fois.

— C'est Piotr, expliqua Ruby en trémoussant son cul vêtu de violet en prononçant son nom, comme si rien que le fait de le dire était super excitant. On s'est rencontrés après notre concert à Prague.

— Hallo, répondit Piotr avec un accent bien marqué, exhalant un long panache de fumée en parlant.

Charmant.

— L'appartement est cool comme ça, constata Ruby, sceptique. (Elle passa la pièce en revue.) Mais comment tu as pu payer tout ça ? Les meubles ? Les rideaux ?

— C'est une longue histoire, répondit Vanessa en s'adossant contre le mur repeint en lavande et en essayant de regarder n'importe où sauf en direction du canapé fauve en cuir suédé, où l'inconnu d'Europe de l'Est, crade et maigre, était vautré sous sa sœur.

— Comme l'histoire qui raconte où tu as eu ces chaussures ? s'enquit Ruby en rejetant ses cheveux pourpres en arrière. (Ils étaient de la même couleur que le chapeau de Willy Wonka[1].) Et ce top ? Bon sang, regarde-toi ! On dirait une gravure de mode !

— J'avais un rendez-vous, répondit Vanessa, blessée.

Pourquoi Ruby jouait-elle autant les salopes ? Si seulement l'enfoiré entre ses jambes pouvait se barrer pour qu'elles puissent commander des sushis et avoir l'une de leurs discussions de frangines à cœur ouvert.

1. Chocolatier excentrique de *Charlie et la chocolaterie.* *(N.d.T.)*

— J'peux te dire un mot ? fit Ruby en descendant des genoux de Piotr.

Elle désigna la cuisine d'un signe de tête.

Vanessa la suivit en se demandant combien de temps sa sœur allait rester. Elles s'adossèrent au bar en Formica.

— Vous deux, ça a l'air super... sérieux, observa Vanessa.

— C'est l'amour, murmura Ruby avec nostalgie, n'étant étonnamment plus du tout rock n' roll.

Elle exécuta une petite demi-pirouette puis s'arrêta, faussement gênée, et se radossa au bar.

— Cool, répondit Vanessa, irritée.

Apparemment, elles ne retrouveraient pas leur complicité de frangines. Elle s'amusa avec la salière-poivrière en céramique à l'effigie de la Statue de la Liberté que Dan lui avait offertes dans un accès de sentimentalisme romantique.

— Eh bien, l'appartement est plutôt pas mal, mais ce n'était pas ce que je m'attendais à trouver en rentrant chez moi, commenta Ruby. Mais j'ai horreur de me dire que tu t'es donné tout ce mal alors que...

— Alors que quoi ? demanda Vanessa, suspicieuse.

— Sans vouloir être la porteuse de mauvaises nouvelles... Piotr va rester là un moment. Il intéresse des galeries du coin – il est peintre, je te l'ai dit ? Il fait des nus monolithiques avec leurs canines. Il cartonne sur la scène underground de Prague, et il espère percer à Williamsburg.

Vanessa ne savait pas au juste ce que signifiait « nus monolithiques et leurs canines » mais elle voyait bien Ruby emprunter un pitbull et poser avec lui les fesses à l'air, montrant les dents.

— Tant mieux pour lui.

— Bien, je me suis dit qu'il pourrait habiter ici avec moi, marmonna Ruby.

— On va être un peu à l'étroit, marmonna Vanessa en retour, mais c'est cool. On va y arriver.

— C'est bien ça le problème, la corrigea Ruby. Piotr a besoin d'un atelier. Et comme il n'a pas les moyens de s'en louer un, nous pensions… transformer l'autre pièce, ta chambre, en atelier.

Ai-je bien entendu ?

— Quoi ? Vous me *fichez à la porte* ?

Vanessa cessa de tripoter la salière et se tourna vers sa sœur. Elle vivait avec elle depuis l'âge de quinze ans. Elle était aussi chez elle.

— Eh bien, ce n'était qu'une solution temporaire, tu sais, tant que tu allais au lycée ? Mais maintenant que tu es diplômée, il est temps de te débrouiller toute seule, comme je l'ai fait quand j'avais dix-huit ans.

— Bien, répondit Vanessa d'un ton cassant. C'est cool. J'ai pigé, je suis adulte et je vais me débrouiller toute seule. J'ai pigé.

— Ne le prends pas comme ça, l'implora Ruby, coupable. Assieds-toi pour que l'on en discute un peu plus.

— Non, c'est cool, vraiment. Laisse-moi juste prendre mes affaires et je n'enquiquinerai plus pain Pita ou machin-bidule-putain-de-truc-chouette.

Tremblant quelque peu, Vanessa sortit de la cuisine comme un ouragan et entra dans le séjour où Face de Pizza était assis et fumait des cigarettes tchèques roulées qui sentaient le pourri. Elle arracha d'un coup la photo-encore-à-elle d'un pigeon mort sur le mur au-dessus de sa tête et la fourra sous son bras. C'était sa préférée et elle ne risquait pas de la laisser pour qu'il puisse la copier dans l'un de ses tableaux. Elle le voyait d'ici : il deviendrait connu comme l'artiste au « pigeon mort » alors que tout le long, ça avait été *son* pigeon mort et *son* putain d'appartement *à elle*.

Quelques minutes plus tard, Vanessa descendit l'escalier quatre à quatre, traînant son matériel vidéo et un sac marin noir géant. Elle surgit dans le soleil de fin d'après-midi et descendit Bedford Avenue en titubant, esquivant des passants indifférents habillés bizarrement et des tas de merdes de chien, en se demandant où, au juste, elle pouvait aller.

Elle posa son sac marin par terre et s'assit dessus : son sac rempli à ras bord lui faisait office de perchoir. Pêchant son portable au fond de sa poche, elle appuya sur la touche de numérotation rapide. Au bout de deux sonneries, elle entendit la voix familière de Dan.

— Qu'est-ce qui se passe ?

— Ma sœur m'a fichue dehors. (Sa voix se cassa. Elle tenta désespérément de ne pas pleurer.) Et je n'ai pas d'argent, et je n'ai nulle part où aller, et je ne sais pas ce que je vais faire.

J'imagine qu'elle va accepter le job.

s comme spiritualité, entre autres choses

— Hé, murmura Dan dans son Nokia noir en se cachant derrière une vieille étagère en métal du Strand. (C'était le genre d'endroit que seul un mec qui avait lu *Hamlet* cinq fois pouvait apprécier.) Je pensais justement à toi.

Il ne parvint pas à deviner la réponse de Vanessa : elle avait l'air à bout de souffle et au bord des larmes.

— Attends, attends, la calma-t-il. (Il entassa une pile de biographies de Ronald Reagan et s'assit dessus.) Moins vite. Je n'ai rien pigé à ce que tu as dit.

— J'ai dit que je m'étais fait virer de mon appartement, cria Vanessa. Ruby est rentrée d'Europe et elle a un nouveau petit copain tchèque de connard de peintre de merde et elle m'a demandé de me barrer.

— Merde, marmonna Dan en regardant autour de lui.

Il n'était pas vraiment censé téléphoner de son portable pendant les heures de boulot.

— Qu'est-ce que je vais faire? Où suis-je censée aller?

— Pourquoi pas chez moi? proposa-t-il sans même avoir eu la chance de réfléchir à ce qu'il disait.

Il tripota un vieux livre relié poussiéreux sur Walt Whitman et envisagea de le rapporter chez lui.

— Chez toi? répéta Vanessa, d'un ton pitoyable.

Dan se demanda s'il l'avait déjà entendue si vulnérable. Il avait beau savoir que c'était nul de sa part, il aimait bien ce que cela lui inspirait : il avait l'impression d'être un gros tombeur macho et qu'elle était frêle et sans défense. Il nota mentalement de se servir de ce sentiment dans un poème.

Fille papier de riz, je suis la plume d'oie, l'encre, l'encrier...

— Ça ira, l'assura-t-il. Prends tes affaires, saute dans le métro et viens chez moi. La porte n'est pas fermée à clé – tu sais que mon père la laisse toujours ouverte. Je serai à la maison dans deux heures.

— Vraiment? demanda Vanessa, hésitante. (Elle avait toujours été si farouchement indépendante. Dan savait qu'elle détestait demander un quelconque service.) Tu es sûr que ça ne dérangera pas ton père?

— Ça ira. (Il ôta de la poussière sur l'étagère du haut et elle lui tomba dans l'œil.) Tu verras. Je ne vais pas tarder. Ne t'inquiète pas.

Il se frotta les yeux et écouta le souffle de la jeune fille au bout du fil.

— La bonne nouvelle, c'est que Ken Mogul m'a offert un job aujourd'hui, reprit-elle en riant amèrement. On dirait que je vais devoir l'accepter.

— C'est génial ! cria-t-il pour lui remonter le moral, bien qu'il ne pût s'empêcher d'être quelque peu déçu.

Il travaillait et voilà que Vanessa allait travailler, elle aussi. Cela jetterait clairement un froid sur ses projets romantiques. Quand auraient-ils le temps de prendre le tram jusqu'à Roosevelt Island où ils boiraient du saké dans le parc?

— Merde, j'ai un double appel, marmonna-t-elle. (Dan l'entendit éloigner son téléphone de son oreille.)

C'est Ken. Je ferais mieux de le prendre. Je te vois à la maison, alors ? Enfin, chez toi, quoi.

— Non, la corrigea-t-il. Chez toi aussi.

Wouah.

Dan appuya sur la touche « fin » de son portable et se glissa de nouveau dans l'allée étroite du rayon biographies. Il sourit. Peut-être que le fait que Vanessa se soit fait mettre à la porte de chez elle était en réalité la meilleure chose qui pouvait leur arriver. Vivre ensemble rendrait leur dernier été avant l'université si *intime*. Il serait même mémorable.

Il attrapa quelques-unes des biographies sur Reagan et s'accroupit, essayant de leur trouver une place sur une étagère.

— Excusez-moi, je cherche un exemplaire de *Siddhartha* et je n'arrive pas à en trouver un seul. Pouvez-vous m'aider ?

Dan se releva de sa position accroupie, les genoux craquant en se dépliant, prêt à lancer une pique intelligente sur l'endroit où aller pour trouver l'illumination. Mais dès qu'il vit le client, il avala ses mots.

Elle faisait environ dix centimètres de plus que lui, avec de longs cheveux platine ondulés attachés en queue-de-cheval bordélique. Elle portait un T-shirt de gym gris délavé, un jean en denim blanc coupé et arborait des bracelets verts et blancs assortis à chaque bras. Elle fronçait un peu les sourcils, mais même inquiète, ses yeux bleus étincelaient. Elle ressemblait à Marsha Brady, en plus sexy et en plus cochonne, genre Marsha Brady qui rentre chez elle après son cours de strip-tease aérobic.

— Hum ouais, finit par répondre Dan, troublé. Ouais, nous devrions avoir un exemplaire de *Siddhartha*. Je suis sûr qu'il nous en reste un.

— Oh super ! s'écria Marsha-la-cochonne en tendant

la main pour serrer son bras osseux. J'ai vraiment envie de le lire.

— Ouais, marmonna-t-il en l'éloignant des biographies présidentielles, direction les romans en livre de poche. C'est en fait l'un de mes livres préférés.

Ah bon?

— Oh mince alors, vraiment? (Dan n'avait jamais rencontré de fille qui puisse dire : « Mince alors » sans passer pour une pauvre naze.) Mon yogi me l'a fortement recommandé.

— Le voilà, annonça-t-il en se mettant sur la pointe des pieds et en tirant sur le dos bleu et fin du livre.

Il le lui donna.

— Cool. (Elle retourna l'ouvrage pour examiner la quatrième de couverture.) Il a l'air vraiment super. Merci beaucoup de votre aide. Alors vous l'avez vraiment aimé?

Elle le regarda fixement, ses yeux en amande assortis au bleu crépuscule de la couverture défraîchie du livre.

— Bien…

Dan marqua une pause. Les livres étaient son domaine de compétence. Pourquoi ne trouvait-il rien à dire?

Peut-être parce qu'il ne l'avait jamais lu?

— C'était, hum… stimulant.

— Super. J'ai vraiment hâte de le lire. (Elle tint délicatement le livre contre sa poitrine et se pencha plus près de lui.) Et si je revenais quand je l'aurai terminé, comme ça vous pourriez peut-être m'en recommander un autre?

— Je suis toujours ravi de recommander des livres à nos clientes, répondit-il d'un ton doucereux.

— Génial! s'écria-t-elle avec un enthousiasme de pom-pom girl. Je m'appelle Bree.

— Dan.

— Cool, Dan. Ce livre n'est pas long, donc je reviendrai dans quelques jours. Merci encore pour ton aide !

Elle se retourna et s'en alla sans se presser, d'une démarche pleine d'entrain. Dan observa son petit cul rond, qui ressemblait de près à deux boules de crème glacée à la vanille, disparaître derrière le rayon Actualité et Documents avant de se souvenir qu'il venait de proposer à Vanessa d'emménager avec lui.

Comme c'est, euh… éclairé.

la famille qui joue ensemble reste ensemble

— Bravo ! s'écria lord Marcus. Darling, tu as un don inné pour ça !

Camilla gloussa, fourra sa longue crinière blonde derrière ses oreilles tandis que sa balle de croquet rouge passait sous le petit guichet pour aller s'arrêter sur une parcelle de pelouse vert émeraude parfaitement entretenue dans le jardin du manoir des Beaton-Rhodes. C'était leur troisième match de la journée et Camilla avait gagné. Une fois de plus.

— C'est le maître qui m'a appris, glousssa-t-elle, tout excitée.

— Quand est-ce que ce sera mon tour ? pleurnicha Olivia.

Voilà un bail qu'elle attendait son tour de donner un coup de maillet. Elle était assurément d'humeur à frapper quelque chose.

Derrière eux, le manoir de West London en pierres grises recouvert de lierre se dressait telle une forteresse. Olivia n'avait pas encore été invitée à entrer, ni même à rencontrer les parents de Marcus.

— Maman a l'une de ses migraines, avait expliqué le jeune homme, provoquant chez Camilla une crise de rire retentissante. Olivia se demanda si lady Rhodes avait tendance à prendre une bouteille de gin à la prunelle au lit avec elle, mais elle ne posa pas la question, préférant plutôt fusiller Camilla du regard, menaçante. Elle dégageait une espèce de : « Je suis *in*, toi tu es *out* » si flagrant qu'Olivia voulait simplement lui arracher la tête, comme à une affreuse Barbie « cousine royale » qui serait encore en rayon chez FAO Schwarz longtemps après Noël.

— Je crois que cela met un terme à notre partie, lança lord Marcus d'un air contrit. Et si on en refaisait une ?

— Tant pis, marmonna Olivia en sirotant son quatrième Martini Bombay Saphire de l'après-midi.

Des centaines de buissons parfaitement coniques encadraient l'imposant manoir. On avait même taillé les arbres massifs en formes contre nature. Olivia commençait à se sentir comme Alice au château de la Reine de cœur au Pays des merveilles. Elle alluma une Silk Cut et tira goulûment une taffe.

— Peut-on avoir d'autres rafraîchissements ? demanda-t-elle à personne en particulier.

Dans le doute, ne t'abstiens pas.

— Je suis naze, soupira Camilla en s'effondrant sur la chaise en fer forgé à côté d'elle. Tu t'amuses ? lui demanda-t-elle en posant sa main sur la sienne, repliée en petit poing furieux.

Marcus et elle n'étaient-ils pas censés être amoureux ? Pourquoi ne la déshabillait-il pas dans son élégante chambre édouardienne ? Pourquoi tenait-il à copiner avec son pot de colle de cousine ? Pourquoi ne lui faisait-il pas *au moins* du pied sous la table ?

Elle le regarda en plissant les yeux, cherchant un signe, un indice sur ses véritables sentiments. Un grand sourire s'étala sur son visage bien rasé et ses yeux verts étincelèrent de gaieté. Il avait l'air complètement oublieux. Comme s'il s'éclatait comme un fou sous le chaud soleil d'été. Olivia soupira. Peut-être était-elle méchante et trop critique. Elle jeta un coup d'œil furtif à Camilla. Peut-être allait-elle bientôt disparaître, et Marcus et elle pourraient baiser sous un conifère en forme de lièvre.

— Comme une folle, répondit Olivia d'un ton cassant.

— Je *meurs de faim*, si je puis dire, s'exclama lord Marcus en relevant les manches de sa chemise en lin blanc, avant de s'asseoir à la table au dessus de verre.

Il attrapa une minuscule assiette en argent remplie de minces sandwiches au concombre et fourra un triangle dans sa bouche.

— Tu as toujours faim quand je suis là, gloussa Camilla.

Elle lui donna un petit coup dans le ventre et sirota délicatement son martini.

— Tu te souviens de la fois où je suis venue te voir à Yale, quand nous sommes allés dans cette magnifique petite ville du Vermont pour un week-end de ski ? (Elle se tourna vers Olivia.) Nous passions nos journées sur les pistes et j'avais une seule envie : faire trempette dans le jacuzzi. Quand je suis ressortie, Marcus avait tout commandé – *tout*! – au room-service pour que l'on puisse manger près du feu.

Olivia ressentit le besoin urgent d'attraper son maillet et de frapper Camilla à la tête. Elle regarda Marcus qui rougissait. Peut-être Camilla et lui étaient-ils le genre de cousins qui aimaient jouer au docteur. Même s'ils étaient trop vieux pour y jouer. Face de Cheval ne comprenait-elle pas *qu'elle* était la petite amie de Marcus ?

— Oh Cam, je suis sûr qu'Olivia n'a pas envie que tu lui racontes notre week-end au ski.

Marcus se leva et agita l'assiette de sandwiches vide à l'attention du majordome.

Olivia se leva à son tour.

— Quelqu'un est partant pour une autre partie – un autre set, enfin, comment ça s'appelle déjà, bordel ? Je pourrai peut-être jouer cette fois.

— Oh, je suis épuisé. J'aurais dû te prévenir, s'excusa Marcus. Camilla est un véritable crack aux jeux.

Bon, alors très bien.

— À propos de crack, j'ai la vessie qui va craquer, marmonna Olivia dans sa barbe, il faut que j'aille au petit coin.

Elle avait chopé l'humour anglais ces derniers jours.

— Oh là là, fit Camilla en s'empourprant, ça c'est l'esprit des Amerloques !

Et ça c'est le côté vachard des Angliches.

— À l'intérieur, lui expliqua lord Marcus. Tu traverses la bibliothèque et c'est sur ta gauche.

— Je trouverai, souffla Olivia en titubant légèrement en se dirigeant vers la maison. (Le gin lui était monté à la tête.) Reste assis.

Elle avança d'un pas lourd le long du chemin dallé, défroissant la robe chemisier Thomas Pink blanche qu'elle avait enfilée spécialement pour leur après-midi de jeux de pelouse. La maison, dans un désordre étonnant, empestait les fleurs qui pourrissaient. Naturellement, le mobilier était magnifique, en particulier les tapis – apparemment lady Rhodes envoyait un acheteur à Marrakech tous les deux ans pour élargir sa collection. Mais un vitrail dans la bibliothèque donnait à la maison l'étrange apparence d'une église, et Olivia se sentit bizarre à errer toute seule, sachant que lady Rhodes, à l'étage, était en train de soigner une migraine.

Seule au petit coin, elle alluma une autre Silk Cut,

sa nouvelle cigarette anglaise préférée, et, en exhalant, elle examina son reflet dans le miroir aux dorures. Elle plissa les yeux et rentra le menton, travaillant le look sexy qu'elle réserverait à son petit ami. Un verre de plus et elle lui suggérerait de rentrer au Claridge pour un cinq-à-sept torride. Les jeux de pelouse étaient bien gentils, mais elle était d'humeur à faire du *vrai* sport. Elle fuma sa cigarette en entier et piqua un savon des Beaton-Rhodes en forme de coquillage fabriqué en France, rien que pour le plaisir.

Les vieilles habitudes ont la peau dure.

Dehors, une nouvelle tournée de martini avait été servie et lord Marcus offrit un autre verre à Olivia quand elle s'assit.

— Elle veut un cendrier, railla Camilla, matant nerveusement le centimètre de cendre au bout de la cigarette de la jeune fille.

— La pelouse fera l'affaire, merci, répondit Olivia sans ambages, buvant un coup dans son verre Riedel fin comme du papier, en renversant un peu sur la table au passage.

— Darling, attends, la réprimanda jovialement lord Marcus. Nous portons un toast. Nous t'attendions.

— En quel honneur? demanda Olivia, réprimant un rot.

— Quand tu étais à l'intérieur, Camilla m'a annoncé la plus merveilleuse des nouvelles.

Elle part en Suisse se faire refaire son énorme nez? La grosse gouine qu'elle est fait enfin son coming-out? Elle a décidé de devenir nonne?

— Elle prolonge son séjour. Elle restera avec nous tout l'été. N'est-ce pas merveilleux?

Lord Marcus entrechoqua son verre avec le sien.

Camilla but une gorgée délicate et posa sa main, protectrice, sur celle d'Olivia.

— Nous serons de très bonnes amies, presque comme des sœurs, promit-elle, ressemblant cette fois davantage à la méchante sorcière de belle-mère qui veut manger Hansel et Gretel qu'à l'un des trois petits cochons.

Olivia fit un sourire coincé et descendit son verre d'un trait avant de se tourner vers Camilla :

— J'ai toujours désiré une *grande* sœur, *plus âgée que moi*.

Marcus les prit toutes les deux dans ses bras bronzés par le squash et les serra dans une étreinte de groupe.

— Je savais que vous vous entendriez bien toutes les deux.

Il les embrassa chacune sur la joue, et Olivia ferma les yeux, tâchant de faire comme si Camilla n'était pas là.

Dieu merci, elle avait toujours eu une imagination galopante.

une star est née (en quelque sorte)

Les tongs Hermès en plastique orange vif de Serena claquaient bruyamment sur le sol en marbre à carreaux noir et blanc de l'entrée du Chelsea Hotel. Elle se dirigeait vers la chambre 609, où Ken Mogul logeait Thaddeus Smith, son partenaire dans le film. Le Chelsea était sûrement l'hôtel le plus célèbre de New York City. Foyer d'artistes emblématiques tels que Andy Warhol, et de rock-stars comme Janis Joplin, il avait jadis essuyé un terrible incendie, obligeant tous ses célèbres résidants à s'en aller. À présent, c'était surtout un piège à touristes, mais il conservait son allure sixties historique, et son rez-de-chaussée abritait un bar obscur et branché, judicieusement baptisé Serena.

Serena ne comprenait pas pourquoi Thaddeus pouvait séjourner à l'hôtel, et elle, dans un appartement pourri sans air conditionné. Depuis le départ de Jason, elle était restée seule, crevant trop de chaud pour bouger, quand Ken l'avait appelée pour lui demander de venir pour une répétition improvisée avec Thad. Elle respira un bon coup, tripota nerveusement les fermetures Éclair de son sac « motorcycle » Balenciaga vert-de-gris et frappa à la porte écaillée de la chambre 609.

— Salut toi ! cria-t-elle gaiement lorsque Vanessa Abrams vint ouvrir.

À peine deux semaines s'étaient écoulées depuis leur

remise des diplômes, mais on aurait dit que c'étaient leurs vingtièmes retrouvailles, genre. Vanessa portait une robe portefeuille en jersey de soie noire et les sandales plates argent les plus cool que Serena ait jamais vues.

— Tu es sublime ! lui lança-t-elle.

Vanessa ouvrit la bouche pour répondre, mais Ken l'interrompit.

— Serena, cria-t-il lentement. (Il était juché sur le rebord d'une fenêtre de la pièce principale de la suite d'hôtel, où il fumait une cigarette sans filtre.) Bienvenue dans notre univers !

— Ravie de vous revoir, gloussa Serena en passant la porte et en traversant la pièce inondée par la lumière de la 23e Rue. Les murs étaient peints en vert menthe dur, ce qui lui rappelait les salles de bains de son réfectoire à l'Hanover Academy, le pensionnat du New Hampshire où elle avait passé son année de première. Il y avait un canapé de cuir marron, aux accoudoirs pleins de craquelures et de déchirures, et des douzaines de petits cactus en pots ornaient la fenêtre. Par les portes-fenêtres, Serena distingua un lit king-size défait.

— Tu imagines le nombre de personnes qui ont baisé ici ? murmura Vanessa à Serena.

Celle-ci fronça le nez. Oui, elle imaginait bien.

— Tu connais Vanessa, bien sûr, dit Ken en jetant sa cigarette par la fenêtre ouverte derrière lui. Je lui ai demandé de monter à bord en tant que directrice photo.

Comme si elle avait eu le choix.

— Super. Cool, fit Serena en gratifiant d'un clin d'œil son amie qui s'activait à présent sur du matériel à l'aspect pro.

— Et moi, c'est Thaddeus, fit une voix sexy lorsque la star arriva d'une démarche nonchalante de la chambre adjacente.

Thaddeus Smith était plus grand que ce que Serena aurait cru, et ses épais cheveux blond sale tenant tout droit, lui octroyaient un centimètre ou deux de plus. Il portait un ensemble passe-partout en jean foncé et un polo Lacoste noir délavé, le col relevé avec une espèce de résolution ringarde. Serena avait l'impression de le connaître et, en un sens, c'était le cas : elle l'avait vu courtiser une starlette du Sud au visage doux dans les deux comédies romantiques qu'ils avaient tournées ensemble ; elle l'avait vu fuir un fou dangereux – qui s'avéra être son frère jumeau perdu de vue depuis longtemps qu'il avait joué lui-même dans un double rôle difficile. Elle l'avait même vu en combinaison blanche ajustée camper une créature muette détachée de ce monde, réveillée par l'alignement du soleil à une ancienne ruine maya. Elle avait déjà entendu cette voix de baryton lorsqu'il flirtait et plaisantait dans des talk-shows, et, naturellement, elle avait maté de près ses inimitables abdos dans d'innombrables publicités pour les sous-vêtements Les Best. En chair et en os, il se montrait largement à la hauteur du battage publicitaire : il était sublime, de la barbe dorée de plusieurs jours sur les traits anguleux de son visage à ses pieds bronzés et parfaits.

Thaddeus prit la main de Serena dans la sienne et la serra fermement.

— Quel bonheur de faire enfin ta connaissance !

Ses yeux bleu clair plongeaient-ils dans ses yeux bleu foncé à elle ou était-ce simplement son imagination ?

— Pareillement, souffla-t-elle.

— Je suis ravi que nous soyons tous là, commença Ken en allumant une autre cigarette. (Il serra ses genoux contre sa poitrine, perché sur le rebord de fenêtre dans son cycliste bleu roi à l'aspect glissant.) Sortez les scénarios. Et Thaddeus, à partir de maintenant, elle est Holly, pas Serena.

Thaddeus s'affala dans le canapé en cuir craquelé et jeta négligemment les coussins par terre.

— Assieds-toi, Holly.

Serena fouilla dans son sac pour sortir son texte, puis s'assit sur le canapé, résistant à l'envie pressante de se blottir plus près de son partenaire.

Parce que ça ne serait tout simplement pas professionnel.

Ken ferma les yeux et respira un bon coup, gonflant les narines. Il étendit les doigts devant lui comme les antennes d'un insecte, descendit du rebord de fenêtre d'un bond et se dirigea vers le milieu de la pièce en titubant. Ses yeux s'ouvrirent d'un coup lorsqu'il heurta la table basse en bois éraflé et qu'une montagne de scénarios remaniés tomba par terre. Puis il bondit sur la table, s'accroupit sur le bord, et se pencha tout près des deux autres.

— Nous allons commencer par cette grosse scène, le paroxysme du film. C'est le cœur émotionnel du film, et je veux la mettre en boîte avant que l'on s'attaque à autre chose ; tout concourt à ce moment.

Ken était accroupi si près d'eux que Serena sentait son haleine de tabac froid et humide. Elle leva son script comme une barrière et se mit à le parcourir. Elle avait supposé qu'ils commenceraient par le commencement. Elle connaissait son texte des toutes premières scènes, mais la deuxième moitié du film la faisait encore un peu hésiter.

— Alors on va le lire une fois, et on y go, on se remue, on trouve notre place dans la pièce, et on met le truc en route, OK ? Vanessa va tourner, histoire de mettre quelques séquences test en boîte pour que vous puissiez les bosser par la suite. Ça vous botte ? demanda Ken, toujours accroupi sur la table basse comme une gargouille.

— Allons-y, acquiesça Thaddeus en jetant son scénario.

— Presque prête, dit soudain Vanessa qui connectait sa caméra à l'un des ordinateurs portables du réalisateur.

— Et Holly ? demanda Ken en posant son menton sur sa main tandis que son doigt semblait explorer son nez.

— C'est quand vous voulez, marmonna Serena.

Merde, merde ! Elle n'en connaissait pas un seul mot. Elle respira un bon coup.

— Chéri, tu me sauves toujours. Comment pourrais-je un jour te remercier ? commença-t-elle en agitant lentement la main droite, délibérément.

On aurait dit un tic sexy. Un petit don.

— Tu n'as pas à me remercier, répondit Thaddeus dans le rôle de Jeremy Stone, sur le ton de baryton sexy que tout le monde connaissait. (Ils se tenaient près de la fenêtre, et il se pencha près d'elle, le soleil de l'après-midi inondant son profil taillé à coups de serpe quand il prit le poignet de Serena.) C'est moi qui devrais te remercier. Je te dois tout, Holly. Tu m'as montré comment être… (Il marqua une pause intense.) Tu m'as montré comment être moi.

Peut-être était-ce parce qu'il était un acteur talentueux ou parce qu'il était simplement magnifique, mais il rendait ce dialogue naze presque normal. Il se tenait si près de Serena qu'elle sentait presque la menthe dans son haleine. Était-il simplement parfait ?

Ouaip.

— Je… je…, bafouilla Serena. Je ne sais pas quoi dire.

De l'autre côté de la pièce, derrière la caméra, Vanessa s'éclaircit la gorge.

— Ne dis rien, roucoula Thaddeus/Jeremy. Ne bouge pas et laisse-moi te regarder.

Serena ne bougea pas. C'était plus fort qu'elle, mais elle croyait le moindre mot de ce que disait Thaddeus.

— Je vous arrête, lança Ken Mogul. Holly, ma belle, souviens-toi, tu n'es *pas* Serena, tu es Holly.

— OK, murmura-t-elle.

Dans sa tête, elle n'était pas Holly Golightly. Elle était elle-même et elle craquait pour le mec parfait qui se tenait devant elle. Elle avait passé toute sa vie à ne pas jouer de rôle avec les garçons. Difficile, donc, de *jouer la comédie* avec un, surtout un si… Mignon.

— Et laisse tomber ce truc avec ta main, geignit Ken, comme un gros bébé. On dirait que tu tapes sur des moustiques.

— Désolée.

Par la fenêtre ouverte, Serena entendait le bruit des voitures qui filaient à toute allure. Elle aurait bien voulu être dehors et faire du lèche-vitrines avec Thaddeus sur Mercer Street dans SoHo, ou qu'il lui fasse manger des sushis sur le toit du Sushi Samba, à quelques blocs dans le centre. Thaddeus se pencha par la grande fenêtre et respira un bon coup. Lisait-il dans ses pensées ?

— Écoute Thad, c'est tout, poursuivit Ken, le doigt toujours dans le nez. Il n'est plus Thad, n'est-ce pas ? Non il est Jeremy. Tu entends ça – sa timidité ? Sa nervosité ? Tu le terrifies, tu vois. Le terrifies et l'enchantes. Fais-nous tous ressentir ça, OK ? Fais-nous tous tomber amoureux de toi.

Comme si cela lui avait un jour posé problème.

— On recommence.

Le réalisateur tapa dans les mains tout en allumant

simultanément une autre cigarette, bien que sa dernière se fût consumée jusqu'aux cendres sans même qu'il ne la touche.

Thaddeus revint brusquement parmi eux, et se pencha de nouveau près de Serena.

— Chéri, tu me sauves toujours. Comment pourrais-je un jour te remercier ? fit-elle, avec un peu plus d'assurance cette fois.

— Tu n'as pas à me remercier.

— Il faut que tu viennes à ma...

Elle ne se souvenait pas du reste. Elle *devait* jeter un coup d'œil à son scénario.

— Soirée ! cria Ken. *Soirée !* Tu n'as pas lu le script, Holly ?

— Si, marmonna Serena, sur la défensive, résistant au besoin urgent de donner un coup de pied dans la pile de scripts par terre, de part et d'autre de la grande fenêtre.

— OK, avançons un peu. (Ken frotta son front bizarrement rouge.) Faisons la grosse scène du matin. Il y a juste un petit dialogue, tu devrais pouvoir t'en sortir, non, Holly ?

— Bien sûr.

Elle avait l'impression de tout faire mal, même si elle n'avait dit que quelques mots. Ne pouvaient-ils pas prendre le temps de s'échauffer ?

— OK, Thaddeus, tu commences, ordonna Ken, sa nouvelle cigarette allumée dans la main tel un flambeau.

— Holly, récita Thaddeus, de tête. (Son script se trouvait toujours sur le canapé.) Je savais que je te trouverais ici.

— Sauras-tu toujours où me trouver ?

Du coin de l'œil, elle vit Ken secouer la tête et fit tomber son script par terre. Elle y arriverait. Elle se releva sur la pointe des pieds et se blottit contre le torse musclé de Thaddeus.

— Oui, si tu ne bouges pas, dit-il d'un ton doux. Ne t'enfuis plus jamais loin de moi.

— Je te le promets, murmura Serena.

C'était sa dernière réplique dans le film. Elle tendit le cou, leva son visage vers celui de son partenaire, s'offrit à lui. Elle sentait le dentifrice et la nicotine dans l'haleine chaude de la star, la lotion Kiehl's aux flocons d'avoine sur ses mains, et Tide sur ses vêtements. Elle le touchait à peine, posait juste ses mains sur sa poitrine ferme, mais elle sentait son corps contre le sien, de son dos large et fort à ses abdos parfaits, de ses avant-bras minces et musclés à ses pieds chaussés de tongs. Et elle sentait autre chose : une once d'électricité dans l'air, dans la minuscule parcelle d'espace entre leurs deux corps. Était-ce de la comédie ou était-ce pour de vrai ?

— OK, bégaya Thaddeus.

Il recula d'un pas et Serena, adossée contre lui de tout son poids, chancela légèrement.

Il rit nerveusement.

— Ken, une clope ?

Ken lui tendit un paquet de Marlboro et Thaddeus en prit une qu'il alluma calmement.

— Qu'en penses-tu, Ken ? demanda-t-il en passant son pouce dans sa ceinture.

— Bien. Mieux. J'ai senti plus d'étincelle cette fois. Mais Holly a besoin d'y mettre du sien et de bosser plus. Holly, on peut faire des remaniements si ton texte te pose problème.

— Comment ça ?

Serena s'enfonça dans le canapé usé. Elle n'avait pas fait *trop* d'erreurs, non ?

— S'il y a trop de mots, tu sais, expliqua-t-il, en

articulant lentement et d'une voix forte, comme s'il s'adressait à quelqu'un qui ne parlait pas bien sa langue. Si tu as du mal à te souvenir de tout.

La traitait-il *d'idiote*?

— Non, c'est bon, fit-elle dans un profond soupir.

— Elle va prendre le coup de main, ajouta Thaddeus en s'asseyant à côté d'elle.

Il posa sa main douce sur son genou nu et serra affectueusement sa jambe en guise de soutien.

Tu sais que j'y arriverai, acquiesça Serena en silence. Était-elle déjà amoureuse? Parfois elle était presque trop facile.

Sans commentaire.

— Bien sûr, bien sûr, acquiesça Ken. Il nous faut juste un peu plus de temps de répétition, je pense. Qu'en dis-tu, Vanessa?

Celle-ci n'avait même pas pu tout enregistrer sur sa caméra car ils ne lui avaient pas laissé assez de temps pour installer son matériel.

— Ça a déchiré, mentit-elle, enthousiaste.

Après tout, ce n'étaient que des répétitions.

Et de toute évidence, ils auraient besoin de *beaucoup* d'autres répètes.

quand on croit connaître quelqu'un…

— Chérie, je suis làààà ! (Dan passa la tête par la porte de la chambre de sa petite sœur Jenny.) Vanessa ?

— Hé !

Vanessa se leva de derrière le chevalet de Jenny. La chambre cosy regorgeait toujours des toiles de Jenny – paysages délavés, dessins architecturaux de célèbres bâtiments new-yorkais comme le Dakota sur la 72e Rue, portraits de nus dont elle vit Dan détourner le regard, au cas où il s'agirait d'autoportraits de sa sœur. Elle prit sa silhouette maigre dans ses bras et l'étreignit.

— Merci mille fois de me laisser habiter ici.

— Ce sera super, l'assura-t-il en s'affalant sur le lit recouvert d'une couette en flanelle bleue. Ce sera notre Gros Été à New York. J'y réfléchis. Toutes les choses que l'on fera ensemble – pédaler sur ces stupides bateaux dans Central Park, acheter des bagels chez H&H Bagels quand on ne travaillera pas…

— Hum, ça m'a l'air super, mais je vais être vraiment prise par mon boulot, tu sais ? Il va falloir beaucoup de travail pour faire quelque chose de ce film.

Elle désigna d'un signe de tête l'écran d'ordinateur où le visage éthéré de Serena van der Woodsen, les yeux mi-clos, était sur pause. Elle revoyait les séquences des répétitions de cet après-midi, et si cela présageait de ce que serait le film une fois terminé, eh bien, ce ne serait pas joli-joli.

— Bien. (Dan fit un peu la moue.) Bien sûr.

L'aspect positif, c'était que plus Serena se plantait dans les répétitions, plus Vanessa avait le temps de se faire à la prise de vues. Elle lui donnerait quelque chose de mieux. Elle était résolue à faire quelque chose de véritablement avant-gardiste et hors du commun, quelque chose qui emballerait véritablement Ken Mogul et ses producteurs. Il avait mentionné Godard. Mais elle excellait quand il s'agissait de mélanger l'humour à la tragédie. Elle montrerait le préservatif usé collé à la chaussure de Holly, le côté terni de la reine de la fête !

— Où est ton père ? demanda-t-elle, changeant de sujet.

Ce n'était qu'une question de temps avant qu'elle ne voie Rufus, le papa poète beatnik de Dan, qui portait son T-shirt habituel des Mets taché et son short cargo brun clair trop moulant. Elle espérait le voir avant de tomber par hasard sur lui en plein milieu de la nuit. Qui sait comment il serait habillé à ce moment-là ?

Il haussa les épaules.

— Tu as parlé à Ruby ? (Il fouilla ses poches, d'où il sortit un vieux paquet de Camel tout fripé, en alluma une, puis s'allongea sur le petit lit plein de bosses de Jenny.) J'espère que vous vous réconcilieriez, vous deux. La vie est bien trop courte, tu sais ?

— Hein ? s'enquit paresseusement Vanessa en s'allongeant à côté de lui.

Ruby avait envoyé quelques textos d'excuse, mais Vanessa était trop en colère pour prendre la peine de tous les lire jusqu'au bout. Elle imaginait bien sa frangine percer les boutons dans le dos de Piotr pendant qu'ils baisaient dans son atelier éclaboussé de peinture

– *alias* son ancienne chambre. Elle fourra sa tête presque rasée dans le cou noueux de Dan et murmura :

— J'ai vraiment autre chose à faire en ce moment, tu comprends ?

— C'est dommage, observa-t-il d'un ton solennel. J'ai toujours admiré votre relation.

— Bien sûr. (Elle ne put résister à ricaner un peu.) Tu te sens bien ?

Dan se tourna vers elle de sorte que leurs nez se touchèrent presque. Vanessa embrassa ses lèvres qui sentaient la fumée. Il lui effleura le visage.

— Tu sais, je ne l'avais pas encore réalisé, mais le bonheur se trouve, genre, juste devant toi, tu comprends ce que je veux dire ? C'est comme pour nous. Comme si tu étais tout ce qu'il me fallait pour être heureux, et tu es là, carrément chez moi. Je sais que tu as beaucoup de boulot et tout et tout, mais c'est super. En fait, c'est bien plus facile de parvenir au bonheur que d'étreindre la laideur.

Vanessa se mordit la lèvre. Elle aimait Dan, mais elle espérait sincèrement qu'il n'allait pas lui sortir une autre proclamation gênante de dévotion éternelle, comme à sa cérémonie de remise des diplômes. Parfois, mieux valait ne rien dire.

Répète encore.

— As-tu appris ça dans ton nouveau boulot ? le taquina-t-elle. Je ne savais pas qu'au Strand ils offraient des conférences gratuites de développement personnel New Âge.

— Je ne parle pas du travail. (Il tira dur sur sa Camel, sur la défensive.) J'ai lu *Siddhartha* pendant ma pause cet après-midi. La vie est si courte… C'est vrai, on peut seulement espérer trouver un sens à cette vie, tu sais ?

Le seul bouquin dont Vanessa l'avait entendu parler

avec autant de passion était *Les Souffrances du jeune Werther*, un livre flippant sur un type lunatique et dépressif qui se suicide à la fin car sa petite copine en épouse un autre.

— Bien. Je suis officiellement désorientée. De quoi parles-tu donc, bon sang ? lui demanda-t-elle.

Ses sourcils se froncèrent quand elle le fixa dans ses yeux marron clair.

— Je parle du sens de la vie, répondit-il simplement.

Ou parlait-il d'une blonde superguillerette au cul parfaitement rond ?

gossipgirl.net

thèmes ◄précédent suivant► envoyer une question répondre

Avertissement : tous les noms de lieux, personnes et événements ont été modifiés ou abrégés afin de protéger les innocents. En l'occurrence, moi.

Salut à tous !

J'ai découvert quelque chose de très important sur moi : je suis bi. Non, ce n'est pas ce que vous croyez. Je suis simplement déchirée entre les endroits où je veux passer l'été, et j'ai décidé que je voulais les deux. Merci mon Dieu d'avoir inventé le Teterboro Airport ! Un coup de voiture rapide jusqu'à la piste et me voilà sur l'île en moins d'une heure ! Cela me donne l'occasion de mater les surfeurs et, en même temps, de dire oui à toutes les fêtes auxquelles je suis invitée ici chez moi.

Les soirées en ville en été ont vraiment quelque chose de select. Si intimes, sans invités indésirables. Enfin presque. Non pas que nous n'aimons pas être pris en photo – nous aimerions juste nous assurer qu'il n'y a pas de sable dans nos cheveux avant que le flash ne parte. Oui, je parle des paparazzi. À l'évidence, ils doivent travailler tout l'été et, à l'évidence, ils s'ennuient car ils s'acharnent sur les quelques people restés en ville – moi y compris – comme si chaque nuit était une fête post MTV Music Awards dans le loft de Lindsay.

Mais l'été et la plage vont de pair, et je n'ai jamais pu renoncer complètement au littoral. Mais c'est ce que vient de faire cette coqueluche de **T**, qui a abandonné son ranch somptueux dans le North Shore (oui, celui que vous avez vu dans un épisode de *Cribs*) pour passer un été chaud-bouillant à New York City-la-torride. Si ce n'est pas du dévouement…

OUTRE-ATLANTIQUE

Je sais qu'au commencement nous étions une colonie anglaise, mais nous avons remporté la guerre – sans rancune ! – et, de fait, nous faisons les choses quelque peu différemment de ce côté-ci de l'Atlantique. J'aime toute cette histoire de royauté – en particulier un certain héritier au trône et son rouquin de frère cadet, un teufeur invétéré – mais il y a beaucoup de choses chez les Anglais qui me dépassent. Par exemple, il paraît qu'une certaine jeune Américaine sexy aux yeux bleus que nous connaissons et aimons tous s'est mise à fréquenter un gentleman titré qui visiblement n'a d'yeux que pour sa, hum, cousine ? Apparemment, dans certaines grandes et vieilles familles anglaises, il est parfaitement acceptable de demander à votre cousine de venir passer l'été chez vous, de lui tenir la main lors de dîners intimes dans les meilleurs restaurants de Londres, de vous esquiver ensemble dans cette maison de campagne au toit de chaume pour un week-end de chasse au renard. Si ce n'est pas un choc des cultures…

VOS E-MAILS :

Q: Chère GG,
Ma mère a insisté pour que je fasse un stage dans un magazine de luxe cet été. Elle prétend que cela m'aidera à me préparer à affronter le vrai monde, mais j'ai l'impression d'être la seule à passer l'été

claquemurée dans le placard de la mode, à ranger les boîtes de chaussures Marc Jacobs de la prochaine saison et à suivre les progrès des bijoux Me&Ro. C'est comme bosser dans la vente et, de plus, j'ai toute la vie pour travailler, non? Ne devrais-je pas être en train de décompresser sur la plage avec mon succulent petit copain, ou quelque chose comme ça?
— Au Placard

R: Chère Au Placard,
Et moi, qu'est-ce que je ressens, à ton avis? Je suis encore là, avec la clim à fond et une bouteille de Dom glacée à côté de l'ordinateur, en train de bosser dur pour assouvir tous vos besoins de potins. Mais sérieux, sers-toi donc quelque chose de Guccilicieux dans le tiroir des lunettes de soleil. Tu le mérites ! (Et personne ne s'en rendra compte si tu prends aussi un truc pour ton petit copain.)
— GG

Q: Chère GG,
Ce mec, **N**, a-t-il un frère qu'il n'a pas vu depuis des années? Je crois que je l'ai aperçu à l'Oyster Shack sur l'île, mais ça ne pouvait pas être le même : celui-ci était habillé comme un ouvrier en bâtiment et traînait avec une nana du coin au look de pétasse mais indéniablement chaude. Une idée de ce qui se passe?
— Temps d'arrêt

R: Chère Temps d'arrêt,
Il n'y a assurément qu'un seul **N**. S'il joue aux jeux de construction maintenant, je te suggère de l'embaucher pour qu'il vienne te construire une terrasse.

Peut-être qu'il va en baver et après tu pourras l'inviter à se baigner à poil !
— GG

ON A VU :

O, se prendre la tête avec la vendeuse de sacs à main toute timide chez Harvey Nichols. Ils ont aussi des listes d'attente à Londres, mais certaines n'ont jamais appris que la patience était une vertu. **S**, flâner dans un coin inconnu de l'Upper East Side – vraiment loin du parc – l'air triste et délaissée et acheter de la bouffe pour chat Purina à l'épicerie du coin. Peut-être essaie-t-elle un nouveau régime de folie? **N**, traîner le long de Catachungo Road à Hampton Bays, portant une casquette de base-ball à l'effigie de Yale et se tenant tout près d'une fille mystérieuse, arborant un dos-nu rose embelli de logos Old Navy. J'ai dû louper l'ouverture de leur magasin dans les Hamptons. **V**, s'installer dans un fauteuil de cuir bordeaux dans un salon de coiffure pour hommes de la vieille école, dans l'Upper West Side, ignorant le règlement « réservé aux hommes. » Quelqu'un devrait peut-être lui expliquer qu'elle n'est plus à Brooklyn. **D**, lové sur un banc de Union Square, en train de lire un pavé en poche sur le yoga kundalini tout en fumant une cigarette. A-t-il l'intention d'écrire un poème épique sur les positions de yoga pour ceux qui souffrent d'un cancer du poumon? Qui veut le savoir? Moi.

Et vous m'adorez, ne dites pas le contraire,

gossip girl

les banlieusards sont aussi des êtres humains

Nate poussa son fidèle Schwinn en dehors de la route graveleuse, sur l'accotement goudronné devant l'Oyster Schack, réussissant à ne pas rejouer sa gamelle humiliante de la veille. Après leur glace, Tawny l'avait emmené faire réparer son vélo au Bob's Gas'n'Dogs : il était comme neuf. Il inspira l'air frais avec plaisir. Il n'avait fumé que le tiers d'un joint ce matin et avait donc les idées claires.

C'est une première.

Bien qu'il ne fût que dix-huit heures, l'Oyster Shack était bondé de jeunes en short et dos-nu qui mangeaient des frites et buvaient de la Bud en cannette. Calant le vélo sur sa béquille, Nate se dirigea d'un pas tranquille vers le banc de pique-nique rouge orangé où était assise Tawny ; elle fumait une Virginia Slim, un petit sourire diabolique sur ses lèvres charnues, opalescentes et glossées de pêche.

En temps normal, Nate se serait senti quelque peu stupide d'aller retrouver une fille en vélo, mais il appréciait l'exercice physique, la brise sur son visage, le vent dans ses cheveux. Bien sûr, il pourrait apprécier le vent dans ses cheveux au volant de l'Aston Martin 1978 décapotable bleu pastel d'époque de son père garée dans son garage à vingt minutes de là. Mais cette voiture constituait la fierté et la joie du capitaine, et Nate n'avait pas le droit de la conduire seul, surtout dans Hampton Bays, l'un des pires quartiers du coin.

Hier, près avoir partagé un cornet de glace innocent et fait réparer le vélo du jeune homme, Tawny avait suggéré qu'ils se retrouvent pour dîner. Nate n'avait pas eu besoin de se faire prier : comme une bonne expetite amie, la Destinée le tirait toujours d'embarras, pile quand il avait besoin d'elle. Juste au moment où la solitude commençait à le déprimer, il avait rencontré Tawny, sexy et pleine d'assurance.

— Tu y es arrivé! pépia-t-elle en éteignant sa cigarette sur la table et en jetant le mégot dans l'herbe derrière elle.

Elle portait un haut de bikini couleur pêche et une jupe portefeuille en jersey noir qui dévoilait ses cuisses bronzées, rondes mais fermes. Ses cheveux détachés effleuraient ses épaules parsemées de taches de son, et ses lèvres pêche étaient assorties aux bretelles de bikini qui glissaient de ses épaules.

— Sans tomber, ajouta-t-elle.

— Ouais, pas d'accident cette fois, acquiesça Nate en riant et en secouant la tête. (Il rabaissa d'une chiquenaude le col de la chemise Brooks Brothers bleu clair, propre mais délavée, qu'il avait enfilée après le boulot avant de se glisser sur le banc en face d'elle.) Je dirais que la journée se passe super bien.

— Comment c'était le boulot? s'enquit Tawny en étalant un truc visqueux à la vanille sur ses lèvres.

Nate pouvait le sentir de sa place.

— La routine : travail manuel crevant. (Il avait passé toute la journée de la veille et celle d'aujourd'hui à clouer de nouveaux bardeaux sur le toit de Michaels le coach. Ses mains étaient toutes calleuses et il avait mal aux bras.) Je travaille pour mon coach, donc je peux pas vraiment me laisser aller. Il est un peu con sur les bords. C'est comme à l'entraînement, j'imagine.

Mais sans la crosse. Et la balle. Et le reste de l'équipe.

— Tu dois vraiment l'aimer, tout de même, pour avoir envie de travailler pour lui tout l'été, répliqua Tawny.

Nate haussa les épaules et passa la main dans son cou endolori.

— J'imagine.

Inutile de lui parler du Viagra volé et du diplôme en suspens, hein ?

Mieux vaut pas.

— Mon pauvre, roucoula-t-elle. Il te faudrait peut-être un massage. Je peux m'entraîner sur toi. C'est clair, je serai TMA après le bac.

— Quoi ?

Il ne voyait absolument pas de quoi elle parlait.

TMA ? Traînée minable agréée ?

— *Thérapeute masseuse agréée*, idiot ! Ne me dis pas que tu ne connais pas ! Enfin bref, j'ai parlé à des gens du Spa de Sag Harbor et ils vont me laisser faire un stage. Tu sais, m'entraîner sur de vraies personnes ? Je suis trop contente ! (Elle se pencha sur la table et se mit à masser l'avant-bras de Nate avec les deux mains, en appliquant une pression surprenante, ses longs doigts manucurés écorchant sa peau comme des racloirs à glace sur le pare-brise d'une voiture.) Tu vois ? Ça fait du bien, non ?

Ça faisait du bien, si l'on peut dire, mais Nate était bien plus intéressé par la vue qui s'offrait à lui : Tawny était tellement penchée que l'on voyait entièrement ses seins impressionnants en forme de pêche.

— Alors, euh, tu vas toujours au lycée ? marmonna-t-il, se rappelant que c'était son tour de dire quelque chose. Je viens d'avoir le bac.

Ça faisait du bien de le dire. Ça lui donnait l'impression d'être viril.

Oh là là.

— Je passe le bac l'an prochain, expliqua-t-elle en déplaçant ses mains de son avant-bras à son torse, tout dur à force de donner des coups de marteau. J'ai trop hâte. J'en ai marre du lycée. J'imagine que j'aurai mon certificat, tu sais, et je prendrai une maison dans les Bays. Si tu es bon, tu peux te faire un tas de fric avec les touristes en été et tu n'as pas besoin de travailler le reste de l'année. C'est carrément mon plan : bien gagner ma vie en tapant les estivants.

Elle rit.

— Cool, dit Nate qui avait bien du mal à se concentrer sur ce qu'elle lui disait car ses nichons étaient quasiment sur ses genoux.

Il coupa tellement le son à ce qu'elle racontait qu'on aurait dit les parents dans une bande dessinée Peanuts. *Wah wah-wah-wah.* Ses lèvres étaient charnues et brillantes, et elle sentait la vanille.

Il projeta la tête en avant, l'embrassa délicatement et lui toucha doucement les joues. Sa bouche avait un goût de Coca light et d'une espèce de fruit artificiel mais délicieux.

Au bout de quelques minutes, elle gloussa et se détacha.

— On peut faire ça toute la nuit, mais je veux connaître tes projets à toi aussi, poursuivit-elle en se rasseyant et en lui prenant la main. Tu pourras m'en parler pendant le dîner.

— Ouais, bien sûr, dit Nate en se levant et en tapotant sa poche pour s'assurer qu'il n'avait pas oublié son porte-monnaie. Il se demanda si l'Oyster Shack acceptait l'American Express Platine. Il se lécha les lèvres qui avaient, à présent, elles aussi un goût de fruit, étaient toutes collantes et donneraient probablement un goût de piña colada à sa bière.

— Allons manger quelque chose et je te dirai tout sur mon plan d'ensemble.

Nate Archibald avait un plan d'ensemble ?

— Impressionnant, gloussa de nouveau Tawny en se levant et en rassemblant ses cigarettes, son briquet, et sa pochette XOXO en faux cuir doré, arborant des tas de boucles partout.

— Bien, j'entre à Yale dans quelques mois...

— *Yale* ? Vraiment ? Merde alors, c'est une bonne fac ! (Elle passa son bras sous celui de Nate.) Et chère, en plus.

Mais bon, l'éducation, c'est comme un sac Birkin – comment mettre un prix sur ce genre de choses ?

o comme officielle

Olivia Waldorf croisa les jambes et se cala dans le fauteuil à haut dossier en cuir. Elle porta à ses lèvres la tasse de thé en porcelaine Spode blanche, sirota délicatement l'Earl Grey tiède et sourit à Jemima, la vendeuse qui s'affairait autour d'elle.

— Miss Waldorf, gloussa Jemima en tendant à la jeune fille un petit carnet de cuir bleu marine, quand vous voulez.

Olivia ouvrit le petit carnet : à l'intérieur se trouvaient sa carte American Express noire, un reçu et un stylo, qu'elle attrapa avant de signer sur les pointillés sans même regarder.

— Formidable. J'ai fait emballer vos colis, ils seront expédiés au Claridge sous peu. Puis-je faire autre chose pour vous ? Vous commander un taxi peut-être ?

— Non merci. (Elle lui fit un sourire gracieux.) Je pense que je vais marcher.

Depuis une heure, Olivia était confortablement installée dans l'arrière-salle privée d'une nouvelle boutique, Kid, dans West London, et occupait Jemima, une jolie brune aux dents affreuses, qui lui rapportait tous les styles de bottes qu'ils avaient en réserve. En essayant vingt paires de bottes minimum, elle avait pris deux tasses de thé, jeté un œil au dernier numéro du *Vogue* français et passé un coup de fil à lord Marcus. Boîte vocale. Elle se demanda s'il travaillait ou s'il était parti quelque part avec Camilla pour acheter de nouveaux maillets de croquets ou…

Ou *quoi*?

Olivia n'abandonnait pas aisément et elle était déterminée à ne pas laisser les événements de la veille la déprimer. Marcus et Camilla avaient peut-être besoin de vivre leurs liens de cousins à l'écart. Ils ne tarderaient pas à se lasser l'un de l'autre, c'était indubitable. De plus, Marcus risquait bien d'oublier *jusqu'au nom* de Camilla dès qu'il apercevrait Olivia avec ses nouvelles bottes en peau de python noires lui arrivant au genou, son nouveau corset Gossard noir en dentelle et son caleçon assorti dans lesquels elle avait bien l'intention de défiler ce soir même rien que pour lui ; entre deux plats, pendant le dîner qu'elle avait prévu dans la chambre, à base de champagne et de chocolat.

Elle rangea la carte de crédit encore tiède dans son nouveau portefeuille Smythson, laissa tomber son porte-monnaie dans le sac Goyard peint à la main édition limitée qu'elle avait acheté la veille et sortit du magasin, dans le calme de Press Street. Olivia était allée une seule fois à Londres, avec sa famille, quand elle avait douze ans. Ils avaient séjourné au Langham Hotel, tout près de Regent Street, avaient visité Old Ben et Buckingham Palace, vu les joyaux de la couronne, observé le changement de gardes, bu du thé et mangé des scones. Aussi loin qu'elle s'en souvienne, elle avait passé la majorité de son voyage à écouter Madonna sur son iPod. Mais c'était Londres en tant que *touriste*. Maintenant qu'elle y *vivait*, les choses étaient complètement différentes.

Tout le monde prétendait que Londres était grise, couverte, brumeuse et déprimante, mais le temps avait été clair et ensoleillé toute la semaine. À chaque coin de rue, les arbres étaient en fleur et tous les immeubles étaient décorés et magnifiques. On disait aussi que les Anglais étaient distants, avaient de vilaines dents et un accent à couper au couteau, et, bien que leurs dents et leur accent constituaient *en effet* une distraction, chaque personne à qui Olivia avait jusque-là adressé la parole s'était montrée d'une politesse infaillible.

Et pour cause – elle avait uniquement adressé la parole à des vendeurs qui travaillaient à la commission.

La jeune fille consulta de nouveau son portable : pas de message. Elle rangea le téléphone dans son sac. Elle comprenait qu'un gentleman dût porter une attention toute particulière à son invitée – la famille était très importante dans la haute société anglaise – et Camilla était charmante, vraiment. Si si, vraiment. Même si elle ressemblait à une larve blonde de dessin animé. Et Olivia comprenait, vraiment. Mais elle était prête à épicer quelque peu les choses, et plus lord Marcus la faisait attendre, moins elle tenait en place et s'impatientait. Peut-être que tout cela était simplement un complot pour l'exciter le plus possible?

Hum, peut-être.

Descendant nonchalamment la rue en direction de son hôtel, Olivia avait l'impression d'être un croisement entre Julia Roberts dans *Pretty Woman* – la scène où elle va faire du shopping avec un chapeau noir géant à large rebord et où tout le personnel de Rodeo Drive est aux petits soins pour elle – et Audrey Hepburn dans *My Fair Lady*, la belle orpheline de Cockney qui sort des ténèbres dans les rues de Londres pour devenir la coqueluche de la ville. Sauf qu'Olivia n'était ni une prostituée ni une enfant de la rue.

Des détails, des détails.

Elle passa la rue en revue, mais chaque vitrine, chaque

banne lui était familière. Avait-elle vraiment fait *tous* les magasins du quartier? Trouver de super fringues à Londres était aisé et le taux de change facilitait encore plus les choses. Olivia le constata à la minute où elle arriva : elle dut faire de la monnaie pour un taxi et le nombre de jolis billets pastel vif qu'elle reçut en échange de ses vieux dollars US rasoirs la surprit. Le caissier à la banque lui donna même une poignée de monnaie – y compris un penny gigantesque qui valait deux *cents*, une pièce hexagonale bizarre, et un tas de pièces lourdes et épaisses qui valaient bien une livre chacune. Si les Anglais utilisaient des pièces pour les mêmes choses que celles pour lesquelles les Américains utilisaient des billets, c'était clairement l'endroit pour faire des superaffaires. Comme si elle avait *besoin* de faire des affaires…

Olivia se tenait devant ce qui ressemblait, à première vue, à un hôtel particulier en briques de West London : une grande maison de ville bien éclairée, agrémentée de larges fenêtres et de jardinières de fleurs en dessous. À force de passer sa vie à faire du shopping, la jeune fille avait acquis un sixième sens : elle *savait* simplement quand quelque chose de bien se cachait dans le coin. À travers les fenêtres au niveau de la rue, elle distingua un vase chinois très orné rempli de camélias blancs posé sur une jolie table agrémentée de dorures. Elle ne vit aucun vêtement, mais elle était absolument convaincue que quelque chose d'incroyable se cachait à l'intérieur.

Après tout, tout le monde a un talent spécial.

Elle sonna et la porte s'ouvrit dans un bourdonnement ; elle la poussa et pénétra dans l'entrée de marbre de l'élégante maison. Le petit salon ouvert et aéré était rempli de présentoirs ordinaires : un incroyable sac bowling en crocodile vert pomme perché en haut d'une colonne corinthienne cassée baignait dans le doux éclat d'un projecteur, une paire de sensationnelles ballerines en velours rouge reposait sur un coussin en satin. Elles étaient si somptueuses qu'Olivia ne put s'empêcher de les caresser. Une grande Indienne aux longs cheveux épais lui sourit depuis son bureau art nouveau. Olivia était un peu gênée dans son jean Rock & Republic, son caraco Eberjey en soie or et ses sandales minuscules, mais elle ne risquait pas de ressortir de la boutique.

— Je suis Lyla, pépia la vendeuse avec un accent anglais sec. Appelez-moi si je peux vous aider.

Olivia se rendit au pied de l'escalier qui montait en courbe gracieuse. Sentant quelque chose au loin, elle gravit majestueusement les marches en marbre. C'étaient *exactement* les mêmes que celles qu'Eliza descend dans *My Fair Lady* dans la scène où elle fait son entrée dans le monde.

Voyez, la réalité dépasse vraiment la fiction.

Le deuxième étage était presque vide, à l'exception d'un miroir à trois pans qui allait du sol au plafond sur le mur du fond. Le soleil entrait à flots et Olivia s'arrêta, comme si elle se trouvait dans son propre dressing room. Au milieu, une longue robe blanche pendillait à un cintre en verre. En soie, coupée dans le biais, elle semblait respirer comme si elle vivait. Elle était… *magnifique*. Celle qui porterait cette robe serait la star d'une histoire d'amour éternelle avec elle-même. Olivia, clouée sur place, tendit la main pour la toucher. Était-ce possible ? Ça l'était.

C'était une robe de mariée.

C'était *sa* robe de mariée.

— Aimeriez-vous l'essayer ?

Olivia se retourna d'un coup et avisa Lyla en bas de l'escalier. Elle ne l'avait pas entendue approcher.

— Oui, assurément, répondit-elle dans un demi-murmure. Je crois que je vais en avoir besoin.

Pour quoi faire, au juste?

La boutique n'accueillant qu'une seule cliente à la fois, les cabines d'essayages n'étaient pas indispensables. C'est ce qu'expliqua Lyla en décrochant le cintre en verre du mur pendant qu'Olivia ôtait ses vêtements sans se faire prier. Elle s'empara de la robe de mariée et l'enfila tête la première. La mousseline de soie était aussi douce et légère que de la crème chantilly fraîche, et elle frissonna lorsqu'elle glissa sur son corps.

Évitant le miroir jusqu'à ce que tout soit parfait, Olivia se tint près des fenêtres et regarda en contrebas, le jardin luxuriant et privé du magasin.

— Tenez, mettez aussi cela, lui conseilla Lyla en lui tendant un collier ras du cou en or fin et en le passant autour du cou de la jeune fille. Je pense que vous pouvez regarder, maintenant, murmura-t-elle en la faisant se tourner face au miroir.

Olivia traversa prudemment la pièce en relevant la robe pour ne pas trébucher sur l'ourlet délicat. Il y avait une petite plate-forme devant le miroir et elle grimpa dessus, évitant son reflet jusqu'à ce qu'elle fût parfaitement positionnée. Elle relâcha la robe, dégagea ses cheveux de son visage d'un coup de tête puis contempla son image.

— Ooooh ! haleta-t-elle.

Elle le voyait, devant elle : l'avenir. Oliva n'avait jamais vu de robe plus parfaite de toute sa vie. Elle était si sublime que sa beauté déteignait sur elle. Elle n'était même pas maquillée, mais son visage ne lui avait jamais semblé aussi parfait. Elle ne portait pas le bon soutien-gorge, mais ses seins ne lui avaient jamais paru aussi ronds. Elle avait l'impression de sortir tout droit de la couverture du numéro spécial mariages d'été de

Town & Country. La vieille théorie – selon laquelle vous *savez*, d'une façon ou d'une autre, que vous avez trouvé la bonne robe de mariage – semblait vraie.

Ils se marieraient à St. Patrick's sur la 5e Avenue, et ils loueraient toutes les chambres du St. Clair pour les invités et pour la réception. Son père la conduirait à l'autel, des larmes plein ses yeux bleus, et murmurerait : « Je t'aime, mon Olive » en la confiant à Marcus. Celui-ci lui tiendrait la main pendant toute la cérémonie avec sa façon bien à lui de lui rappeler qu'ils n'étaient pas seulement passionnément amoureux mais aussi les meilleurs amis au monde.

— C'est vraiment quelque chose, n'est-ce pas? fit Lyla en croisant les bras.

Elle se tenait derrière Olivia et souriait d'un air approbateur. La jeune fille croisa son regard dans le miroir.

— Elle est simplement parfaite, souffla-t-elle, les yeux rivés sur la traîne interminable de soie blanche et pure.

— Avez-vous fixé une date?

Hum, et la demande en mariage? Et, tu sais, l'université?

— Je la prends, déclara Olivia.

— Bien sûr, acquiesça Lyla. Vous ne le regretterez pas. Il va l'adorer.

Olivia hocha la tête, comme hypnotisée, continuant à fixer son reflet dans le miroir.

— Et le collier? s'enquit Lyla.

Pourquoi pas? songea Olivia.

Oh oui, pourquoi pas?

danny a un petit quelque chose

Si Dan devait se plaindre de quelque chose dans son boulot au Strand, c'était que la librairie ne disposait pas d'un équipement indispensable : l'air conditionné. Ce matin, il travaillait à l'accueil au rez-de-chaussée où il n'y avait pas d'air du tout et il avait suivi les commandes spéciales, comme la demande d'un calendrier de photos sur les maladies de la peau. Au bout de deux heures abominables, il était assurément prêt à prendre un bol d'air frais.

Si fumer peut vouloir dire prendre un bol d'air frais.

Dès que son remplaçant arriva – un type silencieux et renfrogné qui s'appelait Brent et travaillait au magasin depuis près de vingt ans –, Dan gravit au trot l'escalier étroit et sortit. Un rebord en béton longeait le bâtiment et il se percha dessus, appréciant l'ombre du toit quand il alluma sa cigarette.

Le trottoir grouillait de passants qui fouillaient dans les grands chariots extérieurs du Strand remplis de bouquins superbradés dont personne ne voulait, du style : *Pièces de collection du Canada contemporain* ou *Tiger : La Véritable Histoire du chien qui aimait un chat.* Dan ferma les yeux et zappa le son des jacassements des clients à l'affût de bonnes affaires. Il tira une bonne taffe sur sa cigarette et songea au *Siddharta* de Herman Hesse

« *L'amour agitait le cœur des jeunes filles des brahmanes quand Siddharta passait dans les rues de la ville, le corps élancé, le front rayonnant, le regard brillant d'une fierté royale.* » C'était plus fort que lui, il désirait être Siddharta ou, du moins, lui *ressembler* davantage.

Il aurait bien voulu avoir quelqu'un avec qui en discuter, d'autant plus que sa tentative pour papoter avec Vanessa s'était soldée par un échec.

Une tape sur son épaule interrompit sa rêverie. Il ouvrit les yeux.

— Dan?

Bree se tenait devant lui, telle la jeune fille blonde en pleine santé d'un brahmane, l'admirant dans toute sa siddharthaneté.

Qui a dit que les souhaits ne se réalisaient pas?

— Salut.

Il se leva rapidement. Bree portait un top de gym vert sans manches et un short en spandex blanc. Ses cheveux blonds étaient attachés en deux nattes bien sages et sa peau arborait un éclat sain et voyant.

— Tu fumes? lui lâcha-t-elle, interloquée.

— Euh, non. (Dan fit tomber par terre la cigarette allumée et l'écrasa rapidement.) Je la tenais pour ce type, Steve. Il a dû courir à l'intérieur.

Bien joué, Shakespeare.

— Waouh, expira-t-elle en s'éventant avec les mains, fumer est simplement hypermauvais pour ta santé.

— Oh, je sais, acquiesça Dan d'un ton sérieux en s'essuyant les mains sur son pantalon de velours côtelé vert délavé. C'est vraiment mauvais.

— Je suis si contente d'être tombée sur toi! (Bree bondit sur le rebord et se mit à agiter les jambes comme une gamine qui avait envie de faire pipi mais ne voulait pas descendre de sa balançoire.) Je voulais te dire combien j'ai adoré *Siddharta*.

— Ouais? c'est super! J'étais justement en train de le relire.

— Vraiment? Marrant, comme coïncidence!

Exact. Coïncidence.

— Alors tu as trouvé le livre intéressant? s'enquit Dan en croisant les jambes d'une façon, l'espérait-il, à la fois quasi intellectuelle et quasi athlétique. Que comptes-tu lire ensuite?

— Un livre sur lequel travaille mon yogi. C'est pour améliorer la communication entre le cerveau et les autres organes du corps grâce à la méditation, au yoga et au chant. Il y a genre cinquante chapitres dont la plupart font une centaine de pages. Il l'écrit depuis, genre, onze ans, et il va essayer de le faire éditer cette année ; il m'a demandé d'y jeter un œil pour lui. Moi! Imagine! C'est un tel honneur!

Un honneur? Ça risque plutôt de casser son cul bien yoga-isé, oui!

— Enfin bref, il faut que je te l'avoue, poursuivit-elle en regardant Dan droit dans les yeux. Je ne suis pas venue uniquement pour parler bouquins.

— Ah bon?

Ah bon.

Le garçon rougit et posa les yeux par terre, donnant des coups de pied nonchalants dans le mégot de cigarette qu'il avait prétendu ne pas être le sien. Il regrettait de ne pas pouvoir le récupérer.

— Non, je voulais savoir si ça t'intéresserait de sortir avec moi un de ces jours. Je sais que ça peut paraître un peu effronté de ma part, mais, tu sais, je suis du genre à croire à la prise de risques. Je crois que l'univers récompense les actions audacieuses, pas toi?

Dan hocha la tête avec enthousiasme.

— Enfin bref, je suis un peu seule cet été. J'ai grandi ici à Greenwich Village, mais je suis allée en pension à l'Ouest et je ne connais donc plus personne ici. J'intègre l'UC Santa Cruz à la rentrée, mais je ne veux pas passer mon dernier été ici toute seule.

— C'est clair, acquiesça Dan. Et j'adorerais que l'on sorte ensemble.

— Génial ! s'écria Bree en descendant du rebord d'un bond. Quel est ton emploi du temps ?

— Eh bien, je travaille toute la journée. Donc, quand tu veux après six heures.

— Cool. Le Bikram, ça te dirait ?

— Bien sûr, fit Dan en hochant la tête, bien qu'il n'en eût jamais entendu parler.

Il ne sortait pas souvent en boîte.

— Génial ! cria-t-elle de nouveau. Donne-moi ton numéro et je t'appellerai pour confirmer, mais disons samedi ?

Dan récita son numéro qu'elle tapa dans son Razr rose vif. Il avait ouvertement pris une plus longue pause que celle à laquelle il avait droit, mais une fois que Bree s'en alla, sans se presser, il dut se rallumer une autre Camel pour se calmer les nerfs. Il ne savait pas trop ce qu'était le Bikram – une nouvelle boîte de nuit tendance ? Un nouveau restaurant indien ? Peut-être était-ce un film indépendant underground ? Mais peu importait. Vanessa était occupée à tourner, et il venait de décrocher un rendez-vous torride avec une fille douce et gentille qui aimait lire.

Ça, pour un rendez-vous torride…

lumières, caméra, mais pas d'action

— Coupez ! aboya Ken Mogul. Merde ! (Il jeta son écritoire vert fluorescent par terre et se leva d'un bond du fauteuil pivotant en métal dans lequel il était vautré.) Dix minutes de pause, s'il vous plaît. Il me faut une putain de cigarette.

Les mains tremblantes, Serena tint le bout de sa Gauloise devant la flamme du Zippo argent de Thaddeus. Elle inspira profondément, mais la nicotine ne parvint pas à calmer ses nerfs. Apprendre son texte par cœur et le réciter correctement s'était révélé plus difficile qu'elle l'avait cru. Par-dessus tout, c'était hyperflippant que Ken, l'allumé de réalisateur hors norme, lui hurle dessus toutes les cinq secondes.

— Ne t'inquiète pas pour lui, la rassura Thaddeus en passant les mains dans ses boucles blond foncé et en lui souriant avec ses adorables yeux bleu clair. (Il passa un bras autour des épaules de Serena et la serra affectueusement.) Je sais que c'est dur et, personnellement, je trouve que tu t'en tires super bien pour ton premier film. On a juste un planning serré, tu sais, et satisfaire les producteurs le rend nerveux. Crois-moi, cela n'a rien à voir avec toi.

Ah bon ?

— Tu le penses vraiment ? demanda Serena en se blottissant dans son étreinte protectrice.

En temps normal, elle n'aurait jamais été aussi démonstrative avec un type qu'elle ne connaissait que depuis deux jours, mais Thaddeus n'était pas n'importe quel mec. Cela dépassait le simple fait qu'il était une star : ils devaient feindre d'être amoureux. Ils s'étaient déjà embrassés huit fois pour cette stupide scène clé. Se câliner sur le canapé comme de vieux amis semblait normal.

— Écoutez-moi ! fit le réalisateur d'une voix tonitruante en retournant dans la pièce d'un bon pas, fourrant son paquet de Marlboro dans la poche poitrine de sa chemise en denim froissée qui, curieusement, les manches coupées, ressemblait plus à un débardeur qu'à une chemise.

Serena frissonna en entendant sa voix et Thaddeus posa une main protectrice sur la sienne.

— J'ai perdu la boule, s'excusa Ken. Ça suffira pour aujourd'hui, d'accord ? Vanessa et moi devrons revoir notre liste de prises de vue de toute façon, mais je veux que vous continuiez à bosser, vous deux. Allez dîner – c'est pour moi.

— Merci Ken, dit Thaddeus en se levant et en s'étirant. (Il bâilla bruyamment et dégagea des odeurs divines de transpiration et d'eau de Cologne Carolina Herrera for Men.) La journée a été vraiment longue ; je ne serais pas contre un verre.

— Et cela vous donnera l'occasion de travailler sur votre alchimie, d'accord, Holly ? Apprends à connaître ton partenaire. Parle-lui, écoute-le, apprends de lui. Je tiens vraiment à vous voir *fusionner*, OK ?

Serena acquiesça d'un signe de tête et éteignit sa cigarette dans un cendrier de nacre en équilibre précaire sur le bras du canapé en cuir marron. Elle pourrait fusionner, surtout avec Thaddeus, mais sûrement pas si Ken regardait.

— Bien, grommela le réalisateur. Allez manger un morceau. Ce sera vos devoirs.

Dîner avec un beau gosse de Hollywood ? Y a-t-il des matières supplémentaires à apprendre ?

Après s'être goinfrés avec le meilleur steak tartare de la ville – mélangé à deux délicats œufs de caille et servis avec une généreuse portion de frites au sel de mer – Serena et Thaddeus sortirent de As Such sur Clinton Street, le resto le plus cool et le plus fréquenté de l'été. Ils avaient partagé une bouteille de Veuve Cliquot et un fondant au chocolat aux myrtilles fraîches en dessert, et Serena avait raconté, pompette, pourquoi on ne lui avait pas demandé de retourner à Hanover Academy à l'automne.

Elle avait passé l'été en Europe, à faire la fête avec Erik, son frère aîné, et à flirter avec des Français. Erik était parti pour Brown en août, mais Serena était restée. L'école lui semblait tout simplement rasoir et inutile quand les plages de Saint-Tropez étaient aussi accueillantes, même en septembre. Heureusement, Constance Billard, l'école privée de filles de New York City qu'elle avait fréquentée depuis le jardin d'enfants, avait été assez aimable pour la reprendre.

— J'avais pensé que j'étais faite pour un petit centre universitaire régional et pour vivre chez mes parents toute ma vie, avoua-t-elle. Mais voilà que je tourne dans ce film, que je vis seule et que j'entre à Yale à l'automne. (Elle adressa un sourire alcoolisé et quelque peu séducteur à Thaddeus.) J'imagine que l'on ne sait jamais *ce* qui peut arriver.

En secret, c'était une invitation pour qu'il l'embrasse. Mais ils se trouvaient dans un restaurant bondé de mateurs et de langues de vipère – mieux valait qu'il s'abstienne.

— On y va? demanda Thaddeus comme s'il avait hâte de l'emmener dans un endroit plus intime.

Lorsque le couple sortit à l'angle de la rue bondée et suffocante, un cri soudain et ininterrompu les fit sursauter.

— Thad ! Thad !!

Une silhouette trapue et barbue surgit des ténèbres en brandissant un appareil photo. Elle courut vers eux et prit des clichés, le flash vif illuminant la portion de rue obscure.

Thaddeus passa un bras protecteur autour de la taille de Serena, un sourire faux mais néanmoins charmant collé sur son beau visage.

Serena sourit, elle aussi. Elle était habituée à se faire photographier pour le carnet mondain new-yorkais. Elle avait même posé quelquefois, mais c'était un peu flippant d'être harcelée de la sorte.

— Allons-y, soupira Thaddeus. (Il fit signe au photographe.) OK mec, c'est cool, ça suffit. On y va.

Mais le type les poursuivit, esquivant et sautillant comme un boxeur, actionnant si rapidement l'obturateur que l'on aurait dit une mitrailleuse. Il finit une pellicule, rechargea adroitement l'appareil en quelques secondes, et continua à shooter.

— Ça suffit ! ordonna Thaddeus, cette fois plus fermement. (Il tira sur le bras de Serena et lui fit traverser la rue.) Viens, allons-y.

La jeune fille continua à sourire, mais ses immenses yeux bleus regardaient dans tous les sens, à la recherche d'un taxi.

— Qui est-ce, Thad? demanda le photographe derrière eux. Et que portes-tu ce soir, Thad? poursuivit-il sur un ton presque moqueur. Tu es sublime, ma belle. Qui es-tu ? Que portes-tu ?

En fait, elle portait sa robe bain de soleil Les Best noire préférée en coton piqué et des chaussons de danse Capezio noirs. Mais elle était trop flippée pour ouvrir la bouche.

— Ça suffit, mec ! cria Thad, furieux.

Allait-il se la jouer à la Cameron Diaz ?

Thaddeus avança dans le trafic qui arrivait sur Clinton Street et agita frénétiquement les mains comme un survivant abandonné sur une île déserte qui ferait signe à un avion. Un taxi se gara, et il poussa Serena sur la banquette arrière. Puis il sauta derrière elle et claqua la portière. Le photographe colla son appareil à la vitre et la jeune fille enfouit son visage dans l'épaule carrée de Thaddeus, ayant quelque peu l'impression d'être la princesse Lady Di peu avant sa mort.

— Allons-y, allons-y ! aboya Thaddeus au chauffeur.

Alors qu'ils démarraient à toute allure, le photographe leur cria :

— Ça fera la une du *Post* demain !

Quand ils arrivèrent à l'angle de la 71e et de la 3e, Thaddeus paya le taxi et sortit d'un bond pour tenir la portière. Leurs pas résonnèrent dans la nuit, et le trafic au loin, sur la 2e Avenue, rappelait vaguement l'océan. Serena gravit les premières marches du perron et se retourna. À cette hauteur, elle se trouvait au niveau des yeux de Thaddeus.

— Veux-tu monter boire un verre ? lui demanda-t-elle.

Elle était déterminée à ce que l'horrible incident avec le paparazzi ne gâche pas la soirée. Après tout, c'était la première fois qu'elle avait l'acteur pour elle toute seule. Il n'y avait pas de réalisateur en colère, pas de directrice photo maniaque, pas de scénario à suivre. Elle n'allait pas laisser passer ce moment.

Il haussa les épaules.

— On pourrait peut-être rester assis ici un moment. (Il s'affala sur le perron.) Tu vas bien ?

— Je vais bien, souffla-t-elle en tirant délicatement sur sa robe avant de s'asseoir à côté de lui.

— Ce putain de photographe, ronchonna-t-il d'un air boudeur.

Serena posa une main protectrice sur sa jambe.

— C'était juste un connard, dit-elle en le gratifiant d'un sourire enjoué. Ne pense plus à lui. Monte, et je te ferai un bon mojito froid.

— Parfois, j'en ai marre de tout ça – la façon dont ils te parlent, comme s'ils te connaissaient. Le fait qu'il m'ait appelé Thad, tu sais ? poursuivit-il, ignorant son invitation.

L'éclat de la lune qui planait au-dessus d'une tour d'habitation de la 72e Rue fit ciller Serena.

— Ça doit être dur pour toi. C'est vrai, quoi, les gens croient probablement te connaître. Ils voient tes films, ils te voient dans des magazines.

Mais ils n'ont pas la chance de partager des dîners intimes avec lui, les pauvres choux.

— C'est vrai, quoi, mon vrai prénom n'est même pas Thaddeus, bon Dieu !

— Comment ça ? lui demanda-t-elle, confuse.

— C'est Tim. Mon agent pensait qu'il faudrait quelque chose de plus accrocheur.

— J'imagine que ça a marché, acquiesça Serena en se demandant brusquement si elle ne devrait pas changer de nom *elle aussi*. Ça pourrait être bon pour sa carrière.

Ouais, Serena van der Woodsen n'est pas du tout accrocheur.

Il fouilla dans sa poche d'où il sortit un paquet souple de Parliamant Light.

— Au moins c'est tranquille ici, observa-t-il en en allumant une.

C'est vrai, tu es en sécurité. Tu es en sécurité ici avec moi.

— Pas de photographes, gloussa Serena. Juste nous deux.

— En train de bosser sur notre alchimie, ajouta Thaddeus en riant. Nos devoirs. Devoirs d'alchimie, pigé ?

Mieux vaut t'en tenir au script, mec.

C'était de loin le devoir le plus facile que l'on avait donné à Serena et elle était sûre et certaine qu'elle se débrouillerait comme un chef. La question était : comment se blottir contre lui mais en lui montrant clairement qu'elle ne répétait pas ? Elle voulait s'assurer qu'il la voyait bien en tant que Serena et non Holly, et qu'il saurait distinguer les faux baisers des vrais.

— Rebonjour, fit une voix au-dessus d'eux.

C'était Jason, son voisin du bas. En costume bleu marine à rayures très fines, sa cravate rayée bleu et jaune pendillait lâchement autour de son cou et le col de sa chemise en oxford blanc était ouvert. Elle ne l'avait pas revu depuis qu'il était venu à sa rescousse le premier jour, dans l'appartement, et elle l'avait plus ou moins oublié.

— Salut Jason.

Elle ne voulait pas être malpolie, mais elle espérait honnêtement qu'il disparaîtrait. Il était sympa et mignon, mais Thaddeus et elle avaient des devoirs à faire.

— Quoi de neuf? (Thaddeus employa le même ton amical et séducteur que celui qu'il utilisait dans sa tournée d'émissions TV. Il tendit une main à Jason, mais resta sur le perron.) Je suis Thaddeus.

Jason descendit les marches.

— Je venais juste chercher mon courrier. Salut, moi c'est Jason. (Il serra fermement la main de l'acteur.) Enchanté.

— Prends une marche, plaisanta Thaddeus en se décalant légèrement. Il y a plein de place.

— Ou on pourrait monter prendre un verre chez moi ? suggéra Serena, pleine d'espoir.

— Et si j'allais plutôt chercher des bières ? proposa Jason. J'en ai chez moi. Comme ça, on n'aura pas toutes ces marches à monter.

— Excellent. J'aime bien être ici. Brise agréable, bonne compagnie.

Thaddeus gratifia Serena d'un grand sourire.

— Moi aussi, dit-elle en lui rendant son sourire, même si elle aurait mille fois préféré monter et rester seule avec lui.

S'il voulait de la brise, elle pourrait toujours ouvrir une fenêtre.

Jason habitant au premier, il ne lui fallut qu'une minute pour se précipiter à l'intérieur et revenir avec trois bouteilles de Heineken fraîches.

— Merci, soupira Thaddeus en ouvrant la sienne et en jetant la capsule sur l'autre marche.

— Longue journée ? demanda Jason.

— Positif, acquiesça Thaddeus. Que fais-tu dans la vie ?

— Je suis associé stagiaire chez Lowell, Bonderoff, Foster et Wallace, expliqua Jason avant de boire une longue gorgée.

Une voiture klaxonna bruyamment dans la rue. Serena consulta sa montre. Cette conversation était passionnante, mais franchement elle préférerait faire trempette dans un bain plein de mousse au sel et à la sauge de Bliss.

— Ce sont mes avocats ! s'exclama Thaddeus, tout excité, comme si Jason était le type le plus intéressant du monde. Tu ne connais pas Sam, par hasard ?

— J'ai entendu parler de lui. C'est un associé du bureau de LA, pas vrai ?

Une douce brise souleva les cheveux en bataille de Thaddeus.

— C'est un vrai pitbull. Mon Dieu, je me souviens d'une fois où j'ai eu un litige au sujet d'un contrat avec un studio et...

— Le monde est petit, lança Serena.

Elle bâilla et pointa ses orteils dans ses chaussons de danse.

— Alors, à ce petit monde ! dit Thaddeus en levant sa bouteille et en l'entrechoquant contre celle de Jason puis de Serena.

Elle descendit toute sa bière et s'approcha d'un poil de Thaddeus. Même si leur conversation était ennuyeuse à mourir, elle savait qu'elle se trouvait en présence de deux jeunes gentlemen adorables qui la porteraient sûrement dans son appartement au quatrième étage si jamais elle buvait trop et ne pouvait plus marcher.

Après tout, elle avait toujours compté sur la gentillesse des inconnus.

la future mariée en cavale

Olivia entra en trombe dans le hall du Claridge comme une femme en mission, ce qu'elle était tout à fait. Elle devait retourner dans sa suite et passer en revue les paquets qu'on lui avait livrés. Elle tenait tout particulièrement à revoir la fabuleuse robe de mariage qui constituait le plus gros butin de sa semaine : à dix mille livres, c'était une véritable folie, même pour elle ; mais elle était si parfaite qu'elle les valait bien, et elle savait que sa mère serait d'accord. Et si ce n'était pas le cas, elle savait que son père, Harold J. Waldorf, le serait : c'était un homo fabuleux qui menait la grande vie dans le sud de la France. Si quelqu'un pouvait comprendre le frisson que procurait l'achat de la robe de mariée idéale, ce serait bien lui.

Elle avait l'intention de planifier un week-end à Paris avec son vieux père chéri – il était sûrement temps que lord Marcus rencontre ses parents, non? Paris n'était qu'à quelques heures par le tunnel et ce serait tellement *génial* de se faire un voyage romantique en train avec son petit ami et de laisser Camilla. Alors qu'elle traversait le hall, elle remarqua la concierge debout derrière son petit bureau bien rangé. *Parfait*, songea Olivia. Elle *lui* demanderait de s'occuper des préparatifs! Elle traversa les carreaux de marbre en trombe pour rejoindre la femme qui prenait des notes dans une espèce de grand livre relié de cuir.

— J'ai besoin d'aide, ordonna Olivia. Billets pour Paris.

— Madame ? Mme, euh, Beaton-Rhodes ? s'enquit la concierge, une petite Asiatique collet monté qui arborait des lunettes à la John Lennon et une coupe au carré sans fantaisie.

— *Miss Waldorf*, en fait, la corrigea Olivia.

Pas *encore* madame.

— Oui, bien sûr, s'excusa la concierge. Madame, je suis en train de confirmer votre réservation pour la semaine prochaine. Est-ce exact ?

— Bien sûr, bien sûr, fit Olivia en agitant la main. (Elle avait des affaires qui l'attendaient.) Comme je le disais, je veux aller à Paris. Genre, tout de suite.

— C'est parfait. Il me faudra juste une carte de crédit. Pour régler la chambre.

— Ne pouvez-vous pas simplement la facturer à lord Marcus ? demanda Olivia, irritée. Il s'occupe de tout ça.

— Je vois, fit la concierge en hochant la tête et en notant quelque chose dans son petit carnet de cuir. Et Monsieur passera-t-il bientôt ? Nous aurons besoin de sa signature.

— Je ne sais pas, admit Olivia.

Elle était sur le point d'organiser la soirée romantique idéale – lingerie, champagne, la totale – mais techniquement, elle ne lui avait pas parlé de la journée, et il ne savait même pas qu'ils avaient rendez-vous.

— Je crains que nous ne devions convenir d'une heure pour que Monsieur passe signer les papiers, répondit la concierge d'un ton ferme.

— Bien, rétorqua Olivia d'un ton cassant. Je vais trouver une heure.

Un groupe de touristes italiens qui flânait dans le coin prenait à l'aveuglette des photos d'Olivia qui fulminait.

— Eh bien, miss…

— *Waldorf*, répéta-t-elle.

— Miss Waldorf, il faut que la facture soit signée d'ici demain, sinon j'ai peur que nous ne soyons obligés de libérer la suite. Nous avons quelqu'un qui est *vraiment* intéressé.

— Bien, répondit Olivia d'un ton glacial. Je l'appelle tout de suite.

Elle sortit son portable et sélectionna le seul numéro de sa numérotation abrégée. Le téléphone de lord Marcus sonna et, comme elle aurait pu le prédire, il n'y eut aucune réponse. Elle décida de ne pas laisser de message, elle en avait déjà laissé trois aujourd'hui. Elle ne voulait pas qu'il la croie folle à lier.

Parce que acheter une robe de mariée, c'est sain d'esprit ?

— Il ne répond pas, informa-t-elle la concierge. Il a beaucoup de travail en ce moment, mais je suis sûre que j'aurai de ses nouvelles ce soir. Je vais m'arranger pour qu'il passe régler toute cette affaire, d'accord ?

Cela ne faisait que quelques jours, mais Olivia avait déjà pris un accent anglais à la Madonna, rognant certaines consonnes et sortant des phrases du style « toute cette affaire ».

— Très bien. (La concierge opina du chef.) N'oubliez pas qu'il devra signer la facture d'ici demain, sinon nous serons obligés de libérer la chambre. J'espère sincèrement qu'il trouvera le temps de se libérer de sa femme et de passer.

— Excusez-moi ? fit Olivia.

— Pardon ? fit la concierge d'un ton snob.

— Qu'avez-vous-dit ?

Olivia sentit le bout de ses oreilles rougir de colère. L'espace d'un instant, elle oublia la robe qui l'attendait en haut dans sa suite de luxe. Elle oublia la bonne qui lui préparerait volontiers n'importe quelle boisson qu'elle lui demanderait dès qu'elle entrerait dans sa suite. Elle oublia le massage en chambre dont elle mourait d'envie. Elle oublia Paris.

— Je crois que j'ai dit : « J'espère sincèrement qu'il trouvera le moment de se libérer et de passer », répondit la concierge d'un ton doux.

— Vous n'avez pas dit que ça, murmura fermement Olivia en se penchant sur le comptoir, la voix très calme. Vous avez dit « *de sa femme* ».

— Je suis sûre que vous avez mal compris, répondit la concierge.

— Je suis sûre que *vous* avez mal compris, cria Olivia. (Elle n'avait jamais été timide.) J'ai entendu ce que vous avez dit !

— Oui, ma'am, bien sûr. Il faut juste que Monsieur passe signer ces papiers et cette histoire sera réglée.

— Il n'est pas marié, c'est sa *cousine*. Et je suis sa petite amie.

Elle criait pratiquement. À l'autre bout du hall, les Italiens se retournèrent pour regarder.

La concierge s'empourpra intensément.

— Si nous pouvions baisser le ton…

— Bordel de merde ! cria Olivia.

Elle en avait par-dessus la tête de l'Angleterre, du babillage poli de tous, de l'insistance britannique pour rester digne et calme. Le calme ou la dignité n'intéressaient pas Olivia. Aux chiottes cette connasse, aux chiottes l'Angleterre, aux chiottes lord Marcus et aux chiottes Camilla, sa cousine chevaline. Elle ne désirait brusquement rien de plus que renter chez elle.

— Vous savez quoi ? Je ne veux pas de la chambre. Je veux que vous appeliez la putain de British Airways et que vous me réserviez un billet immédiatement. Aller simple, première classe. Pour New York.

Elle fouilla dans son sac et sortit son American Express noire qu'elle jeta sur le comptoir, furieuse.

— Un aller simple pour New York, première classe, répéta la concierge. Virgin a des vols à onze heures tous les jours. Je vais voir si je peux vous avoir une place.

Virgin[1]. Comme c'est (in) opportun.

1. *Virgin* : « vierge » en anglais. *(N.d.T.)*

gossipgirl.net

thèmes ◂précédent suivant▸ envoyer une question répondre

Avertissement : tous les noms de lieux, personnes et événements ont été modifiés ou abrégés afin de protéger les innocents. En l'occurrence, moi.

Salut à tous !

Je suis sûre que certains d'entre vous l'ont vu, et je parie que vous avez eu autant de mal à le croire que moi. Voilà que je traînassais joyeusement sur Madison Avenue à la recherche d'un nouveau paréo de plage en coton lavé, quand devinez ce que je vois? La pire pancarte jamais créée : Fermé. Fermé? Mais ce n'est pas ce que vous pensez : il semblerait que Graham Oliver, l'ingénieux directeur de Barney's et l'élégance incarnée, soit le meilleur pote d'un certain cinéaste-auteur indé handicapé de la mode et ait accepté de fermer le magasin pour quelques jours, le temps du tournage.

J'espère simplement qu'ils vont rouvrir comme prévu ; il paraît que la performance d'une certaine starlette qui fait ses débuts risque de nécessiter de légères modifications. La situation est tellement sinistre, en fait, qu'ils tournent d'abord toutes les scènes où elle n'apparaît pas, dans l'espoir que toutes ses répétitions portent enfin leurs fruits.

Maintenant que Barneys est fermé pour un moment, j'envisage de quitter la ville pour de bon – finis, ces allers et retours rapides en charters ou en hélicoptère. Je sais que j'ai dit que les Hamptons, c'était mort pour un moment encore – d'habitude j'attends le quatre juillet pour prendre mes marques pour la saison – mais il paraît qu'il se passe des choses fascinantes sur l'île. Je devrais peut-être vérifier par moi-même. C'est difficile d'être moi : comment puis-je me trouver dans deux endroits à la fois – ou trois, ou quatre ou cinq? Non pas que cela m'ait jamais posé problème jusqu'à présent.

GUIDE DE SURVIE DE L'ÉTÉ

Je ne vais pas donner de noms – ça ne me ressemble pas, je sais – mais il y a des tas de récidivistes par ici. Donc, en guise de cours de remise à niveau, voici tout ce qu'il vous faut savoir :

1) Bronzage :
De toute évidence, le vrai, c'est ce qu'il y a de mieux. Si Dame Nature n'obtempère pas, s'embellir est acceptable mais souvenez-vous, que ce soit au bord de la piscine ou dans cette petite cabine de douche autobronzante, vous devez être nue : les marques de bronzage sont anti-sexy à souhait. Et n'oubliez pas de vous épiler deux jours avant et de vous exfolier ! Vos traînées et vos tâches ne dupent personne !

2) Sourcils :
Pour commencer, vous savez que vous êtes censée en avoir deux, d'accord? Maintenant, reposez la pince à épiler. Non, mieux, jetez-la. Et allez voir mon amie Reese chez Bergdorf's dès que possible. Et pas de plainte parce que c'est 45 dollars par sourcil.

3) Épilation :
C'est la saison du maillot de bain, les aménagements paysagers ne sont donc pas optionnels. Si vous tenez à porter ce bikini Eres, nous allons tous nous en mettre plein la vue. Personnellement je suis pour l'épilation brésilienne traditionnelle – on n'a rien sans rien. Et comme chacun sait que j'ai opté pour un précieux petit cristal de Swarovski en guise de tatouage-broderie, inutile de surcharger la chose, n'est-ce pas ?

VOS E-MAILS :

Q: Chère GG,
Il paraît qu'un film plutôt salace circule sur Internet et il prouve qu'une certaine personne a déjà tourné dans un film. Il a été tourné en extérieur à Central Park avec ce tombeur de **N**. Les cheveux de la fille sont plutôt châtains et frisés, mais ça ne peut être que **S**, pas vrai ?
— Cinéaste

R: Cher(e) Cinéaste,
Tu vas devoir mettre tes informations à jour : il y a bien eu un film qui date de, genre, un an, et ceux qui sont impliqués dans cette production n'ont rien à voir avec le film que l'on tourne en ce moment. Cette star à la poitrine généreuse est partie parfaire son art – et qui sait quoi d'autre !! – à Prague. *Au revoir !**
— GG

Q: Chère GG,
Il y a une fille vraiment gonflante dans mon cours de yoga – j'essaie juste de rester en forme et de m'occuper pendant que ma meilleure amie est dans un camp artistique à Prague pour l'été – mais elle

n'arrête pas de raconter que le yoga est un « style de vie ». Enfin bref, après les cours, l'autre jour, elle fayotait auprès du professeur à propos de son nouveau chéri, un « bibliophile spirituel », et il ressemblait étrangement à quelqu'un que je connais – ou pas. Comme son méchant jumeau. Ou son gentil jumeau. Enfin bref, je suis paumée. Y a-t-il des petits hommes verts en ville qui remplacent tout le monde par leurs clones ou quoi ?

— Flippée

R: Chère Flippée,

C'est une histoire fascinante. Je doute qu'il s'agisse d'aliens, toutefois – parfois c'est cool de profiter d'un peu de fantasie estivale. N'as-tu jamais fait semblant d'être quelqu'un d'autre en vacances ? Essaie un jour : fais une réservation à l'hôtel sous le nom de princesse de Médicis ou autre chose du genre, et ne sois pas étonnée si la direction te fait monter un énorme panier de fruits ou du Dom Pérignon. Forcer la vérité a ses avantages, parfois.

— GG

ON A VU :

O, payer un excédent de bagages au comptoir Virgin de Heathrow. Des souvenirs pour des amis et des êtres aimés, ou était-ce le sac gigantesque de la robe de mariée ? **N**, choisir quelques articles de base, comme de la Visine et des capotes, à la White's Pharmacy dans les Hamptons. **D**, apprécier un smoothie aux quatre légumes très bon pour la santé à Soho Natural. Peut-être se prend-il en main en prévision de la saison du maillot de bain ? **S** voudrait peut-être piquer une page de son livre – après s'être esquivée en avance des répétitions, elle est allée tout droit à la vente privée Tuleh près de F.I. T avant de marquer un arrêt-pas-si-rapide-que-ça à Cold Stone Creamery. Bien bien, *avoir l'air* d'une star, c'est la moitié du boulot. Mais elle n'a jamais eu de souci à se faire !

Vous m'adorez, ne dites pas le contraire,

gossip girl

un petit oiseau m'a dit...

— Nate Archibald, j'en crois pas mes yeux !

— Salut Chuck, marmonna Nate.

En rentrant chez lui cet après-midi-là, il avait constaté que son pneu avant était un peu à plat et s'était donc arrêté à la station BP sur Springs Road. La journée avait été extrêmement chaude, le genre de journée sans brise pour faire tomber la brume de chaleur ; de fait, ses heures de travail éreintant l'avaient laissé en sueur, plein de coups de soleil et cassé. À en juger par l'expression horrifiée sur le visage glabre et naturellement bronzé de Chuck Bass, Nate s'imagina qu'il devait vraiment avoir une sale tête.

C'est une première.

— Que t'est-il *arrivé*? haleta Chuck. (Il baissa ses Ray Ban d'aviateur *vintage* sur son nez et tendit un billet de cinquante dollars à l'employé de la station-service.) Gardez la monnaie.

— Il ne m'est rien arrivé, man, répondit Nate, ennuyé.

Il enleva le tuyau d'air flexible de son pneu et fit rebondir le vélo plusieurs fois pour vérifier la pression.

En dépit de la chaleur intense, Chuck portait un short de surf en madras et un pull à capuche en cachemire gris. Il était aussi pomponné que d'habitude, ses épais sourcils soigneusement arqués au-dessus de ses yeux marron perçants, son menton carré de pub pour après-rasage bien rasé. Il tendit une main pour aider Nate à se relever.

— On a laissé tomber les voitures ? demanda-t-il en désignant le vélo d'un signe de tête. Ne me dis pas que tu es devenu écolo ?

— Si.

Nate, plein d'espoir, chercha du regard quelqu'un qui puisse le sauver de Chuck dans la station-service BP aux bardeaux gris exquis.

— Laisse-moi te déposer, proposa Chuck en agitant des glaçons dans le gobelet en plastique du *mocha latte* glacé qu'il venait de finir. Il fait 37 °C dehors, et on dirait que tu viens de vivre un enfer. Je n'ose pas imaginer quelle tronche tu auras après avoir refait toute la route jusqu'à Georgica Pond sur ce vélo.

Nate soupesa les options : une demi-heure à transpirer comme un bœuf contre dix minutes en tête à tête avec Chuck Bass ?

Plutôt crever que d'accepter, plutôt crever que de refuser !

— Allons-y, soupira Nate.

L'idée de la Jaguar gris perle climatisée de Chuck était irrésistible.

Chuck déverrouilla le coffre de la voiture et Nate y rangea le vélo – il n'était pas sûr qu'il tiendrait, mais le coffre était étonnement grand et ils purent l'installer de sorte que seul le bout du pneu dépassât. Nate se glissa dans le siège de cuir blanc et claqua la lourde portière, attacha sa ceinture et se prépara au voyage.

Chuck mit le contact et la voiture fut immédiatement inondée d'air frais, et *Houses of the Holy* de Led Zeppelin beugla.

— J'ai passé ma journée allongé sur la plage à Sag

Harbor à me sentir rétro, expliqua Chuck en baissant le volume. Alors... rattrapons le temps perdu !

— Rattrapons le temps perdu, répéta Nate sans rien comprendre.

Il devinait au ton du garçon qu'il allait le bombarder de questions. Discuter avec lui revenait à passer un entretien d'embauche.

— J'imagine que tu es au courant pour Olivia, reprit Chuck en s'amusant avec l'air conditionné, même s'il gelait déjà.

Il s'engagea sur la route qui reliait Hampton Bays à East Hampton, que Nate avait pratiquement apprise par cœur. Des vignobles alternaient avec des maisons aux bardeaux gris de style colonial et de bon goût et, de temps à autre, il apercevait l'océan bleu foncé derrière un jardin.

— Olivia? fit Nate alors qu'ils passaient devant l'Oyster Shack sur leur gauche.

Il se préoccupait tellement de Tawny que rien que le fait de prononcer à voix haute le prénom d'Olivia lui faisait bizarre. Pour ce qu'il en savait, elle était partie en Angleterre pour l'été avec son nouveau petit copain britannique. Elle semblait bien loin quand il pensait à elle, mais leurs chemins ne tarderaient pas à se recroiser. Elle était peut-être folle amoureuse de ce nouvel Anglais, mais en aucun cas Olivia Waldorf n'abandonnerait le rêve de sa vie d'entrer à Yale à l'automne. Des retrouvailles sur le campus en septembre étaient inévitables.

— Elle est deeeee reeeeeeee-touuuuuuuur, annonça Chuck en tirant en longueur, comme la petite fille hyper-flippante du film *Poltergeist.* (Il agita les glaçons et but à grand bruit l'eau aromatisée au café qui s'était accumulée au fond de son gobelet.) Elle est descendue de l'avion ce matin.

— Ah ouais?

Nate tripota sa ceinture de sécurité. Olivia était rentrée de Londres? Ça alors, pour une nouvelle...

— Ouais, acquiesça Chuck en hochant nonchalamment la tête et en baissant encore le volume de la stéréo. Je me demande si Serena et elle se sont réconciliées en se roulant un patin. *Une fois de plus.* Tu vois ce que je veux dire?

— Olivia et Serena ne pourront jamais se faire la gueule longtemps, marmonna Nate en tapotant son pouce sur la poignée de la portière au rythme de la musique.

Il le saurait – c'était lui, d'habitude, qui était à l'origine des désaccords qui survenaient entre elles.

— C'est une bonne nouvelle pour Serena en tout cas, ajouta Chuck évasivement. Une amie ne serait pas de trop en ce moment.

Nate ne répondit pas. Tout ce que Chuck avait dit le mettait un peu mal à l'aise, comme si le monde continuait à tourner sans lui. Il n'était dans les Hamptons que depuis une semaine, et déjà il ne savait plus ce qui se passait chez lui, bordel!

— Il paraît qu'elle a *un peu* de mal avec toute cette histoire de jouer la comédie, observa Chuck. Mais je suis sûr qu'elle s'en sortira au top. Comme toujours.

— Comédie, bien, répéta Nate.

Il avait oublié que Serena tournait un film. Cela semblait totalement alien à sa vie d'ouvrier. L'envie de fumer l'envahit brusquement. Il appuya sur l'allume-cigare électrique de la voiture.

— Ça ne te dérange pas, hein?

Chuck haussa les épaules.

— Quels que soient les problèmes que Serena a en

ce moment, ce n'est rien par rapport à la merde dans laquelle Olivia s'est fourrée.

Il conduisait vite, tourna à droite à un embranchement, et fit hurler les pneus. Les maisons étaient de plus en plus majestueuses, et les pelouses plus grandes à mesure qu'ils roulaient.

— Quels problèmes ? demanda Nate en allumant le joint à moitié fumé qu'il avait judicieusement conservé pour ce genre de moments.

— Olivia vient de rentrer de Londres, à la hâte. Avec des… *paquets.*

— Quels paquets ? s'enquit Nate qui se sentait déjà extrêmement défoncé.

Était-ce lui ou Chuck était-il un si gros connard qu'il n'était presque pas humain, comme un androïde, quelque chose comme ça ?

— Eh bien, quand elle était à Londres, Olivia a acheté un tas de trucs sans lesquels elle ne pouvait pas vivre. Comme une robe de mariée. Et l'une de ces vieilles poussettes anglaises. Puis elle a réservé un billet pour rentrer à New York.

— Qu'essaies-tu de dire ? demanda Nate.

Une grande tente événementielle blanche dressée sur une pelouse attira son regard. Une mariée en froufrous et un marié aux cheveux sales, une guitare à la main, posaient pour des photos près d'un vieux chêne, non loin de la tente. Des pseudo rock-stars se mariaient toujours dans les Hamptons.

— Olivia est revenue supervite, avec une robe de mariée dans ses bagages et une poussette… je ne sais pas, soupira Chuck, impatient. Tu fais le calcul.

Le calcul n'était pas difficile à faire – même pour un fumeur de shit.

Il faudrait clairement un grand événement pour

convaincre Olivia Waldorf d'écourter son voyage. Était-elle rentrée chez elle pour planifier son mariage ? Nate l'en croyait bien capable, mais il ne pouvait pas l'imaginer enfiler une robe de mariée et épouser quelqu'un s'il n'était pas là lui aussi, en smoking, juste à son côté. Bien sûr, ils ne sortaient même plus ensemble, mais quelque part il lui était impossible d'imaginer Olivia – *son* Olivia – épouser un autre que lui.

Nate fut plus que soulagé quand ils se garèrent dans l'allée de gravillons sinueuse de la propriété des Archibald. Il avait besoin d'être seul avec cette nouvelle et, avec un autre joint, bien plus gros.

— Merci de m'avoir raccompagné, man, marmonna-t-il d'un ton distrait en tripotant son filtre en descendant de voiture.

— Si tu veux parler, Nate, cria Chuck par la vitre passager, je peux passer. Nous pourrions commander des sushis.

Ignorant la proposition pathétique et la solitude de Chuck, Nate récupéra son vélo dans le coffre et remonta l'allée en traînant les pieds. Il avait besoin de s'éclaircir la tête.

Il a aussi besoin d'apprendre à ne pas croire tout ce qu'il entend. (Mais bon, nous faisons aussi cette erreur de temps en temps.)

s marche sur les traces d'audrey, littéralement

Serena descendit d'un taxi jaune flamboyant dans un coin bondé de la 5e Avenue, portant une simple robe droite noire et d'énormes lunettes de soleil gracieusement offertes par le créateur Bailey Winter. Elle était en costume – même Serena ne se baladerait pas en ville en robe de cocktail en pleine journée – et répétait la scène d'ouverture du film. Holly devait regarder dans la vitrine de la célèbre bijouterie Tiffany and Company tout en mangeant son petit déjeuner, après une longue nuit passée dehors, exactement comme le faisait Audrey Hepburn dans le film original.

Agrippant une tasse de café à emporter et un sac en papier kraft rempli de pâtisseries fournies par les accessoiristes, elle se dirigea bien sagement, et sans se presser, vers l'immeuble élégant, comptant ses pas dans sa tête, lentement et délibérément. *Un, deux, trois.*

— Attention ! aboya un homme d'affaires en costume en l'effleurant tout en marmonnant dans un téléphone portable.

— Désolée, grogna Serena, énervée.

Elle retourna au taxi, le contourna et retraça son chemin. Elle essayait de garder le dos parfaitement droit, comme Ken le lui avait ordonné, mais elle devait aussi se concentrer sur un chemin direct jusqu'à la boutique, ce qui était quasiment impossible parce qu'il y avait énormément de monde. Elle y réussit enfin, mais des touristes bouchaient complètement la vitrine, prenant frénétiquement des photos de ce qui s'y trouvait. Ce qui ne figurait clairement pas dans le scénario.

Une femme potelée d'un certain âge en jupe de tennis tendit son appareil photo à Serena et lui fit comprendre d'un geste qu'elle voulait qu'elle la photographie. Serena haussa les épaules, fit tomber le sac en papier par terre et prit l'appareil. Elle fit la mise au point et photographia la femme qui souriait en montrant le logo Tiffany du doigt.

— Merci ! Et maintenant, je peux vous photographier ? Vous travaillez pour le magasin, non ?

Serena en resta comme deux ronds de flan. Évidemment, elle devait ressembler à une crétine de femme-sandwich embauchée par Tiffany dans l'espoir que l'allusion au vieux film fasse vendre plus de bijoux. Elle garda un sourire pendant que la femme la photographiait, puis ramassa son sac en papier et retourna au taxi. Un bus passa à toute allure, projetant une émission chaude de gaz d'échappement sur sa robe.

Aaaah, l'été en ville.

Serena leva les yeux sur la boutique, le corps tremblant de frustration. Il faisait près de 38 °C, elle était trop habillée et transpirait. Les gens la dévisageaient et elle voulait juste rentrer chez elle – dans l'appartement de grand standing de ses parents, pas dans son trou à rats qui puait la pisse de chats – enfiler un boxer en lin, un marcel et des tongs confortables, et passer l'après-midi à boire de la Corona et à regarder toute une tripotée de *Laguna Beach* à la suite. Elle avait toujours excellé en tout, de l'école à l'équitation en passant par les garçons, sans même avoir à essayer. Elle était sûre que jouer la comédie lui viendrait aussi facilement que tout le reste dans sa vie, mais, jusque-là, Ken Mogul s'était montré clairement mécontent de sa performance.

Elle se demanda si même Olivia Waldorf, la plus grande fan de *Diamants sur canapé* au monde aurait pu supporter les diatribes maniaques de Ken Mogul.

Elle recommença une fois de plus son approche vers Tiffany.

— Regarde, chéri ! cria d'une grosse voix une femme trapue du Sud en montrant Serena du doigt à son mari ventripotent atteint d'une calvitie naissante.

Ce dernier portait un charmant ensemble, un short kaki plissé et un faux polo Lacoste, avec, pour couronner le tout, des chaussettes noires dans ses sandales en cuir bon marché.

— Eh bien maintenant j'ai tout vu ! s'exclama le mari.

— C'est comme dans *Diamants sur canapé*, n'est-ce pas ? poursuivit la femme en s'approchant de Serena. Youh-ouh, ma chère, êtes-vous une espèce de doublure publicitaire ?

Serena fit comme si elle n'avait rien entendu. Qui savait que les trottoirs de Manhattan étaient aussi traîtres ? Elle se retira vers le taxi, se ressaisit et recommença sa marche.

Si ce n'est pas du dévouement...

Si les passants la prenaient pour une attraction pour touristes marrante, intérieurement, elle n'était qu'une actrice frustrée qui bouillonnait, au bord d'une grosse crise de nerfs. En vérité, elle ne voulait même plus faire de cinéma ; elle voulait abandonner et aller voir chez Barneys si la nouvelle collection était sortie. Mais, bien sûr, elle ne pouvait pas faire ça : premièrement parce que le magasin était fermé à cause du tournage – elle était donc partiellement responsable de son propre cauchemar –, et, deuxièmement, elle n'avait jamais échoué nulle part auparavant et que, secrètement, elle était aussi ambitieuse que sa parfois-meilleure-amie, Olivia.

— Joli cul, blondasse ! cria une voix grave derrière elle.

Serena se retourna pour voir un type qui la matait d'un air concupiscent depuis la banquette arrière d'un taxi qui passait. Dégueulasse. Audrey Hepburn n'avait jamais eu affaire à ce genre de connerie.

Non, mais bon, le cul d'Audrey Hepburn était plutôt plat. Mais elle, au moins, elle savait jouer.

on ne jette pas l'argent par les fenêtres, chérie

Olivia ignorait si le martellement se produisait dans son crâne – elle avait descendu quelques whiskies dans l'avion – ou s'il était réel. Elle leva la tête ; non, il était bien réel et il provenait de la porte de la chambre où elle avait dormi, celle qu'occupait autrefois Aaron Rose, son hippie de demi-frère.

— Olivia Cornelia Waldorf !

Nouveaux martellements. C'était sa mère, et sa voix était... différente. Était-elle malade ? Avait-elle la bouche pleine ?

Eleanor Rose poussa la porte, entra d'un pas lourd dans la chambre plongée dans l'obscurité et se percha sur le bord du matelas. Elle portait une tasse de café et était vêtue de sa tenue de nuit d'été, une combinaison Eberjey pêche à volants beaucoup trop courte et un peignoir assorti.

— Réveille-toi ! cria-t-elle d'une voix rauque.

Olivia tira les couvertures sur son visage et ronchonna. Pourquoi sa mère lui prenait-elle la tête comme ça si tôt le matin ?

— Olivia Waldorf ! siffla sa mère. Je ne plaisante pas, jeune fille. Sors de ta cachette. Nous devons avoir une petite conversation.

— J'espère que tu sais que j'ai à peine fermé l'œil de

la nuit, répliqua l'adolescente d'un ton cassant en s'asseyant dans son lit et en prenant le café des mains de sa mère.

Elle sirota une longue gorgée et tira sur le caraco Hanro blanc et fin dans lequel elle avait choisi de dormir.

— Premièrement, déclama Eleanor avec véhémence, que fais-tu à la maison? (Attrapant son peignoir d'une main, elle s'assit pour examiner le visage de sa fille.) Tu es censée être à Londres!

Pour une quinquagénaire qui venait d'avoir un bébé, Eleanor avait plutôt bonne mine le matin. Olivia se demanda si sa mère avait fait quelque chose à son visage en son absence ou s'il s'agissait d'une nouvelle crème contour des yeux qu'elle lui piquerait volontiers un jour.

— Il s'est passé quelque chose, déclara-t-elle en attrapant les masques pour les yeux au thé vert qu'elle gardait dans un tiroir de sa table de nuit et en en déposant un sur chaque œil.

— Eh bien, la prochaine fois, pense à me passer un coup de fil pour me dire ce que tu comptes faire. (Eleanor arracha les masques de ses yeux.) J'ai reçu un coup de téléphone d'American Express ce matin. Je n'apprécie pas que ma société de carte bleue sache avant moi où se trouve ma fille.

— Quoi? fit Olivia en s'asseyant un peu plus droit.

— American Express m'a appelée car quelqu'un a facturé un billet d'avion de 4 000 dollars sur mon compte, gronda Eleanor. J'étais sur le point de prévenir la police. Puis j'ai remarqué les nouveaux bagages Hermès en cuir bleu dans l'entrée.

— Je suis rentrée tard. Je ne voulais pas te réveiller.

— Ce n'est qu'une partie du problème, reprit sa mère en se levant et en faisant les cent pas dans la pièce.

Olivia, il est grand temps que tu prennes tes responsabilités. Tu n'es plus une enfant. Tu vas *devoir* apprendre à gérer ton argent.

Et ce de la part d'une femme qui a acheté une île privée dans le Pacifique Sud à chacun de ses enfants !

— Maman ! geignit Olivia.

— Il n'y a pas de « maman » qui tienne, lui rétorqua sa mère d'un ton sec. Tu sais que je ne dis jamais non à mes enfants, n'est-ce pas ? Je t'ai toujours donné tout ce que tu voulais, n'est-ce pas ?

Eh bien, n'était-ce pas son job ?

— Oui, toujours. (Eleanor ne lui avait jamais fait de sermon parental et Olivia voyait bien qu'elle s'en donnait à cœur joie.) Mais cette fois, c'est trop. J'en ai parlé à Cyrus et nous sommes tombés d'accord : il faut faire quelque chose.

Pardon, mais pourquoi sa mère discutait-elle de ses affaires privées avec Cyrus Rose, son idiot de beau-père rougeaud et hypervulgaire ?

— Je ne sais même pas de quoi tu parles, bâilla Olivia en descendant d'un coup le reste du café.

Elle se demanda combien de temps cette discussion allait durer. Tout cela était tellement… *gonflant*. Elle avait besoin de sommeil supplémentaire, d'un bon bain et d'un soin complet du visage pour se débarrasser de toute cette crasse londonienne. Et pourquoi pas d'une coupe de cheveux et de quelques mèches autour de la figure, pour aller avec son visage purifié et exfolié.

— Ce dont je te parle, Olivia, c'est de cette facture d'American Express, expliqua Eleanor en agitant un fax froissé. Je leur ai demandé de me l'envoyer dès que la femme au téléphone m'a parlé de tes… exploits de shopping.

Oups.

— Bien maman, admit Olivia, j'y suis peut-être allée *un peu* fort pour la robe de mariée, mais une fois que tu la verras, je sais que tu seras d'accord et…

— *Robe de mariée*? haleta sa mère. J'imagine que cela explique la facture de dix-huit mille dollars! Qu'est-ce que c'est que cette histoire de mariage? (Elle s'assit sur le lit et s'éventa avec ses doigts recouverts de diamants.) Je sens que je vais m'évanouir! Tu vas te marier? Oh! Olivia, je ne sais pas quoi dire! (Elle prit sa fille dans ses bras et éclata en sanglots bruyants. Puis elle se redressa brusquement.) Non attends, si, je sais, tu vas te marier? Il faudra d'abord que tu me passes sur le corps! As-tu perdu la tête?

Olivia roula des yeux.

— Non, maman, je ne vais pas me marier. Du moins pas tout de suite. Enfin bref, cette robe ne coûtait que dix mille livres, pas dix-huit.

Voilà qui est mieux.

— Non, ma chère enfant, mon innocente enfant, répliqua Eleanor en secouant la tête. Tu n'as pas compris que le taux de change passait quasiment du simple au double?

— Écoute, déclara Olivia à la hâte, je suis désolée, d'accord? Je n'ai acheté que quelques trucs, et ils sont tous pour la fac.

Ouais, nous portons toutes des robes de mariée pour l'orientation de première année.

Apparemment, elle n'allait pas s'en tirer comme ça. Olivia attrapa le nouveau numéro de *W* qu'elle avait laissé sur la table de nuit. Elle avait acheté ce magazine gigantesque pour s'occuper pendant son long vol, mais le bourbon Maker's Mark gracieusement offert par la compagnie s'était révélé une distraction bien plus intéressante.

— Olivia, soupira Eleanor en serrant le genou de sa fille à travers le dessus-de-lit marron violacé en mélange de chanvre. Ça m'est égal que tu fasses quelques achats, mais une robe de mariée? (Elle marqua une pause.) Toutefois, j'imagine que ça doit être une sacrée robe!

— C'est clair! s'exclama Olivia.

Voilà la mère qu'elle connaissait et qu'elle aimait plus ou moins.

— Tout de même, j'en ai parlé avec Cyrus et je vais appeler ton père cet après-midi. Mais je pense qu'il sera d'accord, vu que maintenant tu es rentrée et que tu vas probablement rester...

— Je ne retournerai sûrement *pas* à Londres, la coupa Olivia, en faisant son possible pour que son départ dramatique de la patrie de Marcus ne la rende pas trop émotive.

Avait-il même remarqué qu'elle était partie?

— ... c'est donc l'opportunité idéale pour que tu te trouves un petit boulot pour l'été. Un job.

Un *quoi*? No comprende, señora.

La pièce tournait.

— Que viens-tu de dire, maman? Un *job*?

— Oui, chérie. Un job.

Olivia retomba sur ses oreillers et mit un bras sur ses yeux.

— Mais je *mourrais* si je devais travailler!

— N'exagère pas, insista sa mère. Ce sera une super-expérience avant de rentrer à la fac.

— Et *toi*, as-tu déjà travaillé? demanda Olivia.

Elle se mit à feuilleter le magazine avec colère, déchirant presque les pages en les tournant. Elle venait de s'enfuir d'un pays, éconduite par l'amour de sa vie. Un sermon de la part de sa mère-qui-n'avait-jamais-bossé-de-sa-vie, qui vantait les mérites du travail et de se faire toute seule était la *toute dernière* chose au monde dont elle avait besoin.

— Cela n'a rien à voir, répondit Eleanor d'un ton égal. Nous ne parlons pas de moi, nous parlons de toi et de comment tu pourrais contribuer à rembourser certaines de ces factures exorbitantes. Si tu veux dépenser une telle somme, tu vas devoir gagner quelque chose.

Travailler pendant l'été ? Olivia ferma les yeux – personne de sa connaissance ne travaillait cet été, pour leur dernier été de vacances à tout jamais. Personne ! Enfin, hormis Nate, mais c'était une punition. Il y avait Serena, aussi, mais ce n'était pas vraiment un job, plutôt un rêve qui se réalisait.

Ses yeux se posèrent soudain sur la page devant elle. *Quand on parle du putain de loup*… Là, en plein milieu des derniers reportages de Suzy sur les potins de la jet-set, trônait une photo de Serena van der Woodsen, bras dessus bras dessous avec le créateur Bailey Winter. Olivia se rappela quand la photo avait été prise, au défilé de mode de Winter de la saison dernière. Serena et elle étaient assises au premier rang – naturellement – et quand le créateur était venu faire son dernier salut, il avait remarqué Serena dans le public et l'avait fait monter sur scène avec lui.

Zappant le bourdonnement incessant de sa mère, Olivia passa la page en revue pour vérifier s'il y avait des infos sur Serena. Eh oui ! La colonne de Suzy portait intégralement sur le fait que Bailey Winter avait signé avec Ken Mogul pour lui fournir les costumes pour son nouveau projet de film, *Diamants sous canopée*. Non seulement Serena allait partager la vedette avec Thaddeus Smith dans un film, mais en plus elle allait porter des costumes conçus par l'un des meilleurs créateurs américains en vie ?

— Je pense que c'est juste une question de responsabilité, Olivia, déclara sa mère. Tu sais, quand tu auras vingt et un ans, tu auras accès à ton fonds en fidéicommis, et ton père, Cyrus et moi avons besoin de savoir que tu géreras ton argent de façon responsable. Nous pensons très fort qu'un job est le meilleur moyen pour que tu apprennes à gérer ton argent et que tu respectes les désirs des autres, pas seulement les tiens.

Olivia fusilla du regard l'affreux dessus-de-lit aubergine. Bien, elle trouverait un job d'été. Mais elle ne choisirait rien moins que le job d'été le plus glamour au monde.

— Tu sais, dit-elle, songeuse. Tu as peut-être raison. Peut-être qu'un job est exactement ce dont j'ai besoin pour m'occuper tout l'été.

— *Yes* ! s'écria sa mère d'un ton joyeux. Je savais que tu changerais d'avis !

— Et tu pourrais peut-être m'aider à en trouver un ? demanda Olivia d'un ton doux.

— Bien sûr, acquiesça Eleanor. Je suis sûre que nous pouvons passer des coups de fil et te trouver quelque chose de merveilleux en un rien de temps !

Elle avait besoin que sa mère ne passe qu'un seul coup de fil. Être la fille d'Eleanor Rose, la plus fidèle cliente haute couture de Bailey Winter, serait sûrement pratique quand il s'agirait de décrocher un boulot d'assistante sur le plateau de *Diamants sous canopée.*

Mieux vaut s'allier aux gens que l'on ne peut pas vaincre.

il commence à faire chaud par ici

Prenant furtivement la clope dans sa main en coupe, Dan tira une dernière et longue taffe avant de la jeter par terre, puis l'écrasa rapidement et exhala de la fumée dans la brise. Il était assis sur un banc au coin de la 6e Avenue et de Houston, d'où il pouvait voir Bree traverser la rue. Il ne voulait pas qu'elle le surprenne en train de fumer – une fois de plus.

— Dan ! s'écria-t-elle en esquivant une armada de taxis qui remontaient doucement la 6e Avenue et en agitant la main, tout excitée.

Elle portait un pantalon en stretch noir court, légèrement évasé aux chevilles, un soutien-gorge de sport turquoise et tenait une bouteille d'eau Nalgene grise. Elle traversa en courant jusqu'au banc.

— Salut ! C'est bon de te voir !

— De te voir aussi, répondit Dan en refermant son livre comme ça l'air de rien et en la gratifiant d'un grand sourire.

— Oh ! Tu lis *The Way of the Artist* ! s'exclama-t-elle. *J'adore* ce livre !

— Vraiment ? (Il en avait eu le pressentiment.) C'est marrant comme coïncidence.

En effet.

— À fond, gloussa Bree. D'abord *Siddharta* et maintenant, *The Way of the Artist*? Tu dois être l'expert spirituel du Strand.

— C'est sûr, mentit Dan. Tous ceux qu'ils embauchent ont une spécialité différente.

— Cool. (Bree le prit par la main et l'arracha du banc d'un coup sec.) Allez, viens, on va être en retard !

— OK, acquiesça Dan avec joie. Je déteste louper les bandes-annonces.

— Les bandes-annonces? Nous n'allons pas au cinéma ! Tu te souviens? Nous allons au Bikram.

— Euh ouais, répondit-il d'un ton nerveux. (*Bikram, Bikram, Bikram.* Pas un cinéma. Peut-être un restaurant?) Bien. Hum, je, hum, suis affamé.

Bree rit.

— Ouais, moi aussi je suis affamée d'exercice. Dépêchons-nous si nous ne voulons pas louper ce cours – les séances du soir sont encore plus intenses que celles que je suis d'habitude. Et peut-être qu'après je t'offrirai un Jamba Juice[1].

Cours? Jamba Juice? Elle aurait aussi bien pu parler le swahili. Dan ignorait totalement où ils se rendaient, mais il la suivit dans la rue, papotant de bouquins qu'il n'avait jamais lus et de plus en plus inquiet. Il semblait peu probable qu'ils se rendent dans un restaurant. Puis il leva les yeux et vit, qui se dressait au loin de manière imposante, une pancarte peinte à la main ornée d'une police de caractères marrante style indienne, censée ressembler à du Sanskrit, qui proclamait fièrement Bikram. Ce n'était pas un ciné. Ce n'était pas un restaurant. Le

1. Grande chaîne américaine de cafés bios. *(N.d.T.)*

Bikram était une sorte de *yoga*. Bree l'amenait dans un cours de yoga.

Namasté[1].

Bree gravit l'escalier en courant, impatiente, comme un gosse le matin de Noël. Elle se retourna et jeta par-dessus son épaule un coup d'œil à Dan, lequel restait à la traîne, tâchant de trouver une excuse pour ne pas participer. Il décida de simuler une blessure et essayait de trouver quelle partie de son corps il pourrait prétendre avoir blessé. Il avait peut-être une côte fêlée à force de soulever trop de dictionnaires. Il s'était fait renverser par une voiture ce matin en allant travailler et était quasi sûr d'être commotionné. Il souffrait d'un rare trouble nerveux, qui le faisait s'évanouir dans les petites salles bondées de gens en sueur allongés sur des tapis en caoutchouc colorés.

— P.S., Dan, lui cria Bree, je suis ravie que tu n'aies pas pris la peine de te changer ! Pour les séances du soir, Yogi monte encore plus le chauffage que d'habitude et on se met tout simplement nus.

Voilà que les choses se compliquaient. Un, il n'était pas question qu'il fasse du yoga, et deux, il serait un sacré abruti de faire du yoga *nu*. D'autre part, Bree serait là elle aussi et il allait la voir complètement nue dès leur premier rendez-vous.

— Hum, super ! s'enthousiasma-t-il, déjà essoufflé d'avoir monté les marches.

Dan n'avait jamais fait de sport de sa vie, mais la vue du cul rond et raffermi par le yoga de Bree quelques pas

1. Litt. : « Que l'ensemble de vos qualités soient bénies et protégées des dieux. » En pratique, namasté est utilisé de manière très courante pour signifier « bonjour », « bonsoir » ou « à bientôt ». Ce mot s'accompagne d'une attitude respectueuse comprenant mains jointes et légère inclinaison du buste. *(N.d.T.)*

devant lui constituait la motivation qui lui manquait. Oubliez qu'il n'avait jamais fait de yoga, tant pis s'il se faisait humilier à coup sûr, et aux chiottes cette volée de marches visiblement interminable ! Il allait essayer toutes sortes de positions, façon bretzel, avec Bree, *nus*. De quoi se plaignait le peuple ?

À la bonne heure !

— Viens ! le pressa Bree en titubant étourdiment.

Une fois parvenu en haut de l'escalier, il la suivit dans le Tranquility Yoga Studio, un espace grand ouvert agrémenté de sols aux larges planches de pin étincelantes. La pièce, tout en fenêtres, était inondée par le soleil de fin d'après-midi dont les rayons ne faisaient qu'intensifier la chaleur. La température devait avoisiner les cinquante degrés et, avec le soleil et tous les corps nus, l'atmosphère était par ailleurs très humide et très… *parfumée.*

Sur une estrade au-devant de la pièce était assis un Indien émacié à la peau beurrée étincelante, vêtu d'une robe de cérémonie en coton blanc lâchement attachée, ses jambes maigrelettes croisées devant lui. Sous ses sourcils légèrement épilés, ses yeux étaient fermés, et il souriait d'un air béat. Devant lui, une femme d'une quarantaine d'années qui ressemblait à Katie Couric[1] faisait des étirements pour s'échauffer, son gros ventre pendouillant lâchement au-dessus de ses cuisses nues et veinées.

Quelques types s'échauffaient près des fenêtres – l'un avec de longs muscles bien dessinés qui arquait le dos d'une façon absolument pas naturelle, et un autre, style

1. Animatrice de télévision qui animait jusque-là l'équivalent du *Télématin* américain et qui devrait être la première femme à présenter seule le grand journal du soir sur une chaîne nationale. *(N.d.T.)*

grand-père aux cheveux argent, qui touchait ses orteils sans effort. Il faisait vraiment honte à Dan… dans tous les domaines.

— Mieux vaut se déshabiller, confia Bree à Dan en le gratifiant d'un clin d'œil. Le maître n'aime pas que nous commencions un cours avec ne serait-ce qu'une minute de retard. Tous ceux qui ne sont pas déshabillés et prêts à l'heure sont priés de s'en aller.

Dan était à deux doigts de lui expliquer qu'il était épileptique et avait oublié de prendre ses médicaments, mais elle se mit à ôter par la tête son soutien-gorge de sport turquoise. Wouah. Que pouvait-il faire ?

Se désaper !

Il ôta son T-shirt sale et le fit tomber par terre. Puis il défit sa ceinture, se déchaussa d'un coup de pied et baissa son jean. Il était le seul mec dans la salle à porter un boxer-short, mais il le garda obstinément.

Comme si son hâle de vampire et ses bras maigrelets ne suffisaient pas pour qu'il se fasse remarquer.

Il fit une boule de ses chaussettes qu'il fourra dans ses chaussures, puis respira un bon coup et suivit Bree sur la piste où elle se mit à s'étirer. Sa peau parfaite était bronzée *partout*, ce dont il était sûr, vu qu'il voyait *tout*. Ses longs cheveux blonds tombaient sur l'un de ses seins qui tenait dans une main, et Dan dut se rappeler qu'il ne pouvait pas les attraper comme ça maintenant tout de suite. Elle se pencha et effleura le sol avec ses paumes. Il tenta de l'imiter, mais il parvint à peine à toucher ses genoux. La douleur était atroce.

— Ne te plie pas, lui murmura Bree. Étire-toi, étire-toi.

Il lui était impossible de voir le corps nu parfait de Bree s'étirer et se contorsionner sans que la braguette de son boxer ne s'agrandisse dans des proportions embarrassantes. Dan la regarda fixement quand elle prit un pied dans sa main et l'étendit bien au-dessus de sa tête. Il ferma les yeux et essaya de penser à des choses anti-sexy, comme à la nourriture qui se coinçait toujours dans le dentier de sa tante Sophia, ou au trottoir devant chez lui qui sentait toujours la pisse de chien. La sueur dégoulinait déjà sur son visage et ils n'avaient encore rien fait. Il essuya la transpiration sur son front à l'aide de son avant-bras.

— Dan, non ! murmura Bree. Il ne faut pas que le maître te voie faire ça ! Le but, c'est justement de guérir en transpirant. Tu ne peux pas essuyer la sueur. Ça va contre ses enseignements.

Pourquoi le Bikram ne pouvait-il pas être un film étranger sympa ? Ils pourraient manger du pop-corn et se tripoter dans un cinéma à air conditionné plongé dans l'obscurité, au lieu de transpirer dans cette pièce étouffante et de suivre les ordres d'un sadique. D'un seul coup, le professeur quitta sa position assise sur l'estrade et fit tomber sa robe par terre.

— Namasté ! cria-t-il d'une voix joyeuse et tonitruante en faisant une petite révérence.

— Namasté ! répondit le reste du cours en s'inclinant à son tour.

Enfin, presque toute la classe.

— Commençons par les postures à deux. (Il fit signe à tout le monde de se mettre en couple.) Préparez-vous à vous mettre épaule contre épaule. Commencez par le chien qui regarde vers le bas et par la posture trépied, si vous voulez.

— Prêt ? murmura Bree.

Elle arborait une marque de naissance grosse comme un ongle de la même forme que le Texas près de son nombril.

Elle se pencha et posa ses paumes par terre devant elle puis agita les fesses comme si elle se préparait à décoller. Dan regarda autour de lui, affolé, mais tous les autres faisaient la même chose. Les partenaires se tenaient même délicatement par les hanches. Il toucha timidement la taille de Bree qui remonta son genou droit jusqu'à son coude droit avant de faire la même chose avec le gauche.

— Stabilise-moi, lui dit-elle.

Dan s'accroupit à côté d'elle, entoura sa taille ferme avec ses mains lorsqu'elle souleva ses longues jambes bronzées et lui sourit, à l'envers.

— Je crois que c'est bon.

— Oh, d'accord, dit-il en se retirant.

Mais alors qu'il allait se lever, il réalisa que son boxer bâillait complètement sur le devant et que son « ami » était totalement exposé… et totalement excité. Oh non. Il resta à moitié accroupi, tentant désespérément d'imaginer une fois de plus les dents dégueulasses de tata Sophia.

— Jeune homme, fit le prof de yoga nu et flippant en montrant Dan du doigt.

Moi? Dan, toujours à moitié accroupi, se désigna et tout le monde se retourna pour le regarder.

— Oui, toi. Viens, mon fils, dit le professeur en lui faisant signe avec ses longs doigts maigres.

— Vas-y, murmura Bree toujours à l'envers. C'est un tel honneur, je n'arrive pas à le croire. Pour ta première fois, en plus !

Dan traversa le sol de bois en tâchant d'avoir l'air nonchalant, cachant désespérément son entrejambe derrière ses mains en coupe. Il arriva au pied de l'estrade et le professeur lui sourit d'un air placide.

— Viens, mon fils, dit le professeur. Tu travailleras avec moi aujourd'hui. C'est ta première fois, non ?

Dan hocha nerveusement la tête en signe d'assentiment. Tout son corps tremblait quand il monta sur l'estrade. Le yogi allongea les bras et posa ses paumes usées par terre, offrant au jeune homme un gros plan terrible de son cul ridé à la peau d'éléphant. Tout le monde dans la classe en fit autant et, l'espace d'une brève seconde, Dan eut un aperçu surréaliste des seins nus de Bree à l'envers entre ses jambes bien écartées. Sa rêverie fut interrompue quand le professeur l'attrapa par-derrière, colla son ventre nu contre son dos nu et maigre et lui fit délicatement baisser la tête, de sorte que tout ce que Dan voyait, c'étaient ses propres jambes et les jambes maigres du type nu à califourchon sur lui. Il n'avait jamais été intime avec une personne plus âgée que lui, encore moins avec un vieux schnock indien prof de yoga.

Mais quand un type désire une fille, il n'a aucun scrupule.

n décide de vivre comme les autochtones

— Je connais un endroit super où l'on pourra aller après ça, annonça Tawny.

Elle se lécha le pouce puis le fourra dans le panier gras de pop-corn à la crevette pour attraper des miettes frites.

Nate but un dernier coup à même sa Corona citron vert et opina du chef.

— Ça me va.

Coincés à une minuscule table près des fenêtres graisseuses de l'Oyster Shack, ils mangeaient avec les doigts, sirotaient leur bière et parlaient – enfin, Tawny faisait les frais de la conversation. Elle lui raconta qu'elle apprenait le surf. Qu'avant son père était capitaine des pompiers mais qu'il s'était blessé en tombant d'une échelle et avait pris sa retraite. Qu'elle était allée quatre fois à Disney World. Que ses cheveux frisaient naturellement, mais que les gens croyaient toujours qu'elle avait une permanente. Qu'elle était tout excitée de passer enfin le bac l'année prochaine.

Nate écoutait à peine ce qu'elle racontait : elle était sexy en diable et il savourait le simple fait de la regarder. Il n'y avait pas beaucoup de filles comme Tawny dans l'Upper East Side : rondes, blondes, cheveux ondulés tombant en cascade sur des épaules caramel parsemées de taches de rousseur, lèvres roses au goût de ChapStick à la cerise, yeux bleu clair aux longs cils, et doigts fins et bronzés recouverts de bagues en argent.

Olivia l'interrogeait toujours sur sa chanson préférée, son premier souvenir, ce qu'il voulait faire quand il serait grand. Elle prétendait qu'elle voulait juste apprendre à le connaître, mais ça ressemblait davantage à un test auquel il échouait. Apparemment Tawny se contentait de le laisser être lui-même.

Un fumeur de shit arrogant et chaud ?

Une fois le dîner terminé, elle se jucha sur le guidon de son vélo et cria des indications à Nate. Elle rejeta la tête en arrière et ses longs cheveux ondulés lui chatouillèrent le nez.

— Ralentis ! Non, plus vite ! lança-t-elle d'une voix perçante.

— Où m'emmènes-tu ? cria Nate lorsqu'ils passèrent sur des racines d'arbres et des grosses pierres.

Tawny lui jeta un coup d'œil par-dessus son épaule.

— Tu verras... hé, stop ! Laisse-moi descendre !

Nate s'arrêta en dérapant et Tawny descendit d'un bond. Son ultraminishort lavande avait remonté et lui offrait une vue magnifique de ses fesses bronzées et musclées par le surf. Merde qu'elle était sexy !

— C'était marrant, dit-elle en riant en traversant bruyamment des buissons bas en direction de la plage. Laisse le vélo. Il sera en sécurité ici.

Nate appuya son vélo contre un arbre. Le soleil de fin d'après-midi filtrait à travers les branches au-dessus de leurs têtes, mais il faisait frais et très bon dans les bois.

En suivant Tawny, Nate songea que c'était bizarre qu'il ait arrêté l'école voilà quelques semaines à peine et que, pourtant, toute sa vie avait changé. Il travaillait dans le bâtiment et sortait avec une bombe des Hamptons. Eh bien, pourquoi pas ? Si Olivia pouvait tout changer – elle allait se marier, bon sang ! – pourquoi pas lui ? Il était plus facile de sortir avec Tawny qu'avec n'importe quelle fille qu'il avait connue – elle n'était pas aussi exigeante et égocentrique qu'Olivia, elle n'était pas aussi naïve et en manque d'affection que Jenny, elle n'était pas aussi imprévisible et sans égards que Serena. Elle... elle était, voilà tout.

Logique classique de défoncé.

— Viens, le pressa Tawny en revenant sur ses pas pour lui prendre la main et l'entraîner à travers les buissons.

Elle le conduisit dans une clairière tachetée de soleil où deux gros arbres tombés l'un sur l'autre créaient des bancs naturels qu'à l'évidence les autochtones affectionnaient particulièrement vu que le parterre était jonché de vieilles bouteilles de bière et de mégots de cigarettes. Trois types, accroupis sur l'un des rondins, se faisaient passer un joint. Derrière eux, entre les arbres, l'eau bleu-noir du détroit étincelait et ondulait.

— Hé les mecs ! cria Tawny.

Trois têtes virevoltèrent d'un coup dans leur direction. Avec leurs jeans baggy et leurs sourcils épilés, leurs cheveux pleins de gel et leurs chemises à rayures ringardes, c'étaient le genre de mecs dont Nate et ses potes se seraient moqués s'ils étaient tombés sur eux en ville. C'étaient le genre de mecs à se battre avec des videurs et à s'inonder de litres d'eau de Cologne ringarde de drugstore. Et c'étaient aussi, apparemment, les amis de Tawny.

— Nate, voici Greg, Tony et Vince.

— Ça roule ? demanda Nate en hochant la tête dans leur direction, mal à l'aise.

Tawny grimpa sur le tronc et s'assit à côté de Greg, un type extrêmement bronzé qui tenait un joint dans sa main en coupe et bombait le torse : il rappelait un bouledogue à Nate.

— On a de l'herbe, mon frère, annonça Vince qui était le jumeau de Greg. Assieds-toi.

À cette proposition, Nate dressa l'oreille. Il détestait

que des types qu'il ne connaissait pas l'appellent « mon frère » et il détestait ces types qui se la jouaient cool alors qu'en réalité c'étaient de gros blaireaux. Mais il devait reconnaître que fumer – même avec ces abrutis – lui faisait l'effet d'un dessert.

Tawny tira une taffe et lui fit passer le mégot légèrement humide. Nate en tira une bonne bouffée goulue.

— Bonne came, non ? demanda le mec qui s'appelait Greg d'un ton bourru. C'est mon dealer habituel qui me la fournit. Il est toujours hyperdébordé en été, tu sais, mais il garde le meilleur shit pour les clients fidèles comme moi qu'il a toute l'année.

Ce n'était pas de la bonne came – même l'hawaïenne que Nate avait planquée dans sa chambre était bien meilleure – mais il pouvait difficilement se plaindre.

— Putains de jeunes de la ville, grommela Vince en lui prenant le joint. Faut toujours qu'ils foutent la merde en été. Putains d'embouteillages. Putains de boîtes de nuit. Putains de casse-couilles.

Quelle éloquence.

— Foules estivales, marmonna Tony qui n'avait pas encore parlé.

Il foudroyait Nate du regard, le scrutait avec méfiance de sous la visière au pli impeccable de sa casquette de base-ball Coney Island Cyclones.

Nate planait comme d'habitude, comme il aimait le faire quand il fumait de l'herbe, mais il entendait ce que disaient les mecs. Cinq sur cinq.

— À fond, acquiesça Tawny en bâillant, posant paresseusement ses cheveux blonds frisés sur l'épaule de Nate.

Nate jeta un œil à sa tenue de travail en loques. Il était carrément clair que Tawny détestait la foule bourrée de fric qui inondait les Hamptons tous les étés, et il faisait assurément partie de la foule en question. Avec son bronzage et ses vêtements d'ouvrier en lambeaux, elle l'avait probablement pris pour le genre de mec qui devait passer son été à *gagner* de l'argent, probablement pour payer son inscription à Yale à l'automne. Il ressentit une culpabilité lancinante. Il ne s'était pas montré superhonnête avec elle.

Les vieilles habitudes ont la peau dure.

— Toujours la même histoire chaque année, poursuivit Tony. Pourquoi ne trouvent-ils pas un autre endroit où aller, genre en France, ou dans un autre endroit de merde ?

— Ils ne sont pas si nuls, hasarda Nate. C'est vrai, j'habite plus ou moins en vill…

— *Vraiment* ? fit Tawny en levant la tête. (Elle plissa ses yeux bleus immenses en temps normal.) Tu ne m'as jamais rien dit.

— Tu n'as jamais rien demandé, fit remarquer Nate.

Il y eut des murmures chez les autres types. Vince cracha dans le sable. Dans l'eau, un bateau de pêche fit clignoter ses lumières.

— Je le savais, grommela Tony en crachant par terre. Je l'avais senti sur toi.

— Mais c'est pas mortel, reprit Nate en secouant la tête. C'est vrai quoi… je ne suis pas comme tous ces ados.

— Ouais, j'imagine… (Tawny se blottit contre lui et frotta le bord de son visage sur sa poitrine musclée par le travail manuel.) Tu pourras peut-être m'amener en ville un jour ?

— Bien sûr, bien sûr, répondit Nate en passant son bras bronzé autour de sa taille. Ce serait sympa.

Tant qu'il l'empêchait d'approcher Olivia-jalouse-comme-une-tigresse-Waldorf.

monte me voir un jour

Un soir, après leur séance de bachotage et une nouvelle journée déprimante de répétitions, Serena était assise sur la banquette arrière du taxi qui la ramenait au Chelsea Hotel. Mais cette fois elle avait de quoi se réjouir. Elle consulta de nouveau les textos sur son portable, surtout parce qu'elle voulait relire celui de Thaddeus.

Descends me voir, tu me manques, xx.

Serena avait commencé à douter d'elle-même après les insultes de Ken Mogul, mais non, là résidait la preuve, irréfutable et numérique qu'elle, Serena van der Woodsen, assurait encore.

Le taxi tourna à vive allure dans la 23e Rue, et la jeune fille sentit son cœur se mettre à battre un peu plus vite – dans quelques minutes seulement, elle serait à l'hôtel. Elle était déjà sortie avec de beaux mecs, mais elle n'avait jamais craqué pour personne comme Thaddeus. Évidemment, il était sublime, mais il dégageait autre chose. Elle avait le sentiment qu'ils pourraient être plus que des partenaires, plus que des amants – ils pourraient aussi être les meilleurs amis du monde.

Non pas qu'elle ait besoin d'un nouveau meilleur ami. Si ? Elle ne s'en souvenait jamais.

Lorsqu'ils arrivèrent enfin au Chelsea, elle fourra un billet de vingt dollars dans la main du chauffeur, se leva d'un bond et se rua dans l'entrée de l'hôtel. Même si le tournage avait commencé chez Barneys, Ken avait déclaré qu'elle avait besoin de répéter un maximum hors plateau. Le couloir sombre et familier tapissé de tableaux célèbres angoissa Serena, mais elle tâcha d'oublier toutes les choses négatives que Ken lui avait hurlées et se concentra sur ce qui allait se produire sous peu : elle allait sortir avec Thaddeus Smith.

Elle frappa doucement à la porte et il l'ouvrit presque immédiatement, ébahi. Son short cargo très baggy avait glissé pour révéler un boxer gris tout simple.

— Serena, s'exclama-t-il, que se passe-t-il?

— Rien, souffla-t-elle en l'effleurant pour entrer dans sa chambre.

Elle jeta son sac de plage Marc Jacobs à cordon kaki par terre et s'affala sur le canapé.

Thaddeus ferma la porte et remonta son short en rougissant légèrement.

— Alors, dit-il, que se passe-t-il? Tu étais dans le coin?

— On peut dire ça comme ça, répondit-elle en riant.

C'était mignon de voir l'acteur de renommée mondiale ne pas savoir où se mettre. Dieu qu'elle adorait flirter avec lui!

— Alors, marmonna Thaddeus en ramassant le T-shirt qu'il avait jeté par terre et en l'enfilant par la tête (il s'assit sur le fauteuil et posa les pieds sur la table basse) as-tu répété toute seule dans ton coin?

— Qu'est-ce que c'est chiant! soupira Serena. Et Ken fait comme si je n'allais jamais y arriver.

— Je dis toujours que c'est bien plus difficile que ce que tout le monde pense, acquiesça Thaddeus. Les gens croient que ce n'est que du glamour, des fêtes et des premières, mais je les *mérite*, mes putains de chèques! J'imagine que je n'ai pas besoin de te le dire.

Ça doit être dur de se faire trois millions par film, en effet.

— Si seulement quelqu'un m'avait prévenue, dit Serena en ramassant son sac et en passant la main à l'intérieur. (Elle s'était tellement mise dans tous ses états en chemin qu'elle avait besoin de se détendre.) Ça te dérange si je fume?

— Non, bien sûr que non.

Thaddeus désigna sans conviction la table basse, qui comportait déjà un cendrier et plusieurs briquets.

— Le fait est, Serena, que ce n'est pas un supermoment. Mon ami Serge est censé passer d'une minute à l'autre.

Serena ne bougea pas. Pourquoi était-ce si difficile d'avoir une minute seule avec lui?

— Eh bien, d'après ton texto, on n'aurait pas dit que tu étais débordé, dit-elle en souriant nerveusement.

Qu'il joue les timides était un peu déconcertant.

Seulement un peu?

— Merde! s'exclama Thaddeus, *tu* as reçu mon texto?

— Hum hum, murmura-t-elle d'une voix essoufflée.

— Bien, alors tant mieux, bafouilla-t-il. Je me suis dit que l'on pourrait, euh tu sais, bosser un peu.

Pourquoi était-il si anxieux? Il était difficile de croire que quelqu'un d'aussi canon et qui avait autant de succès que Thaddeus puisse être timide avec les filles!

— *Bosser.* (Elle fit la moue.) Je croyais que tu voulais, tu sais, t'amuser un peu?

— M'amuser, répéta Thaddeus. Bosser peut être... (Le couinement de son portable l'interrompit. Il jeta un coup d'œil au numéro qui s'afficha.) Serena, il faut que je le prenne. Je suis désolé. J'en ai pour une seconde.

Il se sauva dans la chambre et la seule chose que Serena entendit fut un : « Allô? »

Elle écrasa sa cigarette à moitié fumée. Le comportement flippant de Thaddeus commençait à la rendre nerveuse. Y allait-elle trop fort ? Pas assez fort ? C'était lui qui lui avait envoyé un texto sexy. Pourquoi inviterait-il un ami ? Peut-être Thaddeus était-il pervers sur les bords ? Ce n'était pas franchement son truc à elle.

Ah bon, vraiment ?

— Désolé, s'excusa Thaddeus en revenant dans la chambre d'un pas traînant. (Il jeta son téléphone sur la table basse où il atterrit dans un grand boum.) Enfin bref, tant que tu es là, répétons quelques répliques.

— Répliques ?

— Tu peux prendre mon scénario, poursuivit-il en s'enfonçant dans le fauteuil avec un soupir. J'ai pris des notes.

— Commençons par la scène dix-sept, proposa-t-elle, pleine d'espoir. Tu sais, la scène d'amour ?

Répéter une scène d'amour sera peut-être le maximum qu'elle pourra obtenir.

tea for two

— Tu vas bien ? demanda Vanessa à Dan.

Vautré sur son lit, il grimaçait de douleur. Des mégots de Camel jonchaient le tapis marron usé comme s'il ne pouvait pas prendre la peine de se lever pour attraper l'une des tasses à café à moitié vides qui d'habitude lui faisaient office de cendrier.

— Meeeeer-deuh, grommela-t-il. Je crois que je me suis pété quelque chose.

Vanessa prit l'exemplaire beige écorné de la *Bhagavad-Gita* sur son lit défait. Elle savait que c'était une espèce de texte indien sacré, mais elle n'avait jamais éprouvé l'envie d'en savoir plus à ce sujet. Puis elle constata que Dan travaillait sur un poème dans son grand carnet noir. Il roula sur le dos.

— T'écris quoi ? demanda-t-elle en attrapant le carnet. Elle lut les premières lignes.

Amour pur. Désir pur. Confiance à la confiance.
Bouddha n'était pas Jésus. Moi non plus.
Je ne suis qu'un homme.

Flash info : le yoga Bikram tue les cellules cérébrales créatives. Résultat : les poètes qui écrivaient déjà de mauvais poèmes écrivent de *très* mauvais poèmes.

— Tu n'as pas le droit de le lire ! fit Dan en lui arrachant le carnet des mains. C'est, hum, privé. Tu veux du thé? demanda-t-il en se rasseyant. Je viens d'acheter du Mint Meltdown. C'est censé débarrasser ton corps de ses toxines et l'aider à vraiment *respirer*.

Vanessa s'étrangla d'un rire moqueur :

— Tu plaisantes, hein?

— Allez viens, bâilla-t-il.

Il se leva en titubant et Vanessa le suivit hors de la chambre, dans le couloir obscur ; il passa à un rythme de grand-père la porte battante de la cuisine, laquelle était remplie de tas d'assiettes sales. Des miettes de pain jonchaient le comptoir de toutes parts et le grille-pain était renversé. Rufus avait laissé un poêlon à fondue rempli de fromage en plein milieu de l'îlot de cuisine style étal de boucher. Vanessa prit une fourchette et donna un coup dedans, tandis que Dan faisait chauffer deux tasses d'eau au micro-ondes.

Il mit deux sachets de Mint Meltdown dans les tasses et en donna une à Vanessa. Celle-ci tâcha de croiser son regard, mais bizarrement, il refusait de la regarder. C'était en partie dû au fait que Vanessa était très jolie dans sa nouvelle robe noire à manches froncées, et en partie parce que la culpabilité le dévorait d'avoir transpiré avec Bree sans même en parler à sa prétendue petite amie.

— Alors, commença-t-elle, hésitante. J'ai l'impression de te voir à peine.

— Je travaille beaucoup, répondit-il en enfouissant son nez dans sa tasse. Ils ont vraiment besoin de moi au Strand. Et je me suis fait de nouveaux amis.

Vanessa gloussa.

— J'imagine que le monde à grands enjeux de la vente de livres d'occase est superprenant.

Pourquoi se comportait-il aussi bizarrement? Elle avait bien vu qu'il avait été déçu il y a quelques jours qu'elle travaille autant, mais depuis qu'elle avait aménagé chez lui, ils étaient comme de *nouveaux* colocs qui ne se connaissaient pas.

— Tu n'es pas obligée d'être grossière, contre-attaqua Dan en tapotant sa cuillère sur le dessus de son mug de voyage « LES POÈTES BEAT… LE FONT SUR LA ROUTE ». Porter un jugement ne fait que conduire sur le chemin de l'énergie négative.

— Pardon ? murmura Vanessa d'une voix perçante. Pourrais-tu m'expliquer ça encore une fois ?

— Je ne te demande pas de comprendre. (Il sirota son thé encore bouillant.) C'est l'un des jalons élémentaires de la philosophie du yogi.

— Le seul yogi que je connaisse, c'est l'ours qui vole les paniers de pique-nique. Je ne sais pas où tu es allé choper ce discours new age, mais le Dan Humphrey que je connaissais, aimais et duquel j'avais plus ou moins envie, trouverait que tu ne sors que des conneries.

— Eh bien, la Vanessa Abrams que *je* connaissais et aimais préférerait mourir plutôt que de trimer pour un film hollywoodien *purement commercial*, rétorqua Dan, en colère.

Il laissa de côté le « de laquelle j'avais plus ou moins envie » étant donné qu'il avait envie de quelqu'un d'autre en ce moment.

— Pardon ? dit Vanessa en reposant sa tasse.

C'était trop injuste. Il *savait* que Ruby l'avait fichue à la porte, et qu'elle avait besoin d'argent. N'était-il pas fier qu'elle travaille sur un long métrage alors qu'elle n'avait que dix-huit ans ?

— Au moins, mon boulot nécessite plus de connaissances que de ranger de vieux livres poussiéreux par ordre alphabétique de noms d'auteurs.

Il ferma les yeux et respira bruyamment par ses

narines évasées, chose qu'il avait apprise la veille à son cours de yoga. *Inspirer le positif, expirer le négatif.*

— Je croyais que vivre ensemble serait super, mais je vois que tu as beaucoup changé.

Vanessa soupira au-dessus de sa tasse de thé bouillante. Elle avait le goût du dentifrice Aquafresh et du Pine-Sol.

— C'est toi qui as changé, lui renvoya-t-elle. Je devrais peut-être te faire de l'air.

Elle souffla sur sa tasse.

— Arrête, rétorqua Dan, en colère. C'est toi qui voulais que *je* te fasse de l'air, pas le contraire. C'était *moi* qui tenais à ce que l'on passe l'été ensemble. *Toi*, tu voulais juste travailler.

— Eh bien, j'imagine que l'on obtient tous les deux ce que l'on voulait.

Elle but une autre gorgée de son thé Mint Meltdown avant de reposer la tasse sur le comptoir parmi les vieux journaux et les casseroles incrustées de nourriture. Puis elle sortit de la cuisine et de l'appartement d'un pas lourd pour aller prendre une tasse de café digne de ce nom dans le boui-boui du coin sur Broadway.

Dan passa les mains dans ses cheveux châtain clair ébouriffés. Il était en plein drame. Il sortit un paquet de Camel de la poche de son pantalon en velours noir délavé et en alluma une à l'aide du premier brûleur de la cuisinière.

Yogi n'approuverait sûrement pas.

il n'est pas de louange plus sincère que l'imitation

Olivia glissa ses pieds dans les stilettos en cuir de veau ivoire Winter by Bailey Winter qui constituaient la touche finale de sa tenue pour son entretien. Ils étaient peut-être un poil excessifs, mais elle devait porter quelque chose conçu par l'homme en personne. Ça aurait été vraiment trop nul de débarquer vêtue de ses fringues de pied en cap, mais les chaussures étaient un moyen subtil et astucieux de rendre hommage à sa grandeur sans passer pour une pauvre groupie de la mode désespérée.

Elle se trouvait dans la chambre de la petite Yale – *alias* son ex-chambre – où elle s'admirait dans les miroirs en pied – la lumière y était bien meilleure que dans la piaule miteuse d'Aaron où la puanteur de ses cigarettes aux plantes s'était incrustée dans les murs. Elle hocha la tête en se regardant dans le miroir. Elle avait l'air confiant, mais elle était nerveuse. Elle était maudite, côté entretiens : elle avait en fait *embrassé* celui qui lui avait fait passer son entretien pour entrer à Yale. Puis elle avait demandé un deuxième entretien avec un ancien élève de Yale et avait failli *coucher* avec lui. Les chances étaient minces qu'elle finisse par faire des avances à Bailey Winter – il était plutôt bel homme dans le genre superbronzé et dents blanches éblouissantes, mais Olivia n'était assurément pas son genre.

Hum. Sauf si elle changeait de nom et se faisait appeler *Sir* Olivia.

Elle se retourna et jeta un œil par-dessus son épaule pour voir son reflet sous un angle différent. Obtenir cet entretien s'était révélé plus facile qu'elle l'avait espéré – il avait suffi d'un coup de fil d'Eleanor Rose – mais c'était la chance de sa vie et elle ne voulait pas la laisser filer.

Serena pouvait bien devenir une star à Hollywood ; Olivia, quant à elle, ferait carrière dans la mode. Elle connaissait tous les créateurs, les boutiques et les magazines qu'il fallait, elle comprenait parfaitement les vêtements et savait comment les porter. Un jour, très bientôt, elle deviendrait une muse de la mode de renommée mondiale. Elle serait assise au premier rang de tous les défilés de Bailey Winter, aurait un parfum à son nom, et apparaîtrait dans ses campagnes de pub. Leur relation serait exactement la même que celle d'Audrey Hepburn avec la maison Givenchy – un truc de légende. Que Serena joue donc les Audrey Hepburn à l'écran, Olivia *serait* Audrey Hepburn dans la vraie vie.

Mais Serena n'avait-elle pas *déjà* un parfum qui portait son nom ? Oups.

Le carillon insistant de son téléphone portable Vertu sonna dans l'ancienne chambre d'Aaron et interrompit sa rêverie. Elle était de retour à New York depuis quarante-huit heures mais personne ne l'avait appelée, ni sur sa ligne anglaise, dont seul lord Marcus possédait le numéro, ni sur sa ligne habituelle, par laquelle le monde entier pouvait la joindre. Elle vivait en exil, se dit-elle, et refusait de rejoindre la société tant qu'elle n'était pas en mesure de faire une déclaration spectaculaire – par exemple, qu'elle était revenue du Royaume-Uni à la demande expresse de Bailey Winter. Elle ne pouvait pas laisser entendre qu'elle était de retour parce que lord Marcus préférait faire des yeux de merlan frit à sa cousine à la face de cheval plutôt que de violer Olivia dans son immense lit d'hôtel.

Comme si nous n'avions pas les moyens de découvrir la vérité.

Elle retourna dans la chambre d'Aaron à toute allure et attrapa en quatrième vitesse le téléphone sur son bureau. L'écran affichait Marcus. Le lord en personne.

Elle appuya sur la touche « Répondre ».

— Quoi ? fit-elle d'un ton grossier.

— Olivia, darling, que s'est-il passé ? J'ai essayé de te joindre.

— Je ne vois vraiment pas ce que l'on a à se dire, répondit-elle d'un ton glacial. Si tu voulais parler, tu avais largement le temps quand nous étions encore sur le même *continent*.

— Tu veux dire que tu es partie? observa lord Marcus, clairement surpris. Je pensais que tu avais peut-être seulement changé d'hôtel, ou que tu étais allée à Paris voir ton père, quelque chose comme ça. Je me faisais tellement de souci.

— Je n'en doute pas, rétorqua Olivia d'un ton cassant en repartant vers la chambre de Yale.

— Ce n'est pas à cause de Camilla, n'est-ce pas, chérie ? Parce que nous sommes, tu sais, petits-cousins et donc bien sûr...

— Bien sûr *quoi*? s'enquit la jeune fille en regardant son visage s'empourprer dans le miroir en pied. Pour être honnête, je préférerais ne pas savoir. Si vous voulez faire un remake de *Fleurs captives*[1], c'est votre problème.

1. Roman de Virginia C. Andrews adapté au cinéma. Quatre enfants et leur mère vont s'installer chez la grand-mère suite à la

Je n'ai pas de temps pour ça – je suis une femme très demandée, je suis une muse !

— Tu t'amuses, ma belle ? Ah, tout cela n'était donc qu'un malentendu ? répondit-il d'un ton enjoué. Camilla me demande aussi où tu es. Elle sera tellement soulagée !

— Transmets-lui mon meilleur souvenir, railla Olivia avant d'appuyer sur la touche « fin. »

Elle ôta la batterie du téléphone qui se coupa. Après l'avoir examiné de près pour s'assurer qu'aucune petite partie ne risquait de se détacher, elle le laissa dans le berceau de Yale.

Parce que l'on n'est jamais trop jeune pour posséder son premier portable.

Olivia jeta un œil à sa montre-bracelet Chanel. Elle était attendue chez Bailey Winter et ça ne se faisait pas d'arriver en retard. Elle descendit le long couloir en direction de la cuisine, où elle trouva sa mère plantée devant l'îlot au dessus de marbre en train de grignoter un sandwich froid aux rillettes, en dépit du fait qu'elles étaient censées partir d'une minute à l'autre. Tyler, le petit frère d'Olivia, et Jasmine, sa petite amie, agglutinés autour d'elle sur des tabourets au dossier bas, sirotaient des Cocas.

— Ravie de te revoir, Olivia, lança Jasmine en se fendant d'un immense sourire d'adoration à l'autre extrémité de la cuisine blanche.

Jasmine était une admiratrice obsessionnelle d'Olivia. C'était devenu on ne peut plus clair lorsqu'elle avait

mort de leur père bien-aimé. Le séjour va se transformer en cauchemar, la grand-mère se révéler une tortionnaire. Celle-ci est en réalité une chrétienne extrémiste qui punit sa fille qui, selon elle, aurait péché en épousant un homme jugé impur, puisqu'il s'agissait en réalité du propre oncle de la mère. *(N.d.T.)*

débarqué à la soirée de remise des diplômes de la lycéenne, portant exactement le même tailleur Oscar de la Renta blanc qu'elle. Ses cheveux presque noirs d'une brillance remarquable avaient l'air en pleine santé, mais elle était sûrement la personne la plus gonflante au monde.

— Maman, ordonna Olivia en ignorant Jasmine. Pose ça. Il faut qu'on y aille.

— Chut ! la réprimanda sa mère en époussetant des miettes invisibles sur l'îlot. On a le temps. De plus, ça fait des années que je vais chez Bailey Winter. Cet homme a toujours dix minutes de retard. C'est bien connu.

Elle prit une autre bouchée de son sandwich.

— Bailey Winter ? fit Jasmine, tout excitée. (Elle remarqua les chaussures d'Olivia.) *Ce sont* des Bailey Winter ! J'ai les mêmes en noir. J'aurais dû les prendre en ivoire.

Olivia la fusilla du regard.

— Hé, Olivia ? fit Tyler en téléchargeant simultanément des chansons sur son iPod et en envoyant un texto.

Ses yeux ne cessaient de faire l'aller-retour d'un écran à l'autre.

— Oui ?

Elle tapa de ses pieds stilleto-isés, impatiente. Ils ne pouvaient pas tout simplement se casser, bordel ?

— Tu es vraiment allée à Londres sans me rapporter, genre, un seul cadeau ?

— Désolée, soupira-t-elle. Je suis revenue un peu vite.

— Bien que tu aies assurément trouvé le temps de *te* faire des petits cadeaux, observa Eleanor en fourrant une picholine[1] entre ses lèvres.

1. Olive verte de Nîmes. *(N.d.T.)*

— Je suis Jasmine, fit la petite amie de Tyler en se levant d'un bond et en tendant la main à Olivia. Tu es Olivia, bien sûr. En fait, on s'est déjà rencontrées, mais tu organisais ta soirée de bac, donc peut-être que tu ne te rappelles pas.

Comme si Olivia pouvait raisonnablement oublier sa petite imitatrice.

Il y avait quelque chose de louche dans le fait qu'une ado de treize ans soit si bien élevée. En fait, il y avait quelque chose de louche dans le fait que Tyler ait une petite amie – avant, il n'avait jamais paru s'intéresser aux filles, même de loin, préférant la compagnie de son ordinateur, son narguilé et sa collection de disques vinyle.

— Allons-y, maman, exigea Olivia. Je ne veux pas arriver en retard. C'est l'occasion pour moi de faire une très bonne impression.

— Oh, chérie, dit Eleanor en finissant son sandwich et en jetant les restes sur le comptoir pour que Myrtle remette de l'ordre derrière elle. Je suis tellement contente que tu prennes cela si au sérieux.

— Attends, tu vas *voir* Bailey Winter? demanda Jasmine.

Ah bon, parce qu'elle a envie de le savoir?

— Il envisage de m'embaucher, l'informa Olivia d'un ton glacial.

— *J'adore* ses vêtements, rétorqua Jasmine, en rajoutant une couche. Bien sûr, je ne suis pas censée acheter quoi que ce soit qui ne soit pas B by Bailey Winter – ma mère dit que je dois attendre d'être au lycée pour pouvoir mettre la main sur les super trucs, mais moi ça ne me dérange pas. C'est vrai, je dois porter un uniforme de toute façon...

— Ouais, bon, la coupa Olivia. (Lui avait-elle *demandé*

de lui raconter sa vie ?) Je descends demander au portier de héler un taxi. Maman, tu as intérêt à être prête dans cinq minutes, sinon j'y vais sans toi.

Olivia descendit seule dans l'entrée et se planta devant l'immeuble, à fumer et à regarder l'heure sur sa montre Chanel. Au bout de cinq minutes précises, Eleanor sortit de l'immeuble en coup de vent, en robe chemisier Bailey Winter couleur pamplemousse et en ballerines Tod's beiges. Mais elle n'était pas seule : Jasmine trottait à côté d'elle, tout excitée, comme une gamine de trois ans avant sa première représentation de *Casse-noisettes*. Olivia ne se laissa pas démonter. Un film se jouait dans sa tête : la muse orpheline était en route pour rendre visite à son couturier de génie. Même Jasmine ne pouvait pas tout faire foirer.

Lorsqu'elles arrivèrent devant l'hôtel particulier majestueux style Beaux-Arts de Bailey Winter sur Park Avenue, Olivia fut la première à descendre de voiture. Sa mère et Jasmine la suivirent comme des dames d'honneur. Quand le moment viendrait de monter son petit film, on pourrait supprimer les figurants sans problème.

Un majordome anglais, un vrai de vrai, en jaquette, pantalon rayé et tout et tout, les accueillit à la porte et les annonça par leur nom après les avoir emmenées dans le petit salon du deuxième étage : « Miss Eleanor Rose, Miss Olivia Waldorf et Miss Jasmine James-Morgan » cria-t-il de sa voix tonitruante. Il rappelait lord Marcus à Olivia, mais toute pensée à son sujet fut effacée à la seconde où elle pénétra dans la pièce la plus grandiose qu'elle ait jamais vue. Les murs étaient lambrissés d'acajou et recouverts d'immenses peintures à l'huile représentant de magnifiques femmes aristocrates en vêtements incroyables de dentelle et de soie, qui souriaient paisiblement. Il y avait des socles en marbre sur lesquels se trouvaient des sculptures blanches et pures de torses et de têtes d'hommes et, bien au-dessus, un immense vitrail était enchâssé dans le mur qui atténuait le bruit de Park Avenue.

— Oh mon Dieu ! s'écria la voix familière et perçante de Bailey Winter.

Le très digne créateur de Park Avenue entra dans la pièce d'un petit bond, telle une écolière, ses cheveux blond blanc dressés tout droit sur sa tête comme s'il s'était électrocuté pendant qu'il se séchait les cheveux. Il était incroyablement petit, un homme en miniature, et portait un blazer bleu aux boutons de cuivre, une chemise ouverte, un pantalon de lin blanc ; il était pieds nus dans des mocassins de cuir crème souples, qui produisaient un drôle de crissement sur le parquet. Une ascot jaune vif était lâchement nouée autour de son cou, du même imprimé que celui dont il s'était servi dans sa dernière collection.

— Eleanor Rose, espèce de garce, vous êtes si maigre !

— Bailey ! s'écria Eleanor.

Ils s'étreignirent et se firent des baisers bruyants et mouillés sur les joues.

Smack, smack, smack, smack !

— Et qui sont ces deux magnifiques créatures ? s'enquit Bailey en ôtant théâtralement ses célèbres lunettes d'aviateur et en prenant son menton dans sa main en coupe. (Il examina intensément Olivia et Jasmine.) Fabuleuses. Elles sont tout simplement fabuleuses, n'est-ce pas ? demanda-t-il à personne en particulier.

— Bailey, lui dit Eleanor, toute fière, voici ma fille, Olivia, et voici Jasmine, la petite amie de mon fils Tyler.

— Eeek ! cria Bailey Winter d'une voix perçante.

Olivia n'avait jamais entendu un homme adulte faire ce genre de bruit de toute sa vie.

— Elles sont incroyables, reprit-il en en rajoutant une couche. Venez, asseyez-vous. Prenons donc un thé et nous discuterons, n'est-ce pas, mesdames ?

Le créateur fit signe au majordome, agita sa paume en l'air comme si elle s'était déboîtée de son poignet. Il les conduisit vers un énorme canapé modulaire et s'immobilisa brusquement sur place.

— Psst, siffla-t-il en se retournant et en gratifiant Olivia d'un sourire maniaque. « *Thé* » n'est qu'un mot codé pour « *martini.* »

Il lui fit un clin d'œil.

Olivia lui rendit son clin d'œil, un sourire lent s'étalant sur son visage. Ce n'était pas du tout ce qu'elle avait imaginé.

C'était beaucoup, *beaucoup* mieux.

v déjeunera-t-elle de nouveau dans cette ville un jour ?

— OK, on fait une prise, lança Ken Mogul à son premier assistant réalisateur.

Il se vautra d'un air sombre dans un grand fauteuil en toile orné de ses initiales, un stylo-bille mâchouillé entre les dents.

Vanessa fit la mise au point de sa caméra sur la table où elle tournait. Fred's, le restaurant de chez Barneys au centre de l'action du film, était bondé. Au lieu de la foule habituelle de l'heure du déjeuner, le restaurant, inondé par un éclairage industriel dur, était rempli par la centaine de personnes qui constituaient l'équipe de *Diamants sous canopée.* Ils avaient sorti la plupart des chaises et des tables pour pouvoir accueillir tout le monde, mais entre les maquilleurs, les accessoiristes, les coiffeurs, les éclairagistes, les coursiers, les assistants réalisateur, les assistants des assistants réalisateur et les stagiaires, ils étaient un peu à l'étroit.

Exactement comme dans le rayon chaussures pendant les soldes de fin de saison.

— OK, on fait une prise ! hurla l'assistant d'une voix perçante.

Tout le monde décampa et Ken Mogul fit signe à

Vanessa qui se tenait à sa droite et regardait dans le viseur de sa caméra.

— Vas-y, tourne, Vanessa.

— On tourne ! cria-t-elle d'un ton fier.

Elle avait toujours rêvé de le dire, bien qu'elle eût imaginé le dire dans une morgue ou dans un autre endroit lugubre où elle tournerait son premier long métrage indépendant. Sûrement pas chez Barneys avec Thaddeus Smith dans le rôle vedette. Mais elle avait parcouru un long chemin depuis l'adaptation de *Guerre et Paix* qu'elle avait réalisée pour le lycée.

Aujourd'hui, deuxième jour de tournage, ils avaient prévu de mettre en boîte une scène de dîner essentielle entre Thaddeus, dans le rôle de Jeremy, et Miranda Grace, une starlette indé, dans le rôle de Helena, la méchante. *Diamants sous canopée* était le premier film qu'elle tournait sans Coco, sa sœur jumelle. Officiellement, Miranda volait de ses propres ailes, mais, en réalité, Coco était en désintox. Elle se faisait remplacer par une fille qui s'appelait Courtney Pinard que Ken avait découverte en train de faire du skate à Washington Square Park, et qui pourrait *faire* le doublage des cascades en skate que Coco n'avait pas pu apprendre tant elle était défoncée.

Sur le plateau, Miranda attrapa son grand verre à cocktail rempli de glace, le fit tourner puis le descendit en une gorgée. Elle s'éclaircit bruyamment la gorge et tendit la main sur la table pour prendre celle de Thaddeus.

— Chéri, crois-tu au destin ? demanda-t-elle.

Ses paroles résonnèrent sur le plateau, suffisamment calme pour que Vanessa puisse distinguer le tintement des glaçons dans le verre de Miranda.

— Je ne sais plus en quoi je crois, répondit Thaddeus d'un ton paisible. Je sais une chose, en revanche.

Il marqua une pause.

C'était le moment que Vanessa – que tout le monde sur le plateau – redoutait. Serena était censée faire irruption dans le restaurant, traînant une étole de vison tout abîmée, et rejoindre le couple à leur table.

Un moment passa. Puis un autre.

Pas de Serena. Pas de Holly. Personne.

— Coupez, bordel de merde ! aboya Ken Mogul.

— Coupez, tout le monde ! répéta le premier assistant réalisateur d'un ton calme et, d'un seul coup, le plateau s'anima : un essaim de maquilleurs et de coiffeurs surgit de l'ombre, crêpa patiemment les cheveux de Thaddeus, appliqua du gloss sur les lèvres de Miranda. Un assistant accessoiriste remplit de nouveau le verre que celle-ci faisait tournoyer et essuya le rouge à lèvres sur le bord.

— Est-ce que quelqu'un, murmura Ken, pourrait dire à Miss-Putain-de-van-der-Putain-de-bordel-de-merde-de-nom-à-la-con de se tenir prête, merde, et de faire ce putain de film, s'il vous plaît ?

— Désolée, désolée ! cria Serena en traversant le plateau en trébuchant et en brandissant un stiletto Bailey Winter menaçant. J'étais encore à l'habillage. Je suis désolée, ces chaussures, elles sont simplement…

— Serena, sur le plateau ! cria le second assistant réalisateur.

Merci de la mettre au courant.

— Holly, Holly, Holly, dit Ken Mogul en secouant la tête. En place, d'accord ? On recommence.

L'armée d'assistants se retira dans l'ombre et ils tournèrent la scène une fois de plus. Cette fois, alors que Thaddeus était sur le point de répondre à la question de Miranda, Serena fit irruption dans le restaurant, pile quand il fallait, et ajusta l'étole qui avait glissé de son épaule nue.

— Je suis là, je suis là, pépia-t-elle en passant devant les autres tables d'un bon pas, faisant froufrouter sa robe Bailey Winter en mousseline de soie à volants.

Elle tira une chaise d'une table inoccupée et s'assit.

— Puis-je vous aider? lança Miranda d'un ton cassant.

— Coupez, s'il vous plaît, coupez, tout de suite, marmonna Ken Mogul.

— Coupez! cria son fidèle assistant fort en gueule.

— Miranda et Serena, s'il vous plaît, vous êtes Helena et Holly maintenant. Faites-le-nous croire, dit-il. Miranda, fais-moi croire que tu es une femme qui pourrait diriger le monde.

Miranda, ébahie, acquiesça d'un signe de tête et battit de ses faux cils. Elle venait du Lower East Side. Elle avait fréquenté une école catholique de pétasses. Son plat préféré, c'étaient les macaronis Kraft au fromage. Elle n'avait clairement aucune idée de ce dont il parlait.

Parce que quelqu'un l'avait?

Lors de la troisième prise, tout sembla rentrer dans l'ordre. Thaddeus et Miranda étincelèrent, récitèrent parfaitement leur texte, ajoutèrent des mots d'esprit impromptus à propos du plat du jour. L'éclairage était magnifique et naturel, sans éclats aveuglants ou clignotements accidentels, la qualité du son était parfaite. Et Serena arriva à l'heure, ne chercha pas ses mots une seule fois, ni même sa place, et lorsque Ken hurla d'une voix perçante : « Coupez! » c'était parce que la scène était dans la poche.

— Peut-être que ce ne sera pas si nul, après tout, murmura le réalisateur en aparté à Vanessa. C'est tout pour l'instant, tout le monde! cria-t-il. Quinze minutes de pause!

Il se retourna vers Vanessa et dit d'un ton normal :

— À nous deux, ma petite. Voyons ce que tu as fait.

Pas de problème, songea-t-elle. Les choses avaient beau foirer complètement dans tous les autres domaines – comme ce qui se passait avec Dan – elle savait se servir d'une caméra.

Ken Mogul tira son fauteuil de réalisateur en toile vers le moniteur où il projetterait la séquence que la jeune fille venait de tourner. L'assistant caméra de Vanessa passa la séquence, et celle-ci rejoignit le réalisateur et regarda par-dessus son épaule.

La première fois qu'ils avaient tourné la scène, elle avait utilisé un angle tout simple, avait déplacé la caméra en avant et en arrière pour capter les nuances d'interprétation, mais l'un dans l'autre, en conservant une distance assez traditionnelle vis-à-vis des acteurs. À ses yeux, c'était peu naturel et guindé, propre et soigné mais sans imagination. La deuxième fois, elle avait essayé quelque chose de totalement différent, avait zoomé pour faire d'abord la mise au point sur les lèvres de Thaddeus, puis avait enchaîné avec un panoramique pour examiner ses cils. Elle avait utilisé cette stratégie avec sa partenaire, également, pour obtenir un effet « mode rafale » et vidéoclip véritablement impressionnant. C'était plus provocateur que ce que l'on voyait généralement dans un film, mais c'était aussi meilleur. Lors de la troisième prise, elle était allée encore plus loin, laissant le regard de la caméra s'attarder sur la glace qui dansait dans le verre d'eau posé sur la table. Elle estimait que c'était une façon convenable de symboliser les relations complexes entre les personnages. C'était l'un de ses meilleurs boulots.

— C'est quoi ce bordel? demanda Ken Mogul d'un ton calme.

Vanessa le regarda. Elle ne parvenait pas vraiment à déceler le ton de sa voix.

— Je t'ai posé une question, répéta le réalisateur en se retournant d'un coup pour lui faire face. C'était quoi, ce bordel, Vanessa ? C'était *quoi*, ce bordel ?

— C'était ma prise de vues, répondit-elle d'un ton fier, mais la voix tremblant quelque peu.

— Tu te fous de moi, ou quoi ? hurla Ken Mogul.

Les membres de l'équipe qui se trouvaient dans le coin se retirèrent dans l'obscurité et la jeune fille sentit tous les yeux rivés sur elle.

— Vanessa, qu'est-ce que c'est que ces conneries expérimentales ? Ce n'est pas pour cela que je t'ai embauchée !

C'était *précisément* pour cela qu'il l'avait embauchée ! Ça avait été ses mots *exacts*, justement. Vanessa se contenta de le fixer, abasourdie.

— Ça y est. C'est la dernière chose dont j'ai besoin. J'ai une actrice qui ne sait pas jouer, je mâchouille ces putains de stylos-bille parce que je n'ai pas le droit de fumer sur mon propre putain de plateau, et maintenant, ça : Miss Film Indé me fait des prises de vue de merde. Je n'ai pas besoin de ça. Tu es virée !! (Ken se détourna d'elle et se rassit dans son fauteuil.) Et toi, ajouta-t-il à l'intention d'un coursier, va dire à Thad, Serena et Miranda de se tenir prêts. À cause de ces conneries, on va devoir retourner.

Vanessa ouvrit la bouche pour répondre, mais rien n'en sortit. Elle était en colère, sacrément en colère, merde, mais plus que tout, elle était *blessée*. Des larmes perlèrent dans ses yeux, et sa gorge se serra comme si elle allait tousser. Elle n'arrivait pas à croire ce qui venait de se passer. Ils venaient juste de commencer le tournage, et elle était déjà virée ? D'abord Ruby la fichait à la porte, ensuite Dan qui se mettait à se la jouer connard bouddhiste, et maintenant, *ça*?

— Vanessa, qu'y a-t-il? demanda durement Ken. Tu es sourde? J'ai dit que tu étais virée. Tire-toi de mon plateau!

Vanessa fourra son matériel dans son sac et se rua vers l'escalator comme un ouragan. Le premier film qu'elle tournerait à NYU porterait sur un réalisateur complètement allumé qui se faisait mutiler par une meute de coyotes enragés. Puis renverser par le métro.

On verra s'il aime *ce genre* de prise de vues.

enfin réunies... et c'est si bon

C'était sinistre de sortir de l'ascenseur de chez Barneys au neuvième étage, calme et plongé dans l'obscurité. C'était comme l'un de ces grands moments dans un mauvais rêve vraiment vivant, où vous vous retrouvez dans un endroit familier mais où tout se passe horriblement mal. Mais ce n'était pas un cauchemar, c'était tout le contraire – un rêve qui se réalisait.

Voilà vingt minutes à peine, Olivia prenait innocemment le « thé » avec Bailey Winter et sa mère, mais on l'avait expédiée chez Barneys sans même lui laisser le temps de finir son premier martini.

— La mode n'attend pas ! hurla Bailey sur son ton de ténor de gamine. Allez, allez !

J'imagine qu'elle a décroché le job.

Il voulait qu'Olivia file chez Barneys consulter la costumière sur le plateau de *Diamants sous canopée* pour avoir les mensurations définitives des acteurs principaux. Les couturières de son atelier en avaient besoin afin que les costumes pour la scène la plus forte du film, celle de la fête, soient prêts à temps. Jusque-là, ce job avait tous les ingrédients d'un fantasme à la Olivia Waldorf : mode, glamour, un peu de drame. Le seul inconvénient était Jasmine.

Ah oui, *elle*.

Bailey Winter avait pris la petite amie de Tyler pour

l'amie d'Olivia et insisté pour les embaucher *toutes les deux* afin qu'elles soient ses yeux et ses oreilles sur le plateau. Mais Olivia ne laisserait pas la présence de sa jeune imitatrice gâcher sa victoire. En fait, elle s'en servirait à son avantage. En clair, elle pourrait pousser Jasmine à faire ses quatre volontés.

Elle avait commencé dans le taxi en lui apprenant comment se comporter une fois sur le plateau.

— Tu me laisses parler. La star n'appréciera pas que tu interviennes, ordonna Olivia comme une vieille pro.

Elle avait troqué son accent anglais facilement acquis contre le jargon hollywoodien sans se démonter le moins du monde.

En sortant de l'ascenseur puis le long du couloir en marbre noir du neuvième étage, Jasmine suivit Olivia comme un chiot en adoration en direction de chez Fred's. Elles avançaient avec une telle détermination qu'elles entrèrent en collision avec la silhouette chauve vêtue de noir et barbouillée de larmes, surgie de nulle part et courant à toute berzingue. Vanessa rentra dans Olivia qui rentra dans Jasmine qui était tellement collée à Olivia qu'elle tomba par terre dans un petit glapissement, ses sandales BCBG ricochant sur le sol de marbre sans elle.

— Zut! jura Olivia avant de reconnaître son ex-colocataire.

— Merde! Putain, je suis désolée, parvint à dire Vanessa.

Ses joues, même son cuir chevelu, étaient tout marbrés et des larmes dégoulinaient de son menton.

— Tu vas bien? Tu es toute… rouge, observa Olivia, sans conviction.

Vanessa était clairement bouleversée, mais Olivia

était censée se trouver à l'intérieur, pour mesurer la couture d'entrejambe de Thaddeus Smith !

Et nous savons tous où mène l'entrejambe...

— Je vais bien, je vais bien, murmura Jasmine en se remettant debout, bien que personne ne le lui eût demandé.

— Jasmine, Vanessa, les présenta Olivia. (Puis elle prit Vanessa dans ses bras et l'embrassa sur les deux joues, sans sentiment ni conviction.) Mais vraiment, qu'est-ce qui ne va pas ?

Vanessa se contenta de renifler en guise de réponse. Elle était tellement bouleversée qu'elle ne faisait pas confiance à sa propre voix. Qu'était-elle censée faire maintenant ? Où était-elle censée aller ?

— OK, Jasmine, aboya Olivia en savourant son rôle de chef. Reste là et assure-toi que Vanessa va bien. Il faut que j'y aille. Ordres de Bailey !

Elle serra affectueusement l'épaule de Vanessa, feignant de la soutenir, et lui adressa un sourire pâle.

— Je t'adore, ne dis pas le contraire ! cria-t-elle, puis elle fila dans le couloir et passa les portes battantes de chez Fred's.

— Excusez-moi, dit Olivia à voix haute à personne en particulier dès qu'elle entra. Je m'appelle Olivia Waldorf. Je travaille avec Bailey Winter. Il faut que je parle à une responsable.

Personne ne bougea, personne ne répondit. Puis la jeune fille sentit une tape sur son épaule et entendit une voix familière.

— Je crois que je peux t'aider, suggéra Serena.

— Hé, fit Olivia en se retournant et en voyant le visage tout sourires de sa meilleure amie.

Ou n'étaient-elles plus amies ? Elles avaient connu tant de hauts et de bas qu'il était parfois honnêtement difficile pour Olivia de se rappeler si elle aimait encore Serena ou si elles ne s'adressaient plus la parole.

— Tu es revenue ! hurla Serena d'une voix perçante.

Elle l'attrapa et la serra fort dans ses bras.

On dirait des amies pour la vie.

— Je suis revenue, répéta Olivia en jaugeant d'un air envieux la robe Bailey Winter en mousseline de soie ébène de son amie.

— Dis-moi tout, insista Serena en se détachant de l'étreinte de sa copine et en l'examinant attentivement. Depuis quand travailles-tu pour Bailey Winter ? Je croyais que tu étais à Londres !

— J'ai décroché un job ! expliqua-t-elle d'un ton neutre. Ça semblait simplement la chose responsable à faire, tu sais. Je me suis dit que ce serait bien d'avoir une expérience professionnelle à mon actif.

— C'est super ! hurla pratiquement Serena.

— Je pensais à une carrière dans la mode, ajouta-t-elle comme ça en passant. (La centaine de personnes qui constituaient l'équipe de *Diamants sous canopée* la regardaient bouche bée, attendant que Ken Mogul lui coupe verbalement la tête. Olivia poursuivit à voix haute, oublieuse des autres, captivant l'attention de tous.) Tout le monde a une vocation et je crois que la mienne, c'est la mode.

— Et Londres ? Et lord Machintruc ? demanda Serena.

Les rumeurs sur sa fiancée anglaise étaient-elles bel et bien fondées ? D'habitude, elle n'écoutait pas les potins, mais il y avait forcément une raison si Olivia avait abandonné une idylle royale à Londres pour rentrer et prendre un job d'été.

— C'est une longue histoire, dit Olivia en soupirant, théâtrale.

Elle était une femme active avec un passé. Maintenant, si Serena pouvait seulement lui prêter sa robe…

— Tu me raconteras ce soir, murmura Serena, tout excitée. Ken me loge dans mon propre appartement. Tu devrais carrément passer me voir ! Merde – putain de merde, emménage avec moi !

— Eh bien…, hésita Olivia.

Elle avait pas mal bougé ces derniers temps – le Plaza Hotel, Williamsburg, le Yale Club, Londres. Et n'était-elle pas supposée rentrer chez elle, tout près de sa toute petite sœur ?

— Est-ce que je t'ai précisé que je vivais sur la 71e Rue Est ?

Serena savait pertinemment que s'il y avait quelqu'un qui reconnaîtrait cette adresse, c'était bien Olivia Waldorf.

Emménager dans l'appartement de *Diamants sur canapé* !

— Il faut juste que je fasse mes bagages, répondit Olivia, stoïque, comme si elle pouvait cacher le fait qu'elle faisait pratiquement pipi d'excitation dans sa culotte. Je serai là ce soir.

Elle prit Serena dans ses bras dans un accès d'enthousiasme impétueux. Tout avait toujours le don de bien se terminer, surtout quand Serena était impliquée. Cette fois elles resteraient vraiment amies pour toujours.

Si tant est que l'on puisse appeler les quelques jours prochains « toujours » !

karma caméléon

Dan Humphrey se glissa dans la salle de repos dégoûtante strictement réservée au personnel dans un coin froid et humide du sous-sol du Strand, serrant un minuscule fourre-tout noir orné du logo du magazine littéraire *La Lettre rouge*. Vérifiant deux fois que la porte était bien fermée à clé, il ôta son T-shirt Bauhaus râpé et déboutonna son Levis en velours côtelé aux fines zébrures, le faisant tomber par terre. Il ne prêta pas attention aux graffitis littéraires qu'une génération d'employés mécontents du Strand avait gribouillés partout sur les murs – d'après la légende, un ancien vendeur aigri avait griffonné le numéro de téléphone du domicile actuel du New Hampshire de J. D. Salinger, bien connu pour vivre en reclus. Il ne lui restait que dix minutes avant de retrouver Bree à Union Square et il devait ôter ses vêtements de tous les jours – qui empestaient le tabac – pour mettre quelque chose de plus propre et de mieux approprié à l'exercice physique.

Il n'était pas le type le plus athlétique au monde, et alors ? Sa relation, sa connexion, enfin bref son truc avec Bree reposait sur autre chose que sur des fringues en Lycra ou des séances de yoga nus. Bree lui avait ouvert les yeux, l'avait aidé à voir le monde tel qu'il ne l'avait jamais vu auparavant. Se plier et prendre des poses dans une pièce où l'on crevait de chaud avec un mec nu en sueur qui prenait appui sur lui, n'était pas la conception que se faisait Dan d'une soirée romantique, mais lire les livres préférés de Bree était stimulant et poussait à la réflexion. Il avait déjà fait beaucoup de choses dans sa vie – avait eu un poème publié dans le *New Yorker*, effectué un stage à la *Lettre rouge*, chanté ses propres chansons avec les Raves – mais c'était quelque part palpitant de découvrir une chose plus profonde et plus riche qu'une célébrité fugace.

Trouver l'illumination en moins d'une semaine – ça doit sûrement tenir du record mondial.

Il enfila un T-shirt American Apparel vert vif propre, coiffa ses cheveux châtain clair ébouriffés, et laça ses New Balance bleu métallique. Il fourra un chewing-gum à la menthe glaciale dans sa bouche et exhala dans sa paume pour vérifier son haleine : pas la moindre trace de tabac. Il fit une boule de ses vêtements de travail qu'il rangea dans son casier, puis monta les escaliers au trot et sortit du magasin, direction Union Square, tout près.

Bree l'attendait près de la statue d'un Gandhi au sourire placide dans le coin sud-ouest du parc en pleine effervescence, près de la 14e Rue hypermoche mais en voie d'amélioration.

— J'aime bien venir là, parfois, lui avait-elle avoué au téléphone. Pour lire et réfléchir au message de paix de Gandhi.

N'est-ce pas notre cas à tous ?

Bree avait natté ses cheveux platine et les avait attachés en chignon serré à la base de son cou. Elle portait un T-shirt blanc propre orné du logo Adidas et un short de course bleu iridescent coupé court qui révélait ses longues jambes minces et bien musclées. Lorsqu'elle aperçut Dan, elle se leva et lui fit un signe de la main, tout excitée.

— Pile à l'heure ! (Elle le serra affectueusement dans ses bras.) Namasté, murmura-t-elle. Tu sens bon.

— Merci, répondit le jeune homme, soulagé, en respirant par inadvertance le bouquet du déodorant à la sauge bio de Bree et l'huile de patchouli qu'elle se passait derrière chaque oreille.

— Échauffons-nous, ordonna-t-elle.

Elle libéra Dan de son étreinte, se retourna et posa son pied droit sur le banc où elle était assise, puis elle s'appuya et déplaça tout son poids sur cette jambe.

Dan l'imita, grimaçant de douleur, en essayant de réveiller les muscles de ses jambes. C'était bien plus éprouvant que son exercice habituel : marcher jusqu'au coin de la rue pour aller acheter des cigarettes.

— Ça fait du bien, hein ? dit Bree en se fendant d'un grand sourire enthousiaste, comme si un bon étirement valait mieux qu'un bon bain.

— Ouais, fit Dan en ayant du mal à respirer. Excellent.

— Je me suis dit qu'on pourrait commencer ici, expliqua la jeune fille en reposant son pied par terre. (Elle serra les genoux puis toucha le sol avec ses deux paumes.) Tu sais, prendre la 14e Rue jusqu'à l'Hudson puis redescendre en ville jusqu'à Battery Park.

Dan effectua un calcul mental. Cela faisait au moins trois kilomètres, soit trois kilomètres de plus que ce qu'il avait jamais parcouru dans sa vie.

Dans quoi s'était-il donc embarqué ?

Au début, il eut l'impression d'aller bien. Il passa le premier pâté de maisons sans incident. Il suivait le trémoussement sexy du cul de Bree qui trottait en esquivant les piétons et les poussettes.

C'est marrant ! se dit-il. *C'est super !*

Une fois parvenus au coin de la 5e Avenue, ils s'arrêtèrent au feu, et Bree se tourna vers lui.

— Tu vas bien ?

Elle fronça les sourcils avec inquiétude.

Dan avait des fourmillements. La sueur dégoulinait de son front sur son nez, gouttant sur le trottoir. Le soleil de début de soirée cognait encore dur. Il était quasi certain qu'il serait mort d'ici la tombée de la nuit.

— Bien sûr, répondit-il d'une voix tremblante. Je vais bien.

Pendant qu'ils avançaient, la brûlure dans les jambes et le martellement dans sa poitrine lui avaient paru quelque peu supportables ; mais dès qu'ils s'étaient arrêtés, il avait eu l'impression que ses genoux allaient se dérober sous lui.

La lumière changea et Bree détala dans la rue.

— Viens ! cria-t-elle par-dessus son épaule d'un ton joyeux.

Dan respira un bon coup et tituba, manquant de peu de renverser une vieille dame au grand chapeau de paille qui poussait un caddie de courses.

— Regarde où tu vas, connard ! cria-t-elle.

L'ignorant, il continua à courir sur le trottoir, suivant Bree comme un chien sur la piste d'un lapin mécanique. Son cœur martelait à ses oreilles tandis qu'ils dépassaient la 6e, la 7e, la 8e et enfin la 9e Avenue. Entre la 9e et Greenwich, le trafic se clairsema ; de ce fait Bree se mit à courir dans la rue. Ignorant les gaz d'échappement brûlants des bus qui arrivaient, Dan la suivit, joggant en direction de l'Hudson River étincelante, à deux petits pâtés de maisons.

Accroche-toi, se dit-il. *Tiens bon jusqu'à la rivière. Continue comme ça.* Il n'avait aucune idée de la façon dont il arriverait jusqu'à Battery Park, à l'extrémité de Manhattan, mais commençons par le commencement : il devait aller jusqu'à la rivière. Ses pieds l'élançaient dans ses New Balance bleu métallique pas-encore-tout à fait-faites, achetées pour dix dollars à Paragon Sports, le soldeur de chaussures de sport. Il avait essuyé tant de sueur sur son front qu'il avait peur d'être complètement déshydraté. Il mourait d'envie de boire un verre d'eau. Il mourait d'envie de s'asseoir.

Peut-être *mourait*-il tout court ?

Ils traversèrent la West Side Highway à toute allure et gagnèrent l'Hudson River Park, où un large chemin pavé pour vélo/roller/jogging partait du centre-ville jusqu'à Tribeca. Ils n'étaient pas les seuls à profiter de la journée claire et ensoleillée : des centaines de gens couraient, faisaient du roller, du vélo et flânaient main dans la main. Bree le distança au milieu de la rue et se fraya un chemin à travers la foule jusqu'à ce qu'elle parvienne à la clôture grillagée qui empêchait probablement les gens de plonger dans la rivière. Elle sautilla sur place en attendant que Dan la rattrape. En dépit de la chaleur, elle transpirait à peine.

Dan se rua dans la direction de la jeune fille. *C'est super*, se dit-il. Il se sentait super bien ! Le soleil était éclatant, l'air frais, et une brise soufflait de la rivière. Il se fendit d'un large sourire. Il avait pu le faire !

Puis ses jambes le lâchèrent, il atterrit sur la chaussée rugueuse dans un bruit sourd, et tomba par terre, décomposé.

— Dan ! s'écria Bree en se penchant au-dessus de lui. Tu vas bien ?

Le jeune homme leva les yeux sur son visage rougi encadré de fines frisettes blond filasse. Sa vision commença à s'embuer.

— Est-ce que je meurs ? demanda-t-il à haute voix. Es-tu un ange ?

— Je ferais mieux de faire de la réanimation cardio-pulmonaire, annonça Bree d'un ton sévère en s'accroupissant et en collant sa bouche à la sienne.

Comme si cela n'allait pas provoquer chez lui une crise cardiaque encore plus grave.

tomber de charybde en scylla

Chancelante, d'une démarche mal assurée, Vanessa Abrams s'agrippa à la balustrade en fer forgé avant de se calmer sur les marches de marbre qui menaient à l'hôtel particulier recouvert de lierre sur la 87e Rue. Elle rota bruyamment et enfonça quatre ou cinq fois le bouton avant de finir par réussir à sonner. Peut-être que noyer son chagrin dans une bouteille de pinot grigrio glacé n'avait pas été la décision la plus sage qu'elle avait prise, d'autant plus qu'elle allait passer un entretien dans quelques minutes.

Après s'être fait virer sans cérémonie du plateau de *Diamants sous canopée*, Vanessa avait pris l'ascenseur avec Jasmine, l'humanoïde en stage intensif d'Olivia Waldorfisation. L'adolescente l'avait informée que, justement, sa mère recherchait quelqu'un de hautement qualifié, énergique et enthousiaste pour un job très important. Vanessa était trop énervée pour demander des détails mais Jasmine avait déchiré une page de son agenda Louis Vuitton et y avait griffonné l'adresse, pressant la jeune fille d'y donner suite sur-le-champ.

Après quelques verres de vin piqués dans la planque personnelle de Rufus Humphrey, Vanessa s'était mise à voir les choses plus clairement.

Ken Mogul est un traître sans âme. Il réalisait un soap hollywoodien banal pour ados alors qu'elle était une cinéaste-auteur expérimentale ! Elle avait autre chose à faire que perdre son temps et son talent sur cette merde. Elle allait entrer à NYU, le meilleur cursus de cinéma du pays. Elle aurait accès aux meilleurs professeurs, à un matériel de classe internationale et à un programme de cinéma que fréquentaient les élèves acteurs les plus talentueux du coin. Pourquoi devrait-elle perdre son temps à jouer les tâcherons, à travailler sur un projet auquel elle ne croyait pas, alors qu'elle pourrait se casser le cul à bosser pour économiser des sous afin de produire son propre film à la rentrée ? Elle avait déjà une idée de long métrage : il porterait sur une jeune artiste en plein conflit, obligée de choisir entre suivre sa muse ou rester dans une relation qui pourrissait rapidement avec son écrivain de petit ami fou à lier, accro à l'encens et aux tisanes.

Ou quand la réalité dépasse la fiction.

Une bonne au visage revêche, en jupe noire ultra-classique, en tablier blanc et petite voilette en dentelle blanche sur la tête, ouvrit la lourde porte en verre.

— Puis-je vous aider ? demanda-t-elle, suspicieuse.

— Je suis là pour le boulot, répondit Vanessa en articulant mal. La fille de la mère… (Elle marqua une pause, cherchant le prénom de la fille en question.) Jasmine ! C'est ça ! Elle m'a dit de passer voir sa mère pour un boulot. Alors c'est ce que j'ai fait.

La bonne fronça les sourcils.

— Je vois. Entrez, alors. La maîtresse de maison vous recevra dans son bureau.

Vanessa traversa le vestibule en marbre d'un pas lourd, passa devant un majestueux escalier illuminé par un immense lustre en cristal et entra dans une pièce lambrissée d'acajou, tapissée de bibliothèques et garnie de meubles anciens de bon goût. Elle ignorait en quoi consistait le job en question, mais elle était à l'évidence chez une femme d'affaires qui réussissait. Sûrement un cadre débordé qui avait grand besoin d'une assistante compétente. C'était sans doute un boulot de crotte, mais les artistes devaient toujours souffrir pour leur art, sauf s'ils voulaient faire dans le commercial, comme Ken Mogul.

— Veuillez l'attendre ici, lui ordonna la bonne.

Vanessa se percha sur le bord d'une chaise en bois Art déco très ornée. La pièce tournait un peu et elle agrippa le siège bien fort. *Ne vomis pas*, se dit-elle.

— Toi ma nouvelle amie ?

Elle leva les yeux. Il n'y avait personne.

Super, je suis tellement raide que j'entends des voix.

— Toi ma nouvelle amie ? répéta la voix, avant de se dissoudre en fou rire.

— Qu-qui est là ? cria Vanessa, nerveuse.

La dernière chose qu'elle souhaitait, c'était être surprise en train de parler toute seule devant sa nouvelle patronne.

— Tu es une fille ? fit une autre voix.

— Pourquoi t'as pas de cheveux ? demanda la première.

Deux voix ? Quelle quantité avait-elle dû boire !

Elle retint son souffle et écouta. Elle se leva. D'où provenaient les voix ? Elle s'agenouilla et colla sa joue contre le sol froid en bois parfaitement ciré, passant la pièce en revue depuis ce point de vue. Ça marcha : sous le divan en bois orné de dorures, elle parvint à distinguer la silhouette d'un petit garçon maigre aux cheveux très frisés.

— Tu m'as trouvé ! s'écria-t-il en se hissant non sans mal de sous le canapé.

— Ouais, salut, dit Vanessa. Ta maman est à la maison ?

— Tu sens le vin, observa le garçon en fronçant les sourcils. J'ai quatre ans. Et toi quel âge tu as ?

— Trouve-moi aussi ! fit l'autre.

Que pouvait-elle faire ?

— Où es-tu ? cria-t-elle en se hissant sur les mains et les genoux.

Elle regarda sous les autres meubles.

— Trouve-moi, trouve-moi ! cria la voix.

Elle suivit le bruit jusqu'au coin de la bibliothèque, où un gros globe trônait sur une table ronde au dessus de verre. Elle souleva la nappe : en dessous était caché un petit garçon qui ressemblait comme deux gouttes d'eau à l'autre et était habillé exactement comme lui.

— Tu m'as trouvé ! cria-t-il.

Il sortit en coup de vent de sous la table et se précipita vers le divan où son frère faisait encore des bonds. Il sauta sur le divan et fonça dans son frère. Les deux garçons dégringolèrent par terre.

— Les garçons ! cria une voix.

Une grande femme rousse en tailleur Chanel rose magenta entra dans la bibliothèque d'un bon pas, serrant un Treo et un exemplaire de *Vogue* roulé.

— Vous devez être Vanessa, observa la femme d'un ton sec. Jasmine m'a dit que vous appelleriez peut-être. Je suis un peu surprise que vous ayez décidé de passer, mais j'imagine que c'est une bonne chose. Ça montre de l'initiative. J'aime ça.

Oups.

— Bien, dit Vanessa en se levant et faisant de son mieux pour avoir l'air complètement sobre. Vous devez être Mme… ?

Elle marqua une pause, réalisant qu'elle n'avait aucune idée du nom de famille de Jasmine.

— Mme Morgan, répondit la femme. Je n'ai pas pris le nom de mon mari ; nous sommes au XXIe siècle après tout.

— Désolée, marmonna Vanessa.

C'était l'entretien d'embauche le plus bizarre qu'elle eût passé.

— Peu importe. Vous plaisez clairement aux garçons.

— Aux garçons ?

Les jumeaux surgirent derrière elle et tirèrent sur ses mains de toutes leurs forces.

— Joue avec nous ! s'écrièrent-ils.

— Donc, vous savez, c'est un job tout à fait ordinaire, poursuivit Mme Morgan en tripotant son Treo pendant un moment. Quelques jours par semaine, juste les après-midis. Vous irez chercher les enfants au centre de loisirs, les amènerez chez leur thérapeute, les accompagnerez à leurs goûters ; la routine. Vous connaissez sûrement la marche à suivre.

Centre de loisirs ? *Goûters* ? Pardon ?

— Je crois qu'il y a un malentendu, bafouilla Vanessa en se démenant pour se tenir bien droite, le vin dans les veines et le poids des deux gamins qui la tiraient vers le sol.

Souffrir pour son art, c'était bien joli, mais elle n'était pas Mrs Doubtfire !

— Yeah ! s'écrièrent les jumeaux. Maman, est-ce que Vanessa est notre nouvelle amie ?

— Oui, répondit la femme, l'oreille toujours collée à l'immense téléphone. Elle est votre nouvelle amie.

Ah bon ?

— C'est dix-huit dollars de l'heure, ajouta Mme Morgan en repartant dans le vestibule dans un claquement de talons et en montant l'escalier majestueux. Vous pouvez commencer maintenant.

Dans ce cas, d'accord, elle *sera* leur nouvelle amie !

o et s décident que c'est chacun pour soi

Olivia avait fait trois allers et retours, mais elle n'avait pas encore réussi à monter tous ses sacs au cinquième étage. Il n'y avait pas de portier, il n'y avait pas d'air conditionné, il n'y avait pas d'ascenseur, mais elle s'en fichait car tout cela était tout simplement… filmique.

Olivia avait un plan de vie, un script qu'elle voulait suivre à la lettre. Mais tout ce qui s'était passé jusque-là – acheter une robe de mariée, quitter lord Marcus, se faire embaucher par Bailey Winter, et maintenant emménager avec Serena – n'était pas prévu. Si quelqu'un lui avait dit il y a une semaine qu'elle devait trouver un boulot pour l'été, elle aurait hurlé et protesté – travailler l'été n'était pas le genre de choses qui lui arrivait souvent – mais elle n'avait pas envie de hurler. Elle était… heureuse. Peut-être y avait-il une leçon à tirer, peut-être qu'au lieu d'essayer de toujours vivre selon un plan, elle devrait simplement suivre le mouvement? Peut-être que les choses finissaient toujours par s'arranger.

Exactement comme dans les films.

Prenant la dernière volée de marches pour récupérer son dernier sac – un sac marin Paul Smith en crocodile acheté à Londres voilà quelques jours – elle sursauta en avisant le grand brun maigre, en costume Hugo Boss bleu impeccable, qui sortait de l'appartement du premier. Elle s'immobilisa sur place.

N'y a-t-il pas un beau voisin du bas dans *Diamants sur canapé*?

— Bonjour! cria Olivia avec son meilleur accent vaguement est-européen à la Audrey-Hepburn-dans-le-rôle-de-Holly-Golightly.

— Salut, répondit le type d'un air timide.

Ses cheveux châtains ébouriffés tombaient devant ses yeux bleus. Il fourra les mains dans les poches de son pantalon et se tint bien droit.

— Bonsoir, répondit Olivia en descendant bien sagement l'escalier sans se presser et en gagnant l'espace étroit mal éclairé qui faisait office d'entrée. (Elle passa devant l'inconnu souriant et se pencha pour attraper son sac.) Excusez-moi, poursuivit-elle en soulevant le sac rempli de chaussures sur son épaule.

— Bien sûr, dit-il en s'adossant à la porte de son appartement. Puis-je vous aider?

— Je peux y arriver, répondit Olivia, stoïque. (Elle le gratifia de son plus charmant sourire.) Nous sommes-nous déjà rencontrés?

— Jason. (Il lui tendit la main.) Vous venez pour le week-end?

— Oh, expliqua-t-elle, j'emménage avec Serena, ma plus vieille amie. Au cinquième.

— Oh, je connais Serena, répondit Jason avant de marquer une pause. Nous avons traîné ensemble l'autre nuit, à boire des bières sur le porche. Elle n'a jamais parlé de sa magnifique colocataire, en revanche.

Et elle n'a jamais parlé de son magnifique nouveau voisin, non plus.

Classique.

— Ça s'est un peu fait sur un coup de tête, expliqua Olivia. C'est une longue histoire.

— J'ai le temps. (Un petit sourire mignon et séducteur se dessina sur ses lèvres. Il fourra ses longs doigts dans ses poches arrière.) Et je sais très bien écouter.

— Vraiment ? dit Olivia en faisant passer son sac d'une épaule à l'autre.

C'était *plutôt* lourd.

— Mais pas seulement, poursuivit Jason, j'allais justement chercher une bonne bouteille de rosé. Êtes-vous déjà montée sur le toit ? Peut-être aimeriez-vous vous joindre à moi pour un verre de bienvenue dans l'immeuble ?

— Je ne savais pas que l'on pouvait y monter !

Un verre de rosé frais avec un inconnu aux yeux bleus et aux épaules carrées lui paraissait le moyen idéal de fêter la fin d'une journée déterminante : nouveau boulot, nouvelle maison…

Nouvelle histoire d'amour ?

Serena était occupée à apprendre son texte pour le lendemain. Le verre avec Jason permettrait à Olivia de la laisser tranquille.

— Je sais comment y aller, dit-il en la gratifiant d'un clin d'œil. Je vous retrouve dans un quart d'heure ?

En temps normal, cela aurait à peine suffi à Olivia Waldorf pour qu'elle se prépare pour une soirée en tête à tête, mais il s'agissait de la nouvelle Olivia Waldorf de l'été, facile à vivre, meilleure, active et toujours prête à suivre la mode.

— Dans dix minutes. (Elle monta les marches d'un bond et se retourna lentement pour lui sourire.) Au fait, moi c'est Olivia.

Après avoir enfilé une tunique Lilly Pulitzer décontractée à fleurs roses et des tongs blanches ornées de coquillages, Olivia monta. Jason l'attendait déjà, une couverture balancée sur son épaule et une bouteille à la main. Il escalada l'échelle rouillée et poussa la trappe en acier noir. Puis il tendit la main pour aider Olivia avec une grâce virile et sexy dont jamais lord Marcus n'avait fait preuve. Elle attrapa sa main avec empressement et le laissa la soulever jusqu'au toit.

— J'espère qu'il ne pleuvra pas, ce soir, observa-t-elle en tournoyant, appréciant la vue de la ligne d'horizon de Manhattan à trois cent soixante degrés. Parce que je ne *descendrai* jamais cette échelle.

Elle ne plaisantait qu'à moitié.

— Je t'avais prévenue que la vue était super, la taquina Jason en enfonçant le tire-bouchon dans le liège et en débouchant la bouteille avec un bruit sec.

La vue n'était pas aussi majestueuse que celle de Central Park qu'offrait la terrasse de l'appartement de luxe d'Olivia sur la 5e Avenue. Mais la légère brume estivale qui planait au-dessus des tours d'habitation fades du quartier dégageait quelque chose de magique. Les arbres n'étaient pas aussi parfaitement élagués que les chênes et les ormes qui entouraient le parc, mais les branches qui saillaient au-dessus des toits étaient luxuriantes et vertes. L'Upper East Side, réalisa Olivia, était exactement comme la ligne de Bailey Winter : de la Cinquième à Park Avenue, c'était la ligne Bailey Winter Couture ; de Park à Lexington, Bailey Winter Collection, et tout ce qui se trouvait entre ce coin et la rivière, c'était Bailey by Bailey Winter.

C'est une façon de voir les choses.

— La vue est très sympa, acquiesça-t-elle en prenant un verre en plastique de vin glacé et en s'installant sur la couverture en coton bleu marine usée que Jason avait étalée sur le toit goudronné encore chaud.

Elle n'était pas aussi douce que sa couverture de pique-nique Asprey préférée en cachemire mais Olivia avait la tenue d'été parfaite, un homme sublime était assis à son côté et sa carrière dans la mode était sur le point d'exploser. Qui avait besoin d'une petite royauté britannique ? Elle était une New-Yorkaise qui vivait un moment classique de l'été-à-New York. Londres, en comparaison, c'était la zone, puante et humide.

— Alors, comment ça se fait que Serena n'ait jamais parlé de toi ? demanda Jason.

— Peut-être qu'elle te voulait pour elle toute seule, répondit Olivia, malicieusement et probablement à propos. À un été de folie, ajouta-t-elle en entrechoquant son gobelet contre celui de Jason. Jusque-là, ajouta-t-elle étourdiment.

— À un été de folie, répéta-t-il en sirotant une gorgée. De toute façon, je ne crois pas que j'intéresse Serena. On a traîné ensemble l'autre soir et elle avait l'air déjà prise, en quelque sorte, si tu vois ce que je veux dire…

— Tu veux dire, avec Thaddeus Smith ?

Olivia et Serena n'avaient pas eu le temps de rattraper le temps perdu en potins, mais elle savait, *le savait*, voilà tout, qu'il devait se passer quelque chose entre Serena et Thaddeus.

Vu qu'elle et tout le monde croient tout ce qu'ils lisent.

— Le seul et unique, affirma Jason. Mais tu sais, Olivia, poursuivit-il en rivant ses yeux bleus aux siens, je ne suis pas vraiment branché stars. J'aime les filles normales.

La traitait-il, elle, Olivia Waldorf, de fille *normale* ? Comme il avait tort !

— Attends, tu n'es pas dans le cinéma, n'est-ce pas ? (Il la mata d'un air suspicieux.) Parce que physiquement, tu pourrais l'être.

— Je suis davantage le genre de fille « en coulisses », murmura-t-elle en battant ses cils noircis au mascara Chanel d'un air mystérieux.

— Je n'ai rien contre, reprit Jason, faisant machine arrière. Ne le prends pas mal, c'est juste que je m'intéresse à des choses différentes. Comme le droit. C'est mon principal centre d'intérêt, tu comprends ?

— J'envisageais d'étudier le droit quand j'entrerais à Yale à l'automne.

Elle pourrait toujours être avocate *et* muse de la mode en même temps. Elle pourrait porter de la haute couture sous sa toge de la Cour suprême.

— Belle et intelligente, observa Jason. Tu es presque trop bien pour être vraie.

Olivia sirota goulûment son vin. Serena pouvait garder la star ; Jason était tout à fait le genre de mec avec lequel *devait* sortir une femme de Yale.

Au moins le genre de mec avec lequel une femme de Yale devait sortir cette semaine.

Avertissement : tous les noms de lieux, personnes et événements ont été modifiés ou abrégés afin de protéger les innocents. En l'occurrence, moi.

Salut à tous !

Je n'ai pas honte d'avouer que *Summer Lovin* – tiré de *Grease*, notre film secret préféré réservé à nos soirées cocooning du vendredi – est l'une des meilleures chansons que j'aie jamais entendues. Non seulement elle est entraînante, mais en plus elle est vraie : en été, seul l'amour compte, pas vrai ? Mais cette année, on dirait qu'il y a pénurie.

Cela fait presque trois semaines que notre amie **S** joue toujours en solo ! Alors, qu'est-ce qui se passe ? Bien sûr, on l'a repérée en ville avec **T**, mais aucune loi n'interdit aux amis de dîner ensemble, hein ? De plus, nous pensons que **T** a quelqu'un d'autre en vue. Vous l'avez appris ici pour la première fois.

En attendant, **O** se jette corps et âme dans le travail – il paraît qu'elle est déjà la deuxième personne la plus redoutée sur le plateau de ce film. Nous ne nous sommes pas suffisamment approchés pour vérifier les rumeurs selon lesquelles elle porterait une bague de fiançailles à la main droite – pour se débarrasser des paparazzi, comme les stars. Toujours d'après la rumeur, **O** a les joues un peu rosées – bouffées de chaleur de future maman, amour secret ou nouveau soin du visage super ? Sortez vos visiophones, tout le monde, il nous faut des preuves !

Autres mises à jour des amours estivales : il semble que **D** et **V** soient définitivement brouillés. Et une fois de plus, c'est ici que vous l'avez appris. Il est étonnamment bronzé et musclé. Juré craché ! Et **N** et son amour d'été ? Combien de temps avant qu'il ne se révèle tel qu'il est vraiment : un citadin ? Il a beau prétendre qu'il n'est pas comme les autres, **N** ne pourra renoncer plus longtemps à son petit confort, du style bouteilles à gogo en boîte de nuit, soirées de charité en smoking à Lilypond Lane, et virées en hélicoptères privés pour rentrer en ville…

ÇA VA BARDER

Mes espions chez Michael's m'ont rencardée sur un rendez-vous très tendu entre un certain photographe-devenu-cinéaste extrêmement respecté et les grosses pointures de Hollywood – littéralement, deux frères rondelets – qui financent son dernier projet. Il semblerait que les rushes ne réjouissent que très moyennement les producteurs bourrés de fric et qu'ils veulent revoir le casting. Cela signifierait-il que **V** ne serait pas la seule à s'être fait éjecter ? Restez à l'écoute !

ON A VU :

O, Frappuccino et écritoire à la main, tentant désespérément de héler un taxi sur Park Avenue. Qu'est-il donc arrivé à son cadeau de bac ? Est-ce vrai qu'en réalité elle n'a pas le permis ? Oups !? **N**, au marché des producteurs d'Amagansett, en train de réfléchir sur les fleurs sauvages. Nous savions que c'était un romantique caché ! **T**, faire visiter le plateau à un invité spécial non identifié – il paraît que la visite privée incluait un long passage dans la caravane de la star. **V**, à Forbidden Planet, faire le plein de magazines de BD – mais pas du tout rendre visite à **D**, au Strand, situé, après tout, juste en face. Intéressant…

FIDÈLE COMME UN TOUTOU

En parlant d'amour, j'ai enfin rencontré quelqu'un. En fait, deux quelqu'un : ils sont tous les deux irrésistiblement adorables, et aucun des deux ne peut s'arrêter de m'inonder de baisers ! Je sais que c'est nul de venir s'interposer entre deux frères, mais je ne pourrai jamais choisir entre mon cher Luke et mon cher Owen.

Vous avez dû lire ce grand article sur eux dans le *Sunday Styles* de la semaine dernière : ce sont des puggles, le seul hybride pour moi : à moitié beagle, à moitié carlin, mais cent pour cent amour. Et les miens sortent tout juste du refuge. Je ne sais pas résister aux chiens abandonnés super bien élevés. C'est la nouvelle haute couture pour une bonne cause, alors ne perdez pas votre temps avec un chihuahua hautain ou un bouledogue français qui bave.

VOS E-MAILS :

Q: Chère GG,

Je suis assistante juridique dans un cabinet d'avocats de Midtown, et je craque pour l'un de mes collègues depuis des semaines. Avant, il sortait avec nous pour les happy hours, mais, d'un seul coup, il est devenu complètement pantouflard – il rentre pratiquement chez lui en courant après le travail. À ton avis, c'est quelque chose de gênant, du style une addiction porno ?

— Éperdue d'amour

R: Chère Éperdue d'amour,

M'a l'air complètement accro à quelque chose – ou à quelqu'un – chez lui. Mais il existe une seule bonne raison pour qu'un canon accro des happy hours se transforme brusquement en tombeur casanier : une fille. Voici mon conseil : propose-lui de l'attacher avec sa nouvelle cravate imprimée colvert et vois ce qu'il dit. Oui = addiction au porno. Non merci = petite amie. Bonne chance !

— GG

Que se passe-t-il d'autre dans le coin, tout le monde ? Envoyez-moi des scoops : des potins croustillants, les dernières ventes privées, l'emplacement de As Four, cette nouvelle boutique secrète, et les ragots sur le plateau. Et quelqu'un peut-il me donner la date et le lieu de la soirée de fin de tournage, totalement top secret, de *Diamants sous canopée* ? Il faudra que je réserve un RV coiffure pré-soirée avec M. Fekkai en personne, bien sûr ! Alors crachez le morceau !

Vous m'adorez, ne dites pas le contraire,

gossip girl

n débarque en ville

— J'vous emmerde tous !

Le chanteur leader, britannique de naissance, des Sunshine Experience qui avaient choisi ce nom pour plaisanter, passa une main sur son front avant de jeter son sweat dans la foule. Torse nu et juste en pantalon de cuir noir moulant, le chanteur décharné, plus connu pour servir de cavalier aux top models et aux actrices que pour chanter, cracha furieusement sur scène, s'en alla comme un ouragan, et disparut dans la foule dense de joyeux fêtards.

— Je les aime trop ! s'écria Tawny en serrant la cuisse de Nate et en renversant par inadvertance la moitié de sa Smirnoff Sea Breeze sur la banquette Ultrasuede et sur son pantalon capri imprimé xoxo, un faux Pucci.

Quel dommage.

Nate hocha la tête et sirota une gorgée de sa troisième pinte de bière brune de la nuit, de la Newcastle. Il jeta un œil dans la pièce principale bourrée à craquer du Resort, la boîte de East Hampton : la piste de danse grouillait de blondes en robes Diane von Furstenberg et d'agents de change hypersoignés, en treillis et chemises Thomas Pink – pas tout à fait le genre de personnes que vous rencontreriez en temps normal à un concert de Sunshine Experience.

Voilà une semaine que la nouvelle du concert « surprise » du groupe punk anglais courait dans les

Hamptons, et lorsque Tawny suggéra qu'ils s'y rendent, l'enthousiasme de Nate le surprit lui-même. Il n'était pas encore allé au Resort cet été – en fait il n'avait pas vraiment fait grand-chose à part nettoyer des gouttières à fond, tondre la pelouse, fixer des bardeaux et fumer de l'herbe avec Tawny. C'était bon de sortir, de se trouver là où ça se passait, avec une bière fraîche, une blonde canon et aucun souci au monde.

— Archibald !

Tawny donna un petit coup de coude à Nate.

— Est-ce un ami à toi ?

Anthony Avuldsen se fraya un chemin à travers la foule, souleva son whisky-soda haut en l'air pour ne pas le renverser. Il avait coupé ses cheveux blonds très court et arborait un beau bronzage d'été qui rendait son sourire encore plus brillant que d'habitude. Le videur – un gaillard baraqué sans cou visible – le gratifia d'un hochement de tête raide et le laissa monter sur l'estrade qui faisait aussi office de salle VIP du club.

— Archibald, espèce de fils de pute ! dit Anthony en entrechoquant son verre contre la bouteille de Nate en guise de bonsoir. Où te planquais-tu donc ?

— Hé ! le salua Nate.

— Le coach te fait bosser ?

Anthony se vautra à côté de lui sur la banquette et hocha la tête au rythme du riff lourd et sourd de la basse.

— Quelque chose comme ça, reconnut Nate.

— Mec, poursuivit son pote en criant pour se faire entendre par-dessus le vacarme assourdissant de la musique, il paraît qu'Olivia est de retour en ville. Alors, raconte !

Nate fronça les sourcils puis passa un bras autour de Tawny, la rapprochant encore plus de lui.

— Je ne sais pas.

Il haussa les épaules.

— Moi c'est Tawny, dit la fille en se penchant par-dessus le genou de Nate et en souriant dans la direction d'Anthony.

— Ça boume ? fit ce dernier en guise de salutation. Anthony.

— Vous vous connaissez du lycée ? s'enquit-elle.

— Ouais. Et vous deux, comment vous vous connaissez ?

Nate fit signe à la serveuse. Il lui fallait un autre verre, immédiatement.

— Nate est simplement tombé à mes pieds un jour, répondit Tawny en finissant son cocktail d'un coup. J'imagine que j'ai de la chance ?

Anthony la jaugea du regard puis hurla à Nate :

— C'est toi qui as de la chance, salaud !

La serveuse approcha ; elle ressemblait comme deux gouttes d'eau à Jessica Simpson dans le rôle de Daisy dans *Shérif fais-moi peur.*

— La même chose ? demanda-t-elle.

— S'il vous plaît, répondit Nate.

Si Anthony avait l'intention de lui poser d'autres questions, autant continuer à se défoncer.

— Je ne t'ai jamais vue en ville, poursuivit-il. Dans quel lycée vas-tu ?

— Oh, je ne suis pas de New York, expliqua Tawny. Je vis à Hampton Bays.

— Cool ! s'exclama Anthony. Je crois que c'est la première fois que je rencontre une banlieusarde.

Nate donna un coup de coude brutal à son pote.

— Quoi ? fit ce dernier. C'est cool. Ne le prends pas mal, man.

— Quoi ? s'enquit Tawny en mettant sa main en coupe sur son oreille. C'est si fort !

— Mec, poursuivit Anthony, oublieux, Isabel fait une soirée demain. Il paraît que Serena sera là. Tu l'as vue récemment ?

La dernière fois que Nate avait vu Serena, il était en train d'embrasser Jenny à la soirée de remise des diplômes d'Olivia. C'était juste un baiser « en souvenir du bon vieux temps », mais il était quasi sûr que la colère que Serena et Olivia avaient alors éprouvée envers lui les avait fait se réconcilier.

Ça pour une nouvelle…

Il secoua la tête. Il se sentait en décalage total avec les gens avec lesquels il avait grandi.

— Attends, *Serena* ? demanda Tawny, tout excitée en se penchant par-dessus le genou de Nate. (De sa place, il bénéficiait d'une vue bien dégagée de sous sa blouse, jusqu'à son nombril percé, et il voyait *tout*.) Comme Serena au nom de famille à connotation étrangère ?

Elle se pencha encore plus en avant, donnant à Nate un autre aperçu de la Terre promise.

Le fait-elle exprès ? se demanda-t-il.

Il jeta un coup d'œil à Anthony pour s'assurer qu'il ne matait pas lui aussi, mais il s'était tourné pour parler à une beauté brune dont Nate se souvenait vaguement qu'elle fréquentait Grafton et avait un an de moins qu'eux.

— J'imagine, s'autorisa Nate, appréciant l'expression de surprise sur le visage de Tawny.

Le nom de Serena avait-il une connotation étrangère ? Il n'avait jamais remarqué. Mais oublie Serena – Tawny était clairement impressionnée. Il ne ressentait pas souvent ça : les filles le trouvaient mignon ou cool ou populaire, enfin bref, mais elle, elle le regardait avec quelque chose qu'il n'avait jamais vu dans les yeux d'Olivia ou de Serena. Elle avait l'air… hyper-*impressionnée*.

— On se fréquentait plus ou moins, frima Nate.

C'était la vérité, mais elle n'englobait pas tout.

— Nate Archibald ! s'écria Tawny en se penchant une fois de plus sur la table et en remontant ses seins, telle unc invitation. Tu es un homme tellement mystérieux.

— Tu connais Serena, toi aussi ? demanda Anthony en reprenant part à la conversation et en essayant clairement de jeter un œil sous la blouse de Tawny. Il y aura une espèce de teuf à la fin du tournage du film, dans quelques jours. Tu devrais carrément venir ! cria-t-il par-dessus la musique tonitruante.

— Tu parles de *Diamants sous canopée* ? (On aurait dit que les yeux de Tawny allaient lui sortir de la tête.) Je suis, genre, la fan numéro un de Thaddeus Smith ! *Depuis toujours* !

La serveuse revint avec leurs boissons et Nate attrapa avidement la sienne.

— Je ne sais pas.

Il secoua la tête. D'un seul coup, il avait l'impression de marcher sur l'eau dans une mare très profonde et très sombre. Il avait du mal à réfléchir pour avoir fumé un joint pré-sortie et bu trois bières, mais, même dans cet état, il savait que ce n'était pas une super idée de débouler à la soirée de fin de tournage de Serena avec Tawny à son bras. Olivia y serait sûrement et il ne voulait pas qu'elle pense qu'il avait déjà tourné la page.

Mais n'était-ce pas le cas ? Et *elle*, alors ?

— S'il te plaît ! l'implora Tawny. Je *mourrais* pour rencontrer Thaddeus Smith. *Mourrais.*

— Mec, le taquina Anthony. Tu peux pas dire non à une jolie fille.

Nate Archibald ne savait pas dire non. Point final.

o prend la situation en main

Le claquement de la porte résonna sur les murs de l'appartement non meublé. Il était difficile de débouler d'un pas furieux après avoir grimpé tous ces étages – surtout en tongs en caoutchouc – mais Serena fit de son mieux, marcha d'un pas lourd et bruyant sur le sol en bois, y jeta son sac marin Jill Sander en cuir blanc gigantesque, sans égard pour son iPod Nano et ses lunettes de soleil en verre Dolce & Gabbana à l'intérieur.

— T'es rentrée, coloc ? cria Olivia depuis la chambre unique de l'appartement qu'elles avaient décidé de partager.

Elles étaient quasiment des sœurs, de toute façon.

C'est sûr, elles se disputaient comme des sœurs.

— Ouais, cria Serena.

Elle prit une Corona dans le frigo et se percha sur le rebord de fenêtre qui donnait sur l'arrière de la maison de ville, les pieds pendouillant au-dessus de l'escalier de secours.

— Comment c'était le boulot ? demanda Olivia en entrant dans la cuisine sans se presser, enveloppée d'une immense serviette de toilette Frette blanche qu'elle avait piquée dans le placard de sa mère bien achalandé en linge de maison.

Elle sortit un paquet de Merit du sac abandonné de

Serena et se servit de la cuisinière à gaz pour en allumer une.

— Le boulot, c'est le boulot, répondit-elle en regardant d'un air lugubre à travers les lames de l'escalier de secours le jardin en contrebas. (Elle soupira.) Honnêtement, Olivia, ça craint.

— Comment ça?

Aujourd'hui, le travail d'Olivia avait consisté à faire passer des échantillons de tissu du tailleur sur la 39e Rue à la maison de Bailey Winter, où il prenait le « thé » lors d'une séance d'essayage privée avec une princesse saoudienne.

Olivia ouvrit la fenêtre à côté de celle de Serena et se pencha au-dehors. Elle souffla une volute de fumée dans le vent et jeta un coup d'œil à son amie. La brise fit doucement voler ses cheveux blonds alors qu'elle balançait les pieds et fronçait les sourcils.

— Je ne sais pas, soupira Serena en descendant sa bière.

Ça avait été l'une des pires journées de répétitions jusqu'alors. Elle avait entendu par hasard certains membres de l'équipe la surnommer « Holly Gogoly » puis Ken avait hurlé : « Putain, putain, putain ! » en plein milieu de sa scène.

— La journée a été longue, ajouta-t-elle.

— Dis-moi tout, la pressa Olivia.

Serena hésita. Elles n'en avaient jamais vraiment discuté, mais elle connaissait assez son amie pour savoir qu'elle n'avait pas franchement sauté au plafond en apprenant qu'elle allait jouer dans *Diamants sous canopée*. C'était le rêve de toujours d'Olivia, après tout, pas celui de Serena. Comment Olivia réagirait-elle en entendant son amie se plaindre ?

— J'ai du mal à jouer la comédie, reconnut Serena, toute piteuse.

C'est un euphémisme.

— Moi, je pensais que j'y arriverais. C'est vrai, je l'ai déjà fait, mais c'était différent, sans des tas d'experts et de gens qui courent partout sur le plateau, qui te regardent, et sans cette grosse, cette immense caméra qui te mate comme… Dark Vador, quelque chose comme ça.

— Continue.

Olivia se pencha par la fenêtre, soufflant de la fumée dans la chaude nuit estivale. Elle adorait aider les autres à résoudre leurs problèmes.

Disons plutôt qu'elle voulait juste savoir qu'elle n'était pas la *seule* à avoir des problèmes.

— Je n'y arrive pas, se plaignit Serena. (Elle regarda ses tongs Marc Jacobs d'un air renfrogné.) Ça ne passe pas, c'est tout.

— Serena, murmura Olivia d'un ton rêveur, tu sais à qui tu ressembles ?

— Hein ?

Serena leva les yeux. Son amie, toujours en serviette, était penchée par la fenêtre, tenant une cigarette qu'elle ne fumait plus, de sorte que sa cendre mesurait presque deux centimètres et demi. On aurait dit une virtuose de Madison Avenue devenue folle, en transe alcoolisée.

— Tu ressembles *exactement*, dit Olivia, et quand je dis exactement, je pèse mes mots, à Holly Golightly. L'escalier de secours, les fines mèches de cheveux, la lumière – tout est parfait. C'est limite flippant, merde !

— Merci, parvint à dire Serena.

C'était l'une des choses les plus aimables que son amie lui avait jamais dite en toutes ces années d'amitié.

— Je suis sérieuse, proclama Olivia. Je suis une experte. Je bosse dans le milieu, d'accord ? La mode, je m'y connais ; la beauté, je m'y connais ; le glamour, je m'y connais. Et toi, tu as tout ça. Je me fiche bien de ce que pourrait dire Ken Mogul ; tu *es* Holly Golightly, poursuivit-elle, déterminée. Si je peux y faire quelque chose…

— Comment ça ?

— Qui est la plus grande experte au monde en Holly Golightly ?

Serena rit.

— Toi, sans l'ombre d'un doute.

— Alors tu as vachement de chance de me connaître, non ? observa Olivia. (Si *elle* ne pouvait pas être Holly Golightly, alors elle pourrait transformer Serena en elle. Ce serait déjà ça.) Viens. (Elle écrasa sa cigarette et attrapa la main de son amie.) On a du boulot.

Leur premier arrêt était évident : le trottoir devant Tiffany.

Olivia avait enfilé un jean et un caraco brodé vaguement mexicain acheté l'été dernier chez Scoop, et avait insisté pour que Serena s'habille décontracté elle aussi. Quand le taxi se gara devant le magasin, Olivia poussa pratiquement son amie dans la rue.

— Maintenant, aboya-t-elle, montre-moi comment tu marches.

Elle se posta devant les vitrines et se tourna vers sa copine. Avec les voitures qui filaient à toute allure derrière elle et les grands immeubles qui s'élevaient vers le ciel, Serena faisait toute petite, toute vulnérable. Très anti-Serena. Très très anti-Holly.

Serena avança d'un pas maladroit vers le magasin, faisant de drôles de petits demi-pas comme une petite fille qui accompagne les demoiselles d'honneur à un mariage.

— Stop ! brailla Olivia avant d'avancer vers le milieu du trottoir. Qu'est-ce que c'était que ça ?

— Comment ça ?

On entendait à peine Serena par-dessus le rugissement du trafic et les jacassements des clients et des touristes qui pullulaient.

— Tu n'essaies pas, entonna Olivia en imitant un coach dur mais adorable qu'elle avait vu dans un film sportif inspiré sur HBO. Montre-moi, montre-moi, montre-moi ! Je *sais* que tu peux marcher de façon plus convaincante !

— Je me sens tellement bête, admit Serena. Tout le monde me regarde et je me sens toute bizarre et gênée.

Miss Je-danse-sur-la-banquette-au-Bungalow-8, gênée ?

— Ce n'est pas possible, rétorqua Olivia d'un ton cassant. Tu dois avoir confiance en toi. Tu dois te sentir cool. Tu dois avoir l'impression que le monde entier est à tes pieds, comme si tu menais la barque, comme si tu avais la situation en main.

Et on appelait ça « *jouer la comédie* » ?

— Mais je suis juste censée marcher ? demanda Serena. (Ce n'était pas comme marcher dans un défilé de mode, ce qu'elle avait déjà fait, bien sûr.) Je me sens idiote.

— Fais comme si c'était la remise des diplômes, suggéra Olivia, se souvenant de sa ruée agaçante de dernière minute dans l'allée centrale de Brick Church, portant exactement le même tailleur Oscar de la Renta qu'elle.

— Je vais essayer, soupira Serena.

Olivia retourna à son poste devant chez Tiffany. Elle avait beaucoup de boulot, mais elle devait reconnaître que c'était plutôt sympa de mener Serena à la baguette, pour changer.

Tout cela au nom de l'amitié.

*juste un autre dimanche de folie au parc avec **v**... et **d***

Nils tirant sur sa main gauche et Edgar sur sa main droite – ou était-ce Nils sur la droite et Edgar sur la gauche? – Vanessa Abrams se rappela pourquoi cela n'avait jamais été une bonne idée que deux garçons se battent pour attirer l'attention d'une fille.

Comme si elle n'avait pas *déjà* tiré cette leçon...

— Viens, viens, se plaignit l'un des garçons – qui se souciait duquel il s'agissait? Leurs mains minuscules étaient gluantes, leurs voix de garçonnets, pleurnichardes, et, de surcroît, ils étaient *forts*. Ils avaient une poigne d'acier et, comme ils refusaient de ralentir, Vanessa courait à moitié et se faisait à moitié traîner le long des chemins d'asphalte ombragés de Central Park. Cela lui rappelait l'époque où Aaron et elle promenaient Mookie ensemble, son boxer fauve et blanc, sauf que les jumeaux étaient encore plus impatients de sortir que le chien. S'ils avaient eu des queues, ils les auraient remuées comme des fous.

— Bon sang, marmonna Vanessa. Moins vite, s'il vous plaît!

Dix-huit dollars de l'heure, dix-huit dollars de l'heure. Elle s'était déjà fait trente-six dollars aujourd'hui, pas une fortune, mais ça irait droit dans les coffres pour son prochain projet.

Pourquoi pas son prochain *appartement*?

Elle chancela quelque peu lorsque les garçons s'arrêtèrent sans crier gare devant un chariot coiffé d'un parasol.

— On peut avoir des sandwiches à la glace?

Elle doutait fort que leur mère les ait jamais emmenés au parc de toute sa vie, et leur ait encore moins offert une glace. Vanessa ne l'avait même jamais revue depuis leur entretien d'embauche bizarre, et Mme Morgan ne semblait pas du genre à tolérer que de la crème glacée dégouline sur ses tailleurs Chanel en tissu bouclette. Les Abrams avaient toujours fait suivre à Ruby et elle un régime strict sans sucre, préférant le tofu glacé et les fruits aux sucreries et à la glace, mais elle se fichait bien de ce que mangeaient ces deux-là.

— Bien sûr, des sandwiches à la glace, tout ce que vous voulez! acquiesça-t-elle en se libérant d'un trémoussement de l'étreinte mortelle des garçons et en sortant un billet de vingt dollars tout froissé de la poche de son jean.

— Trois sandwiches à la glace, s'il vous plaît, demanda-t-elle au vendeur qui arborait une moustache en guidon de vélo et un T-shirt *tie-dyed* des années 70.

Les garçons firent des bonds et attrapèrent la glace. Ils déchirèrent l'enveloppe d'un coup, affamés, puis filèrent à toute allure aux limites de l'aire de jeux, hurlant et riant entre deux bouchées gluantes de crème glacée.

— Attendez! leur cria Vanessa à contrecœur.

Elle ne savait pas trop ce que cela lui ferait si jamais ils disparaissaient et si elle perdait son job et allait en prison. Trois jours seulement s'étaient-ils écoulés depuis qu'elle avait commencé à travailler en tant que principale directrice photo sur une grosse production hollywoodienne ? Ou tout cela n'était-il qu'un horrible cauchemar ?

Elle s'effondra sur un banc sous un grand chêne gracieux et observa les jumeaux engloutir leurs friandises et jeter leurs papiers d'emballage par terre. Oups. Puis ils se mirent à jouer à chat, à vous donner le vertige, filant sous le toboggan, entre les balançoires, évitant de justesse des tout petits qui marchaient à peine et leurs gardiennes menaçantes.

— Ne vous éloignez pas ! cria Vanessa d'un ton faible.

Elle finit sa glace et s'adossa au banc en bois et béton étonnamment confortable. Des voitures passaient à toute allure en traversant le parc au niveau de la 97e Rue, produisant un bruit agréable et soporifique. Le soleil tapait fort, mais il y avait beaucoup d'ombre et, l'espace d'une brève seconde, elle se ficha presque d'être là en tant que nounou et non en adulte lambda qui profitait du parc un dimanche après-midi ensoleillé. Ses yeux se fermèrent et elle coupa momentanément le son.

Puis elle reconnut un glapissement haut perché familier et ses yeux s'ouvrirent d'un coup.

Qui savait qu'elle avait l'instinct maternel ?

Un vacarme se produisit à proximité et Vanessa distingua les deux têtes blondes familières.

Elle se releva d'un coup et se précipita là où l'un des jumeaux était vautré sur le trottoir, serrant son genou écorché en pleurant. Son frère se tenait à ses côtés, désignant du doigt, en colère, le type en roller couché sur le ventre sur le trottoir.

— Que se passe-t-il ? demanda Vanessa, essayant d'avoir l'air autoritaire.

— Le grand, là, il a foncé dans Edgard ! s'écria Nils.

Une nymphette blonde au visage parsemé de taches de

rousseur, style pom-pom girl, en short rose court et sexy et en soutien-gorge de sport bleu électrique compliqué, rejoignit la scène en rollers d'une démarche athlétique.

— Ce qui se passe, répliqua-t-elle d'un ton cassant, c'est que vous ne surveillez pas vos gosses et que nous, nous essayons de faire un peu de sport !

— Ce ne sont pas *mes* gosses, rétorqua Vanessa en s'agenouillant pour tapoter la tête d'Edgar en sanglots. Et vous n'êtes pas obligée d'être grossière.

— Vanessa, Vanessa, rentrons à la maison, pleurnicha Nils en la tirant par le bras.

— Ce n'est peut-être pas une si mauvaise idée, observa Lycra Girl en s'agenouillant au côté de son camarade à terre.

On aurait dit qu'elle sortait tout droit en rollers d'une pub pour Coors Light.

— Hé, (Vanessa n'était pas d'humeur à se laisser traiter comme de la merde par une bimbo qu'elle ne connaissait pas.) La prochaine fois, regarde où tu vas !

— Vanessa ? fit M. Rollerman-tombé-sur-le-cul en se démenant pour se redresser.

Les paupières de Vanessa s'ouvrirent et se refermèrent d'un coup d'incrédulité. Avait-elle des visions ?

Là, affalé sur l'asphalte sous les chênes, en plein milieu de Central Park, en rollers et short de sport d'abruti, en T-shirt en spandex blanc moulant, et en protège-poignets, genouillères et protège-coudes, le visage tout rouge et les cheveux ébourriffés et trempés de sueur : Dan. *Son* Dan.

— *Dan* ? haleta-t-elle, une telle horreur et une telle confusion dans la voix qu'Edgar cessa de pleurnicher et se releva.

— Salut, dit Dan avec un sourire penaud. (La bimbo blonde en soutif de sport qui dévoilait presque tout lui tendit la main pour l'aider à se relever. Il pivota, mal assuré, sur ses rollers.) Salut Vanessa… quoi de neuf?

— Quoi de neuf? Elle ne fait pas attention à ces petits animaux qui courent partout, commença la blonde en tirant si haut sur son short qu'elle courait le grave danger de faire profiter tout le monde de son mont de Vénus. Et je fais sincèrement de mon mieux pour rester zen, mais…

— Qui es-tu ? demanda Vanessa.

— Et *toi*, qui es-tu ? rétorqua la fille, salope.

— Je suis sa *petite amie*, répliqua Vanessa.

Cul en Lycra recula quelque peu.

— Attends, insista Vanessa, que fais-tu ? (Elle scruta Dan d'un œil critique. Sa tenue était tellement ridicule qu'elle avait du mal à le regarder. Elle se retourna vers la fille.) Tu dois être la raison pour laquelle je ne vois jamais Dan à la maison en ce moment.

— Vous *vivez* ensemble tous les deux ?

Les mots du poème de Dan affluèrent dans la tête de Vanessa.

Amour pur. Désir pur. Confiance à la confiance.
Bouddha n'était pas Jésus. Moi non plus.
Je ne suis qu'un homme.

— Qui sont ces gosses, au fait ? s'interrogea Dan à voix haute.

— Nous sommes ses amis, répondit un des jumeaux d'un ton sec – Vanessa ne parvenait toujours pas à les distinguer – en tirant la langue à Dan.

— Tes amis ? répéta Dan.

— Oui, aboya Vanessa. Un peu comme *elle* est ton amie, pas vrai, Dan ?

Une cloche d'église résonna sur la 5e Avenue. Le

bruit était si pur et si totalement inapproprié à l'instant que Vanessa eut envie de hurler.

— Vanessa ? fit l'autre jumeau en tirant sur sa manche. Je ne me sens pas bien.

— Pas maintenant, répondit Vanessa d'un ton sévère.

— Je ne comprends pas, bégaya Dan. Pourquoi tu n'es pas sur le plateau en ce moment ?

— Je me suis fait virer. Mais tu t'en fous.

— Faisons une pause avant de dire quoi que ce soit que l'on risque de regretter, suggéra miss Short-au-ras-du-zizi.

Des pigeons picoraient les restes gluants des glaces des jumeaux. Si seulement l'un d'eux pouvait donner des coups de bec dans le cul de la blondasse !

— Vanessa ? pleurnicha le même jumeau. J'ai *vraiment* envie de…

Mais avant qu'il ne puisse finir sa phrase, il vomit de la crème glacée sur les rollers Nike vert acide de Dan.

Voilà la définition d'un mauvais karma.

il a perdu ce sentiment d'amour

Les jambes de Nate tremblotaient un peu, comme lorsque le coach le surprenait en train de glander lors d'un entraînement et le condamnait à faire des tours de piste en guise de punition. La journée avait été longue, à transporter de nouvelles barrières protectrices depuis l'allée où elles étaient entassées et s'élevaient plus haut que lui, à différents endroits dans la cour. Il entra dans la maison en titubant, les bras endoloris et les genoux chancelants.

Les jambes molles – et même pas à cause d'une fille.

En regagnant sa chambre, il s'arrêta dans la cuisine claire, toute de blanc et d'acier, et farfouilla dans le frigo. Regina, la chef de cuisine/gardienne/domestique de ses parents, veillait à ce que la cuisine soit bien approvisionnée, mais Nate repoussa la terrine de pâté maison et la salade familiale de tomates et d'orzo[1] – pour attraper une bouteille de soda à l'orangc Lorina. Ça avait toujours été sa boisson préférée quand il était gamin, mais, pour une raison quelconque, ils n'en achetaient que quand ils se trouvaient à East Hampton ; de fait, il en associait le goût léger et gazeux aux étés insouciants de son enfance, lorsqu'il organisait de scandaleuses

1. Pâtes alimentaires rappelant la forme de la langue de petits oiseaux. *(N.d.T.)*

baignades à poil à la piscine et vidait la cave à vin de ses parents.

C'était la belle époque, songea-t-il en se rendant dans sa chambre. Il n'avait aucun souci au monde, à part savoir si le temps serait suffisamment ensoleillé pour passer l'après-midi à la plage, ou s'il planait suffisamment, ou s'il réussirait un jour à coucher avec Olivia.

Aujourd'hui, la vie était bien plus compliquée. Ça avait beau être les vacances d'été, un tas de trucs stressait Nate : ce que lui feraient les potes banlieusards de Tawny si par hasard il tombait sur eux sans elle, ce qu'il dirait à Olivia quand il la verrait à Yale, si ce que Chuck Bass lui avait raconté à son sujet était vrai.

Agrippant la bouteille ouverte, il s'effondra sur son lit moelleux défait dans un grognement. Il ferma les yeux et tâcha de s'éclaircir les idées, mais il y avait une personne qu'il ne pouvait s'empêcher de voir.

Devinez qui ?

Il regretta brusquement d'avoir rendu à Olivia le pull col en V en cachemire vert mousse qu'elle lui avait offert au printemps il y a deux ans, lorsque son père les avait amenés skier à Sun Valley. Il l'enfilerait, fermerait les yeux et se souviendrait de l'époque où tout était plus simple, lorsque Olivia et lui sortaient ensemble et où tout semblait aller bien dans le monde. Parce que, à l'exception de toutes ces fois où il la gonflait en disant ce qu'il ne fallait pas ou en se défonçant et en s'endormant d'une masse alors qu'ils avaient des projets, sortir avec Olivia – aussi difficile fût-elle – lui donnait l'impression d'être entier, comme si tout se passait exactement comme prévu. Or, voilà qu'Olivia allait épouser cet Anglais. Était-ce la vérité ? Brusquement, Nate voulut savoir.

Il s'assit sur son lit, but une gorgée de soda glacé

à même la bouteille et attrapa le téléphone Bang & Olufsen noir sur sa table de nuit. Il hésita une seconde avant de composer les chiffres familiers.

— Olivia à l'appareil, répondit-elle après quelques sonneries.

Elle était cassante, professionnelle, comme si elle n'avait pas reconnu le numéro.

— Hé.

Nate se retourna sur le ventre et tripota nerveusement les draps.

— Nate? bâilla-t-elle, l'air de s'ennuyer déjà. Mon Dieu, je suis désolée, je suis *crevée.*

— Ouais, c'est moi, répondit-il d'un ton piteux.

Il ignora brusquement pourquoi il avait cru qu'appeler son ex serait une bonne idée.

— Je travaille, expliqua-t-elle. Ça a été une semaine de folie.

— C'est cool.

Olivia avait un *job*? Waouh, les choses avaient carrément changé !

— Oui, acquiesça-t-elle. Bailey Winter me fait vraiment me crever le cul.

Nate ne voyait pas du tout de quoi elle parlait, mais décida qu'il devrait essayer de lui montrer de la compassion.

— C'est trop bête.

— C'est la vie dans la mode. Où es-tu au fait?

— East Hampton. Chez mes parents. Je bosse un peu pour mon coach, je l'aide à retaper sa maison.

— Si seulement je pouvais m'en aller, répondit-elle d'un ton rêveur. Juste une minute. Mais tu sais ce que c'est…

— Ouais, acquiesça-t-il. Si tu travailles, c'est comme ça que ça se passe.

— T'ai-je dit que je m'occupais des costumes sur ce nouveau film, *Diamants sous canopée*?

— Cool, répéta Nate. (Pourquoi n'avait-elle rien dit à propos de ses fiançailles?) Alors tu es revenue de Londres, j'imagine?

— Oh oui, fit Olivia dans un profond soupir. Il fallait que je vienne à New York. Je me suis dit que c'était le meilleur moyen de me faire un CV avant d'entrer à Yale. Tu sais, avoir une véritable expérience professionnelle à mon actif.

— Bon plan, acquiesça le jeune homme qui regrettait soudain de ne pas s'être roulé de joint avant le coup de fil. Surtout maintenant que tu fais des projets pour l'avenir.

— Pas toi? s'enquit Olivia. Il faut que tu réfléchisses à ce qui t'attend, tu le sais, Nate, hein?

— Oui, admit-il, bien qu'il pensât rarement plus loin que ce qu'il allait manger pour le dîner, un burrito ou une pizza. Enfin bref, j'appelais juste pour te féliciter, tu sais.

— Oh, ce n'est rien, juste un petit job d'été avec l'un des meilleurs créateurs d'Amérique.

— Je parlais des fiançailles. Je sais tout.

— Fiançailles? répéta la jeune fille. Qu'est-ce que tu racontes?

— Chuck me l'a dit, avoua Nate en mettant un oreiller sur sa tête.

— Chuck t'a dit que j'étais fiancée? aboya Olivia. Comme d'habitude, il raconte n'importe quoi.

— Comment ça?

Il ôta l'oreiller et s'assit bien droit.

— Eh bien, si je suis de retour, observa-t-elle, c'est tout simplement parce que ça ne marchait pas à Londres.

Je ne pouvais pas l'épouser. Il faut que je pense à mon avenir.

Parce qu'on l'avait demandée en mariage??? Première nouvelle.

— Donc tu ne te maries *pas*? Je devrais rencarder Chuck.

Bonne chance.

— C'est un idiot, déclara Olivia. Qu'est-ce que ça peut faire, ce qu'il pense? Pourquoi l'as-tu écouté?

Nate haussa les épaules, bien qu'Olivia ne pût le voir à l'autre bout du fil.

— Je ne savais pas, tu vois. Je n'avais pas eu de tes nouvelles ni rien. Mais je suis content que tu sois de retour. Je sais que ça a toujours été ton rêve d'être Katharine Hepburn, mais c'est cool que tu sois au moins proche de là où ça se passe.

— C'est *Audrey* Hepburn, le corrigea Olivia. Et je ne suis pas *proche* de là où ça se passe, j'en fais intégralement partie. Dans un gros long-métrage comme celui-ci, la garde-robe est essentielle.

— Tu te souviens de cette fois où l'on regardait ce film, on n'arrêtait pas de le mettre sur pause et tu me faisais répéter le texte avec toi? se rappela Nate avec nostalgie.

C'était une journée enneigée, l'école avait été annulée et ils avaient passé l'après-midi à se faire des câlins au lit et à regarder *Diamants sur canapé*, sauf qu'Olivia ne cessait de le mettre sur pause pour réciter les répliques et essayer de convaincre Nate de s'y mettre lui aussi. Il avait essayé car c'était tout simplement plus facile de lui faire plaisir. À présent, il se trouvait dans les Hamptons, Olivia à New York et leur histoire était terminée – même la chambre n'existait plus, transformée en chambre de bébé de luxe couleur pastel pour la petite sœur d'Olivia.

— J'ai décidé que, en tant qu'objectif professionnel à long terme, travailler dans la mode, en coulisse est bien plus censé, expliqua-t-elle.

— Ouais, acquiesça Nate. De toute façon, c'est Serena qui est vraiment faite pour être une star de cinéma.

Aïe.

Olivia marqua une pause.

— Il faut que j'y aille, Nate. Je dois apporter des échantillons sur le plateau.

— OK. (Il était déçu.) Ça m'a l'air important.

— C'est important. Amuse-toi bien à la plage.

Elle raccrocha.

Nate appuya sur la touche « fin » et jeta le combiné par terre puis se retourna et contempla le plafond. *S'amuser*? Brusquement les Hamptons ne lui parurent plus drôles du tout. Tout son été l'attendait et il se sentait seul et coupé du monde. La ville lui manquait, ses amis lui manquaient, Olivia lui manquait.

Et aucune bombe insulaire ne parviendrait jamais à le lui faire oublier.

v trouve une figure paternelle

Claquant violemment la lourde porte derrière elle, Vanessa entra comme un ouragan dans le vestibule du domicile des Humphrey, jeta son sac à dos de surplus militaire usé par terre, sur le parquet grinçant, et renversa par la même occasion un tas de vieux journaux.

— Zut !

Elle s'agenouilla et rempila les journaux le plus soigneusement possible, mais l'appartement était toujours dans un tel bazar que peu importait, de toute façon.

— Qu'est-ce que c'est ? fit une voix tonitruante. Qui est là ?

Vanessa se leva et regarda autour d'elle d'un air coupable. Elle était tellement crevée par son après-midi avec les infatigables jumeaux, si humiliée et énervée par sa rencontre avec Dan et sa pouffiasse au cul moulé, si furieuse de s'être fait virer par Ken Mogul le psychotique, qu'elle avait oublié qu'elle n'était pas chez elle. Elle ne pouvait pas faire du bruit en marchant et en claquant les portes. Techniquement, elle n'était qu'une invitée.

— Qu'est-ce que c'est que ce vacarme ?

Rufus Humphrey entra dans le vestibule faiblement éclairé en traînant les pieds, serrant une liasse de papiers contre son torse baraqué. Ses épais cheveux gris, crépus et emmêlés lui arrivant à l'épaule étaient attachés avec un lien torsadé vert, des coques de cacahuètes parsemaient sa barbe poivre et sel, et ses lunettes avaient glissé tout en bas de son gros nez rouge. Il portait un short cargo beige tout usé, où plusieurs stylos et surligneurs dépassaient de l'une des poches, un polo bleu clair taché de vin bien trop moulant, que Vanessa reconnut comme l'un des polos d'école dont s'était débarrassé Dan, et un tablier en plastique rose orné de marguerites.

— Je suis vraiment désolée, s'excusa Vanessa. Je ne voulais pas vous déranger.

— Quel jour sommes-nous ? s'enquit Rufus en la fixant intensément sans avoir l'air du tout de la reconnaître.

Elle se demanda si elle devait lui rappeler qui elle était.

— Dimanche.

— Dimanche, oui, dimanche, fit Rufus en hochant la tête. (Il arracha d'un coup ses lunettes de lecture sans monture et les fourra dans l'une de ses nombreuses poches.) Donc tu rentres à la maison en avance ou en retard ? Devrais-je te réprimander, quelque chose comme ça ?

Vanessa rit, soulagée qu'à l'évidence il sache parfaitement qui elle était.

— Ne vous inquiétez pas ; je vous assure que j'ai été très sage.

— Alors entre, la pressa-t-il en se retournant et en se retirant dans la cuisine embuée en désordre. Je m'occupais du dîner et il me faut un palais tout nouveau pour goûter ce que j'ai concocté.

Comme si elle n'avait pas eu une journée assez dure comme cela.

Vanessa se posa sur une chaise bancale devant la table de la cuisine, sirota un verre d'eau trouble du robinet et observa Rufus Humphrey s'affairer devant la cuisinière. Quoi qu'il cuisinât, c'était très parfumé et cela fit gargouiller bruyamment son ventre. La seule chose qu'elle avait mangée de la journée était son sandwich à la crème glacée englouti à la hâte ; après la fameuse scène au parc, elle n'avait tout bonnement pas été d'humeur à déjeuner.

— Goûte ça, lui ordonna Rufus en lui tendant une cuillère en bois.

Elle souffla sur le couscous fumant et le goûta.

— Très bon.

— C'est un tagine, l'informa-t-il. Une recette de Paul Bowles. J'avais complètement oublié que je l'avais. Où est Dan ? Il adore Paul Bowles. Il prendrait son pied, j'en suis sûr. J'ai remplacé le safran par du vermouth !

— Dan ? Je ne sais pas, avoua Vanessa.

Elle tripota, mal à l'aise, le set de table en lin blanc délavé sur lequel étaient brodées de petites fleurs lavande. Il n'était vraiment pas à sa place dans cette cuisine moisie et désordonnée.

— Des ennuis au paradis ? s'enquit Rufus en remuant énergiquement la marmite qui bouillonnait.

Vanessa hésita. Elle était tout à fait d'humeur à raconter sa vie. Elle n'avait pas parlé à Ruby depuis qu'elle avait quitté l'appartement, vexée ; elle n'avait pas parlé à ses parents depuis des siècles. Elle se fichait même que Rufus soit le père de Dan : elle avait simplement besoin de parler à quelqu'un.

— Le paradis, railla-t-elle. Je ne crois pas que nous y vivions encore.

— Que veux-tu dire ? (Il feuilleta un livre de cuisine en opinant de la tête avec componction.) Merde ! *Deux* cuillerées à café ! Bien… six cuillerées à café, ça ne va tuer personne.

— Ce que je veux dire, expliqua Vanessa, une grosse boule dans la gorge… Je crois que nous avons rompu.

— Que s'est-il passé? demanda Rufus en fouillant dans un tiroir, entrechoquant bruyamment les ustensiles.

— Je ne sais pas, mentit Vanessa, brusquement embarrassée.

Avait-il vraiment besoin d'entendre tous les détails gore?

— Vous les jeunes, dit-il en secouant la tête. Jeunes amours.

Ou jeunes *sans* amour.

Tâchant de ne pas perdre la face, Vanessa poursuivit :

— Et le fait est qu'il ne sait même pas ce qui se passe dans ma vie. J'ai perdu mon job aujourd'hui. Ken Mogul m'a virée.

Elle soupira, le corps tout tremblant. Entendre les mots formulés haut et fort, même par sa propre voix, rendait la réalité encore plus dure.

— Virée? répéta Rufus en ajoutant ce qui ressemblait à beaucoup trop de miel dans la marmite de couscous. Ne t'en fais pas. Crois-le ou non, je me suis fait virer autrefois. J'étais placeur au Brattle Theater, quand j'étais étudiant. (Il gloussa.) Je me suis fait renvoyer pour avoir hurlé des obscénités pendant une pièce sur la Russie rouge, mais c'est une longue histoire.

— Eh bien, j'apprécie vraiment que vous acceptiez que je reste ici. Je suis sûre que je ne vais pas tarder à trouver un autre endroit où aller, marmonna Vanessa d'un air malheureux. Je peux appeler Ruby et peut-être qu'elle me laissera pioncer sur le canapé. Ou peut-être puis-je demander de l'aide à Olivia Waldorf. C'est vrai, je lui ai donné un coup de main quand elle n'avait nulle part où aller.

Miss Je-Dors-Dans-Un-Nouveau-Lit-Chaque-Semaine? Ne compte pas dessus, ma vieille.

— Arrête ton char, mec ! s'exclama Rufus dans l'un de ses emportements typiques. Aux dernières nouvelles, c'était mon appartement, pas celui de Dan. Jenny est en Europe et, à l'automne, elle entrera dans ce pensionnat de frime. Dan ira à ce fichu Evergreen, et moi, je vais me retrouver ici à parler tout seul et à cuisiner juste pour moi ? Je ne crois pas, mec.

Personne n'avait jamais appelé Vanessa « mec », du moins aucun papa de son entourage. Ça lui plaisait pas mal.

— Je ne sais pas, protesta-t-elle. (Quelqu'un était enfin *sympa* avec elle et elle ne voyait pas du tout comment le gérer.) Je ne sais pas si je me sentirai bien de profiter ainsi de votre hospitalité.

— Si c'est ce que tu ressens... (Rufus replaça le couvercle sur la marmite en fonte dans un grand bruit.) On va mettre quelque chose au point. Tu entres à NYU cet automne, pas vrai ? Pas beaucoup de revenus et tu seras trop prise par tes études pour travailler. Tu pourras peut-être louer la chambre de Jenny moyennant une légère redevance. Tant que tu me promets de me laisser faire la cuisine pour toi.

Vanessa frotta son crâne en brosse et regarda Rufus l'échevelé en cillant.

— Ah ! Poudre de piment rouge ! cria-t-il d'une voix perçante avant de verser plusieurs cuillerées à soupe.

D'accord, il était un peu bizarre, mais il était vraiment sympa et elle était sûre que le loyer serait plus que raisonnable. Elle saurait se faire discrète jusqu'à ce que Dan parte à Evergreen. Et ça pourrait être marrant de louer une chambre à Rufus. Il serait le papa farfelu qu'elle n'avait jamais eu. En fait, si, elle en avait un, mais ça ne pouvait pas faire de mal d'en avoir deux.

— Merci, M. Humphrey. (Elle se sécha les yeux du dos des deux mains.) J'adorerais.

— Super. Maintenant va chercher des bols et deux verres à vin. Le dîner est servi.

Va aussi chercher le Pepto tant que tu y es.

une star est née – même deux

Serena resta tapie dans sa caravane le plus longtemps possible, révisant son scénario pour la millième fois, tâchant de calmer son horrible trac du lundi matin. Elle sirota son deuxième *latte* de la matinée et resongea à ses répétitions du week-end avec Olivia.

— Ferme les yeux, ordonna Kristina, sa maquilleuse allemande maigre comme un clou.

Kristina avait la main lourde sur l'eyeliner noir et terrorisait légèrement Serena.

Elle sentit la douce caresse d'un pinceau sur ses paupières fermées.

— OK, ouvre, ordonna Kristina. Fini.

Serena ouvrit les yeux et soupira. Au moins, elle n'avait pas de texte dans cette grosse scène, juste une chanson. Ce matin, ils tournaient une référence directe à la scène du film original où Audrey Hepburn chante « Moon River » sur l'escalier de secours. Ken Mogul avait décidé de recréer la scène dans son intégralité ; la caravane de Serena était donc stationnée devant l'immeuble désaffecté de l'East Village, là où habitait son personnage dans le film. Elle vida d'un coup la dernière goutte de son *latte* Starbucks et songea à ce qu'Olivia lui avait confié la veille. Elle entendait presque la voix de son amie dans sa tête.

En voilà une idée qui fait peur.

« *Tu n'as pas à jouer la comédie. Tu es déjà* elle. *Cette robe est* la tienne. *Cette voix est* la tienne. *Reconnais-le.* »

— Je crois qu'ils t'attendent, lui rappela Kristina.

Se regardant une dernière fois dans la coiffeuse bordée d'ampoules, Serena déglutit. Elle était aussi prête que possible, mais il faudrait un miracle pour qu'elle réussisse son coup.

Un miracle qui s'appelait Olivia Waldorf.

Elle sortit de sa caravane Airstream en chrome étincelant. St. Marks Place était encore plus oppressant que d'habitude ; l'endroit était bondé d'un bataillon de caméramen et d'une forêt de lumières brûlantes. Ken Mogul était vautré dans son sempiternel fauteuil de réalisateur en toile et fumait une cigarette, vu qu'ils tournaient en plein air et non entre les murs virginaux de Barneys ; il s'amusait avec son nouveau BlackBerry.

Olivia attendait entre les deux caravanes, flanquée de sa fidèle assistante/ombre, Jasmine. L'adolescente portait à l'épaule une longue housse à vêtements vert pomme estampillée du logo très ornementé du créateur Bailey Winter, prête à protéger la robe de Serena des éléments une fois que la scène serait terminée.

Ça doit être sympa d'avoir un sherpa.

— Serena, sur le plateau ! cria le deuxième assistant réalisateur.

Et l'armada d'assistants de Ken Mogul se mit à courir dans tous les sens comme des fourmis.

Dès qu'il aperçut son premier rôle féminin, Ken Mogul se leva de son siège d'un bond et faillit entrer en collision avec un stagiaire binoclard. Derrière le réalisateur, Serena distingua le profil ciselé de Thaddeus Smith adossé à sa propre caravane – une Airstream vintage identique à la sienne, mais bleu clair – en train de papoter dans un minuscule portable noir.

— Holly, ma chérie, roucoula Ken en fourrant son BlackBerry dans la poche arrière de son pantalon de smoking bizarrement inapproprié. Tu es ravissante. Ce costume est absolument parfait.

Serena portait la blouse en velours bleu nuit de Bailey Winter et de très jolies ballerines argentées avec de petits nœuds. Naturellement ses jambes étaient longues et parfaites, alors qu'elle ne faisait jamais d'exercice.

De l'exercice ? Comme c'est gauche.

— Merci, répondit-elle d'une voix tremblante.

Elle avait hâte d'en finir avec ça.

— Bien, aboya Ken. Un peu de lumière par ici ! C'est parti pour de bon, tout le monde !

Serena gagna sa place marquée sur le plateau comme elle s'était entraînée à le faire la veille.

— Lumière ! cria l'assistant réalisateur.

La lumière changea : le reste de la pièce s'obscurcit encore plus, mais le projecteur braqué sur Serena s'intensifia. Elle ne cilla même pas. Elle leva les yeux dans la lumière et ne vit rien à part les éclairages, et ne pensa à rien d'autre qu'à rester debout dans la lumière. Elle était Serena. Elle était Holly. Elle ne savait plus qui elle était. Elle *était*, voilà tout.

Reconnais-le, se rappela-t-elle.

— Quand tu veux, Holly, cria Ken de quelque part dans l'obscurité.

Elle était prête.

Respirant un bon coup, elle marcha jusqu'à la première marche du porche de l'immeuble. Elle n'hésita pas, ne compta pas les marches, elle ne tituba pas, ne courut pas. Elle gravit les marches et se tourna face aux caméras, inhalant profondément.

— C'est une belle nuit, soupira-t-elle. C'est toujours une belle nuit.

Elle monta jusqu'à la dernière marche et s'assit. Elle voyait Ken Mogul l'observer intensément en tirant sur une cigarette. Elle voyait Olivia, debout, qui ne bougeait pas et plissait les yeux d'un air critique. Elle marqua une pause puis, avec un tremblement infime dans la voix à vous briser le cœur, elle se mit à chanter.

Moon River, wider than a mile…
I'll be crossing you in style, someday.
Dream maker, you heartbreaker…

Elle chanta tous les couplets de la chanson *a cappella*. Le plateau était totalement calme et l'éclairage si fort qu'elle oublia un instant qui elle était vraiment, où elle était vraiment : pour le moment elle *était* Holly, et elle chantait de bon cœur.

Elle finit la chanson et une minuscule larme ruissela sur sa joue. Elle fixa la lumière, cillant et souriant à moitié. Elle avait toujours été le point de mire ; en fait, elle y était tellement habituée qu'elle ne s'en rendait presque plus compte. Mais c'était la première fois qu'elle se sentait star.

S'ensuivit un long moment de silence absolu. Personne ne bougea. Personne ne parla.

— Holly, murmura Ken d'un ton calme, mais tout le monde l'entendit tout de même tellement le silence régnait. C'était incroyable ! *Putain*, où est-ce que tu cachais donc tout ça, mon ange ?

Il se leva d'un bond et se rua sur le plateau pour la soulever dans ses bras. Certains membres de l'équipe se mirent à applaudir. Même Olivia.

— Mesdames et messieurs ! cria Ken Mogul en

serrant Serena fort contre sa poitrine et en la faisant tourner. Une star est née !

Ken sentait la choucroute et l'espresso. Cela lui mit les larmes aux yeux. Mais ce n'était pas grave – elle pleurait déjà.

Avertissement : tous les noms de lieux, personnes et événements ont été modifiés ou abrégés afin de protéger les innocents. En l'occurrence, moi.

Salut à tous !

Il se trouve que je passais devant chez Barneys l'autre jour – bon d'accord, je l'avoue, ça fait un moment que je surveille – et devinez quoi ? C'était ouvert. C'est vrai : opérationnel, de retour à la normale, et ce n'est pas trop tôt. J'ai trouvé un adorable pantalon Margiela en cordon qui ferait bien au bord de la piscine et je suis montée chez Fred's, qui a retrouvé sa splendeur habituelle. J'imagine que ce que j'ai entendu est vrai : le tournage du film est terminé. On se demande comment notre chouchoute s'en est sortie ? Selon la rumeur sur le plateau, surprise, surprise, elle s'en est plutôt bien tirée (bravo !) mettant en boîte chaque prise avec une telle précision que même son réalisateur bien connu pour être grincheux ne put s'empêcher de sourire et de lui déclarer son amour. Prends un ticket, mon pote ! L'autre nouvelle, encore meilleure, c'est que, n'importe quel autre acteur hollywoodien vous le dira, la fin d'un tournage signifie une chose : la soirée pour fêter la fin du tournage, justement. J'ai entendu dire que celle-ci serait une grosse fiesta de la vieille école, alors croisez les doigts et allez voir votre portier toutes les heures pour savoir si l'invitation est arrivée. La mienne, bien sûr, est arrivée voilà plusieurs jours.

UNE ANNONCE DE SERVICE PUBLIC

Nous interrompons ce programme pour vous informer d'un événement très important : ABC Carpet & Home, le seul endroit à Manhattan où l'on peut trouver sous le même toit des tapis d'Iran tissés à la main et ces bougies Diptyque qui sentent si délicieusement bon que l'on a envie de les manger, offre en ce moment un service particulier à ses clients dévoués. Allez y faire un tour et demandez Sissi ; elle vous aidera à choisir un lit glorieux en plumes – parce que ces matelas universitaires sont fins comme du papier – un charmant kilim turc – l'idéal pour recouvrir les murs déprimants en parpaing – un joli lustre – optez pour du *vintage*, l'un des seuls à neutraliser les – *brrrrr* ! – tubes fluorescents des chambres universitaires, et toutes ces petites choses qui transforment une maison – même une minuscule chambre universitaire – en chez-soi. Vous savez, il n'est jamais trop tard pour commencer à se préparer pour la rentrée !

VOS E-MAILS :

Q: Chère GG,

Je pique-niquais sur l'Hudson le week-end dernier et je jure que j'ai vu un beau gosse hollywoodien faire du roller torse nu près de la rivière. Je reconnaîtrais n'importe où cette mâchoire burinée et ces abdos encore plus burinés. Serait-ce possible ? Parce que voilà le problème : il portait un short en spandex rikiki qui dévoilait son petit cul musclé, et, dans ses patins, je suis quasi sûre d'avoir aperçu des chaussettes arc-en-ciel. Alors, qu'est-ce qui se passe ? Je t'en prie, ne me dis pas ce que je crois que tu vas me dire.

— ThadRulz

R: Chère ThadRulz,
Quand le roller est-il redevenu aussi populaire ? Ça m'a complètement surprise. Enfin bref, je ne dirai qu'une chose : les hétéros aussi ont le droit de faire du roller. En fait, je pense à un hétéro de chez hétéro, un peu coincé, qui a récemment découvert son amour pour ce sport. Si tu cherches la preuve que **T** préfère la compagnie des gentlemen, certains diront qu'il a couché avec tout le monde, depuis la femme d'un certain réalisateur considérablement plus jeune que lui au réalisateur en personne. Tu ne peux pas croire tout ce que tu lis… sauf ce que tu lis ici !
— GG

Q: Chère GG,
Je suis dans l'impasse. J'ai une voisine vraiment trop adorable avec qui je pensais pouvoir très bien m'entendre. Tant mieux, non ? Bien, juste après, sa coloc-tout-aussi-adorable a emménagé et je crois que je pourrais encore mieux m'entendre avec elle. Qu'en penses-tu ? Dois-je tenter le troc de coloc ou mieux vaut que je sorte avec des filles en dehors de ma zone postale ?
— Indécision

R: Cher Indécision,
Tu es un type courageux. Assure-toi juste que l'histoire d'amour dure aussi longtemps que le bail, sinon te voilà bon pour des moments de gêne dans la cage d'escalier. Et au fait, il n'y a rien de plus drôle qu'un truc à trois !
— GG

ON A VU :

N, dans la lune, sur un banc de Main Street dans East Hampton. Devinez ce qui le déprime ? **D** et une fille non identifiée, au Jamba Juice de Columbus Circle, « réapprovisionner leurs fluides » après un entraînement difficile. Hé, les djeunes, vous savez qu'il y a genre quatre hôtels dans le coin, n'est-ce pas ? **O**, trimballer des sacs en tissu bourrés à ras bord dans l'appartement de sa mère sur la Cinquième Avenue. N'a-t-elle pas fait suffisamment d'achats cet été ? Ou garde-t-elle les avantages annexes de son nouveau métier dans la mode ? **T,** acheter des fleurs au Chelsea Market – juste un petit gage d'amour pour sa partenaire préférée ? **V**, trimballer ses œuvres complètes jusqu'à l'hôtel particulier de la Cinquième Avenue où elle travaille maintenant. Apparemment sa nouvelle chef doit être une mordue de cinéma, ou peut-être essaie-t-elle simplement de se faire de nouveau virer en montrant des trucs vraiment tordus aux petits dont elle a la charge.
OK, ça suffit pour les « on a vu ». Je n'ai pas de temps pour ça, vraiment ; je suis en route pour cette géniale boutique *vintage* sur Elizabeth Street. En général, je ne craque pas pour les vieux vêtements – ils sentent les morts – mais je me suis dit que ça pourrait être sympa de m'habiller style vieille école hollywoodienne pour la fête vieille école hollywoodienne. Oups, j'en ai déjà trop dit !

Vous m'adorez, ne dites pas le contraire,

gossip girl

une vraie fin hollywoodienne

Dans le bar sur le toit de l'Oceana Hotel, on se serait cru dans une maison de fous. Il était bondé n'importe quel soir d'été, mais ajoutez deux stars de cinéma – d'accord, une star et une future star – et c'était le chaos. Le bar sur le toit et la piscine en plein air étaient davantage des endroits à voir et où être vus qu'un endroit où parler et où être entendus : Serena fut un peu déçue quand Thaddeus suggéra ce lieu. Maintenant qu'elle n'avait plus à supporter la pression du tournage, elle voulait vraiment lui parler, apprendre à le connaître en tant que personne, pas en tant que partenaire. Elle avait entendu une rumeur selon laquelle il quitterait la ville après la soirée de fin de tournage, c'est-à-dire demain, ce qui ne leur laissait pas beaucoup de temps, et elle espérait qu'il se passe enfin quelque chose entre eux, hors champ.

Apparemment c'était la *seule* rumeur qu'elle avait entendue à son sujet.

— Que bois-tu? cria Thaddeus lorsque la serveuse s'approcha pour prendre leur commande. Ils étaient installés dans ce qui était censé être le carré VIP, mais rien ne le distinguait du reste de la terrasse étroite, hormis le fait qu'ils bénéficiaient de la meilleure vue sur l'Hudson, la plus dégagée. Au moins, ils avaient choisi la bonne nuit pour boire près de la rivière. Des feux d'artifice jaillissaient de partout, pour fêter une chose ou une autre. La Gay Pride, peut-être ? Ou peut-être y avait-il un marathon aujourd'hui ? Serena n'arrivait jamais à retenir ce genre de chose.

— Caipirinha, cria-t-elle pratiquement dans son oreille.

Thaddeus le répéta à la serveuse qui se pâmait d'admiration et se hâta d'aller chercher les boissons qui seraient probablement un cadeau de la maison. Thaddeus ne devait jamais rien payer, mais bon, Serena non plus ! Les Best, le célèbre créateur de mode, lui avait donné une tonne de vêtements lorsqu'elle avait posé pour la publicité de son parfum, et des mecs lui offraient toujours à boire ou l'emmenaient dîner, où qu'elle aille.

J'imagine que son horoscope avait dit qu'elle deviendrait une star…

Thaddeus tapotait nonchalamment sur la table, en rythme avec les Scissor Sisters qui beuglaient des enceintes ingénieusement cachées. Il contempla l'Hudson et sourit.

— C'est une belle nuit, observa-t-il.

— C'est vrai, acquiesça Serena. (Elle était coincée entre Thaddeus et la balustrade qui faisait tout le tour de la terrasse.) Je suis tellement contente de sortir sans devoir me prendre la tête à réviser notre texte ou à avoir peur de ce que Ken nous hurlerait demain.

— Ne m'en parle pas, bordel ! fit Thaddeus en allumant une cigarette, tirant une taffe rapide et la passant à Serena.

Elle tira sur le mégot légèrement mouillé – elle avait déjà embrassé Thaddeus devant les caméras et un peu de salive ne la dérangeait donc pas – tandis que la serveuse déposait leurs boissons sur la table. L'acteur fit glisser son cocktail vers elle.

— Trinquons, suggéra-t-il en levant son cosmo rose en l'air.

Cosmo rose ?

— À fond (Serena entrechoqua son verre au sien). À un film incroyable.

— À une partenaire incroyable, la corrigea Thaddeus en arquant le sourcil. Et à des débuts incroyables.

Il passa le bras sur le dos du banc et la fit se rapprocher légèrement de lui, posant sa main gauche sur son épaule gauche.

— Le feu d'artifice ne va pas tarder, hein ?

Il désigna la rivière d'un signe de tête, où une petite fusée avait déjà explosé.

Le DJ se mit à passer un morceau plus doux, quelque chose des Raves.

— Je connais cette chanson ! s'exclama Serena.

Elle lui était familière, mais elle ne parvenait pas à l'identifier.

— Ce sont les Raves, expliqua Thaddeus. Je suis très proche de leur batteur.

Il tendit la main, prit la cigarette brûlante à la jeune fille, et respira profondément.

— Vraiment ? Je connais la fille qui chante. Elle s'appelle Jenny. Nous allions dans le même lycée. Attends, je crois même qu'elle est sortie avec ton copain, le batteur. Comment il s'appelle déjà... ?

— Non, fit Thaddeus en riant. Je ne crois pas qu'elle soit son genre.

Ah bon ? Et c'est quoi son genre ?

Serena ne savait pas trop ce que cela était censé vouloir dire, mais elle n'était pas venue pour discuter de la vie privée de Jenny Humphrey. Elle sirota sa boisson sucrée et regarda en battant des cils la foule de filles qui s'étaient rassemblées juste derrière le cordon de velours qui délimitait le carré VIP. Les filles, toutes fières d'arborer des brushings hideux et bien trop d'eyeliner, gloussaient et prenaient des photos d'elle et Thaddeus avec leurs téléphones portables.

Elles vont probablement les envoyer par e-mail à un site de potins, songea Serena, ennuyée.

Oh, ne sois pas aussi niaise !

Un gros feu d'artifice explosa dans un grand bruit ; elle laissa échapper un petit glapissement effrayé et s'enfouit dans l'étreinte chaude et musclée de Thaddeus.

— Ne t'inquiète pas, dit-il en riant. Ce n'est que du bruit.

— Je crois que l'on nous a démasqués, lui dit-elle en montrant des yeux le troupeau de filles.

— Je ne m'y habituerai vraiment jamais, fit Thaddeus en fronçant les sourcils. C'est vrai quoi, c'est sûr que des photos de nous toutes floues prises par des portables finiront dans les journaux.

— Ouais, c'est bizarre, murmura Serena en effleurant accidentellement l'oreille du jeune homme avec le bout de son nez.

— Rends-moi un service, lui demanda-t-il.

Avant que Serena ne puisse ouvrir la bouche pour répondre, il se pencha et l'embrassa délicatement sur les lèvres. Le timing était parfait : sur l'Hudson, une grosse explosion de feux d'artifices résonna dans un grand bruit, les lumières clignotèrent puis disparurent en un instant. C'était carrément ringard mais carrément romantique : un moment cent pour cent hollywoodien.

Genre, *whaou*.

*le problème de **n** avec les femmes*

— Mec ! Nate ! cria Anthony Avuldsen en se penchant par la vitre de sa BMW M3 noire et en klaxonnant.

Nate accrochait son vélo à une pancarte « Propriété privée, interdiction d'entrer » en lisière du parking goudronné de Main Beach. Il était censé retrouver Tawny, mais l'apparition d'Anthony constituait une surprise bienvenue. Après avoir parlé à Olivia au téléphone… il ne pouvait s'empêcher de se dire qu'il s'était trompé de fille. De plus, il avait près de vingt minutes d'avance.

C'était une première pour tout.

— Hé, cria Nate en avançant sans se presser vers le côté conducteur de la voiture. Quoi de neuf ?

— Pas grand-chose, répondit son copain dans un grand sourire. Je rentrais juste chez moi après la plage. Mais ça te dit de faire un tour ? (Il ouvrit le cendrier de voiture d'où il sortit un joint qu'il venait de rouler et l'agita en l'air.) Juste un petit tour rapide, tu vois ?

C'était la seule invitation dont Nate avait besoin. Il contourna la voiture, sauta sur le siège passager et s'installa dans le cuir doux couleur crème.

Anthony baissa la stéréo et appuya sur un bouton qui ouvrit rapidement la vitre de Nate. Il fit le tour du parking et s'engagea dans la rue.

— Vas-y, commence, le pressa-t-il.

Nate s'empara du pétard, sortit son fidèle Bic de sa chaussette et l'alluma.

— Super-teuf l'autre soir chez Isabel, déclara Anthony en lui prenant le joint. Dommage que tu n'aies pas pu venir.

Nate souffla une longue volute de fumée par la fenêtre. Il examina son reflet dans le pare-brise : il n'avait pas eu le temps de se raser ce matin et avait une barbe de plusieurs jours. Son T-shirt était crade et son déodorant avait arrêté de faire effet depuis plusieurs heures. Son jean était taché d'herbe et miteux. Il arborait un bronzage magnifique, mais avait tout de même mauvaise mine ; probablement parce qu'il ne dormait pas beaucoup, et ses yeux étaient légèrement injectés de sang.

Est-ce vraiment le manque de sommeil le coupable dans l'histoire ?

Il reprit le joint à son copain et l'examina de plus près. Anthony portait un short de surf imprimé Vilebrequin de folie, de vieilles tongs pourries et des lunettes de soleil. Son bronzage faisait de la concurrence au sien, mais il n'avait pas de poches sous ses yeux clairs comme le cristal et il ressemblait à un million d'autres types dans les Hamptons : un mec en vacances, qui rentrait de la plage et se fumait un joint vite fait. Nate expira, mécontent. L'herbe était super, mais cela ne changeait rien au fait qu'il était fatigué, qu'il était déprimé, qu'il était... jaloux. Pourquoi Anthony allait-il glander à la plage toute la journée alors que lui devait bosser comme un chien ?

Peut-être parce que Anthony n'avait pas volé de dopant à son entraîneur de lacrosse ?

Nate tapa des doigts sur le rebord de fenêtre en rythme avec le vieux CD de Dylan qui passait sur la stéréo et se laissa gagner par le sommeil pendant un moment, imaginant l'été idéal : il serait à la plage, naturellement, ferait du surf à Montauk ou glanderait sur le sable, roulerait pépère dans l'Austin Martin décapotable de son père, fumerait avec Anthony et ses autres potes de l'équipe de lacrosse, resterait au lit avec Olivia jusqu'en début d'après-midi. Ou peut-être emmènerait-il cette dernière faire du bateau quelques semaines le long de la côte du Maine. Lui apprendrait à pêcher. Mangerait du homard. Baiserait comme un fou. Dormirait. Re-baiserait. Irait nager. Re-baise.

— Mec, t'es là ? lui demanda Anthony.

— Désolé, marmonna Nate en revenant dans la réalité.

— C'est cool. (Anthony s'arrêta à un feu rouge. Trois filles en haut de bikini et short de surf passèrent d'un pas nonchalant devant eux. Elles n'avaient que treize ans, mais étaient tout de même mignonnes.) Alors qu'est-ce qui se passe avec cette meuf, Tawny, man ? Elle est canon.

— Ouais, répondit Nate en lui rendant le joint. Elle est cool. Mais je ne sais pas. Peut-être que je fais une pause côté nanas en ce moment, un truc comme ça.

Anthony éclata de rire, s'étranglant légèrement sur le joint.

— Mais bien sûr ! J'ai déjà entendu ça.

— Merde, man, clarifia Nate, ce n'est pas Olivia, c'est tout. Tu comprends ce que je veux dire ?

— C'est vrai, il n'y a qu'une seule Olivia, répondit Anthony de sa voix traînante de défoncé en écrasant le filtre dans le cendrier de la voiture. (Il passa la main dans ses longues mèches blond plage.) Alors vous ressortez ensemble vous deux ?

Nate secoua la tête d'un air malheureux. Il passait sa vie à se faire exploiter en jouant les larbins de service.

Olivia était occupée à jouer les virtuoses de la mode. Il avait été tellement bête, à toujours tout faire foirer avec elle, à toujours l'estimer pour acquise ou à baisouiller par erreur avec sa meilleure amie, qu'il n'avait pas vu la réalité : sans Olivia, sa vie n'était rien.

On dirait qu'Olivia n'est pas la seule à se faire ses films.

de retour sur la scène du crime

Serena gravit à pas de loup les marches en métal de sa caravane, discrètement, ou aussi discrètement que possible dans ses grosses compensées Michael Kors en argent métallisé. Elle n'était même pas censée être là : les acteurs avaient tous été libérés de leurs obligations et les seules personnes présentes étaient celles qui démontaient le décor. Mais Serena avait décidé de suivre Olivia cet après-midi – elle voulait récupérer la minuscule robe noire que Bailey Winter avait créée pour elle, pour son personnage de Holly, pour la scène clé de la fête. C'était la tenue idéale pour sa *vraie* fête, demain soir.

Entrant dans la caravane, elle alluma la lumière et ferma la porte toute mince derrière elle. La coiffeuse était encore jonchée de maquillage et de produits coiffants, et tous ses costumes, étiquetés avec amour et repassés à la perfection par la stagiaire/grosse fan d'Olivia étaient suspendus à un centimètre les uns des autres, sur un portant à roulettes.

Je te tiens ! Serena attrapa la petite robe noire parfaite. Elle était taillée exactement à ses mensurations, et, bien que les bretelles fines fussent recouvertes d'une subtile broderie perlée noir de jais, elle était extrêmement sobre. C'était tellement plus facile que de faire les magasins.

C'est vrai, faire les magasins, quelle corvée !

Déchirant d'un coup la housse en plastique qui tenait la poussière en échec, Serena fit glisser la robe de son cintre et la fourra en boule dans son sac. Officiellement, elle n'était pas censée se servir comme ça dans les costumes. La voler dans la caravane provoqua en elle une poussé d'adrénaline qu'elle n'avait connue qu'une seule fois, quand elle avait dix ans et avait volé un gloss Lip Smacker Bonne Belle au chewing-gum chez Boyd's. Un coup porté à la porte de la caravane la pétrifia sur place.

— Qui est-ce ? demanda-t-elle d'une voix tremblante en remontant rapidement la fermeture Éclair de son fourre-tout Hermès en toile orange.

— Thad ?

Un type mince au bronzage magnifique passa la tête par la porte. Ses cheveux châtains en piques étaient coiffés en vrac étudié et, sous ses sourcils parfaitement arqués, ses yeux étaient immenses et verts, bordés de longs cils magnifiques. Il portait un T-shirt noir sans manches moulant, et arborait des tatouages de poissons compliqués de part et d'autre de ses longs bras maigres.

— Non, c'est moi, s'excusa Serena. La caravane de Thad est celle d'après.

— Oh zut alors ! fit le garçon en s'empourprant terriblement. Je suis vraiment désolé. J'imagine que je ferais mieux de réfléchir avant de rentrer comme ça dans des caravanes.

— Non non, c'est bon. (Serena se détendit en comprenant qu'il n'était pas venu la choper pour vol.) Je suis Serena.

— Oh zut alors ! Salut ! s'écria l'inconnu en sautillant dans la caravane. Mains tendues, il laissa la porte se refermer en claquant derrière lui.

Voilà ce que ça rapporte de voler des vêtements dans le calme de la nuit.

— Oh zut alors, *Serena* ! Quel bonheur de faire enfin ta connaissance !

Il prit sa main libre dans les siennes et la garda.

— Hum, de même, bégaya la jeune fille.

Il parlait avec un très vague accent qu'elle n'arrivait pas bien à identifier, et elle avait une grosse absence. Était-elle supposée connaître ce type ?

— Zut alors, mais de quoi ai-je l'air à faire irruption comme ça ? Tu es en plein milieu de quelque chose et moi je débarque comme ça, comme un fan éperdu d'amour. Je suis vraiment désolé. Tu dois me prendre pour un fou.

Le garçon relâcha sa main et secoua la tête en riant.

— Non, je ne suis pas occupée, mentit-elle en serrant son fourre-tout contre sa poitrine. J'étais juste venue chercher quelque chose que j'avais laissé ici.

— Donc Thad m'a dit que vous aviez terminé de tourner ? demanda le garçon. Ça te dérange si je m'assois ? Je vais m'asseoir.

Il s'installa dans une chaise devant la coiffeuse et croisa les jambes.

Fais comme chez toi.

— Ouais, on a terminé, Dieu merci !

Serena tâcha de ne pas laisser transparaître sa perplexité. Qui *était* ce type ?

— C'est un boulot de fou, mais il faut bien que quelqu'un le fasse. (Il recroisa les jambes et se cala bien confortablement en la scrutant de la tête aux pieds.) Mais tu es fabuleuse. Magnifique. Exactement comme l'a dit Thad.

— Bien. Thad, répéta-t-elle, commençant à se méfier.

— Oh zut alors, je ne me suis pas du tout présenté. J'ai tendance à faire ce genre de choses. Je parle, je parle, parce que je deviens terriblement nerveux en général, mais tu es si mignonne et si jolie que je ne vois pas comment tu pourrais rendre quiconque nerveux, hormis un garçon qui voudrait sortir avec toi…

Elle s'empourpra. Qui était cette personne ?

— Et je continue à jacasser ! poursuivit-il. Oh zut alors, comme je peux être bête parfois ! Moi c'est Serge. Quel plaisir de faire enfin ta connaissance !

— Serge, répéta-t-elle.

Serge ? Serge ? Qui donc était Serge ?

— Serge. Le petit ami de Thad, clarifia-t-il. Je n'arrive pas à croire que depuis tout ce temps, nous ne nous soyons jamais rencontrés. Il faudra que je frappe Thad quand je le verrai. Nous tenir à l'écart comme ça. Ridicule.

Le… *quoi* de Thad ?

— Oh, Thad parle tout le temps de toi, mentit-elle. Je n'arrive pas à croire moi non plus que nous ne nous soyons jamais rencontrés !

— J'imagine que ça se comprend *plus ou moins*, admit Serge en attrapant un tube de fond de teint sur la coiffeuse et en jouant avec. Nous devons être discrets, donc la plupart du temps je reste dans ma chambre. C'est vrai quoi, nous ne sommes même pas dans le même *hôtel*. Je suis cloîtré au Mercer. Mais tu sais ce que c'est – tu as posé avec lui pour toutes ces photos dans toute la ville. Tu es vraiment adorable. Nous apprécions beaucoup tous les deux.

Ces photos ? Le baiser avait juste été pour les photographes ? Thad s'était servi d'elle ? Serena s'effondra contre le mur. Elle n'arrivait pas à croire qu'elle s'était autant trompée. Elle avait cru qu'il y avait vraiment eu quelque chose entre eux, mais ce n'était qu'un homo sublime au petit copain adorable qui devait rester clandestin. Il fallait qu'elle s'assoie.

— Ouais. (Serena fit tomber son sac par terre et s'assit sur le canapé intégré, ôta ses compensées d'un coup de pied et replia ses jambes sous elle.) Tu sais, Thad est le meilleur. Je suis bien contente de lui donner un coup de main.

Elle soupira. C'était presque la vérité. Elle aurait dû être ennuyée ou furieuse ou blessée, mais vraiment, elle ne parvenait pas à croire qu'elle ne l'avait pas deviné plus tôt.

Non pas qu'elle ait croulé sous les indices.

— Je lui ai dit qu'il avait énormément de chance de travailler avec une partenaire aussi géniale. C'est vrai, parfois ses partenaires sont si jalouses et possessives qu'elles pensent en fait qu'elles *sortent* avec lui. Comme si elles ne pouvaient pas faire la différence entre le fantasme et la réalité. Ouh ouh ! C'est juste *pour de faux* !

— Mmm, acquiesça Serena.

— Mais pas toi, en rajouta Serge. Tu es comme une vieille pro, même si c'est ton premier film. Je veux que tu joues dans tous les films de Thad à partir de maintenant. Promets-le-moi !

— Oh arrête, gloussa Serena.

Difficile d'être bouleversée ou blessée quand Thaddeus et son petit ami étaient tous les deux si *mignons.*

— Non, je suis sincère, s'écria Serge en se levant d'un bond et en se jetant sur le canapé à côté d'elle. Il *faut* que tu viennes passer le week-end chez nous à Palm Spring ! Nous allons nous marrer comme des fous ! Et au cas où tu serais intéressée, … je crois que je connais un type génial pour toi.

— Oh vraiment ?

Ça avait l'air sympa.

Et elle pouvait assurément faire confiance à son goût en matière d'hommes !

Avertissement : tous les noms de lieux, personnes et événements ont été modifiés ou abrégés afin de protéger les innocents. En l'occurrence, moi.

Salut à tous !

J'ai littéralement cinq minutes pour vous écrire – je me demande depuis quand les vacances d'été sont devenues si mouvementées, mais, entre les cours de tennis à Ocean Colony et l'heure du cocktail sur le toit du Met, je me demande où passe la journée. Commençons par vos e-mails, parce que ces temps-ci, il y a un seul sujet dans la tête de tout le monde…

Q: Chère GG,
Sais-tu comment je pourrais dégoter une invitation pour la grosse fiesta de jeudi prochain ? Mon petit copain prétend qu'il m'y amènera, mais je le soupçonne de bluffer et à la dernière minute, sa Jeep tombera en panne, un truc du style. Mais comme je veux vraiment, vraiment y aller, il me faut un plan B. Aide-moi !
— Toquée

R: Chère Toquée,
Il paraît qu'ils vérifient de très près la liste des invités. Espérons donc que ton homme ne bluffe pas – sinon tu te retrouveras coincée à regarder arriver les limousines comme n'importe quel plouc. Désolée !
— GG

Q: Chère GG,
J'étais à Amsterdam avec ma famille et j'ai réussi à m'esquiver pour voir ce qui valait vraiment le coup. Après avoir fumé du hasch dans un *coffee shop*, je jure que j'ai vu cette fille, **J**, danser dans une vitrine du quartier chaud. Maintenant, je regrette de ne pas lui avoir demandé une *lap dance*. Dis-moi que c'était elle !
— DSPré

R: Cher DSPré,
Désolée. Ses parents ont beau être alternatifs, j'ai peur que notre **J** ne le soit pas. Elle est partie étudier les beaux-arts et peut-être les beaux-arts des beaux mecs, mais exécuter des *lap dance* dans le quartier chaud devant des touristes louches ne fait pas partie du programme.
— GG

COMMENT PARFAIRE VOTRE CONVERSATION EN SOIRÉE :

Un cours de remise à niveau bien pratique pour mes potes joyeux fêtards. Bon appétit !

1) Un réalisateur en herbe mal habillé et libidineux vous coince dans un coin ; il veut que vous veniez passer une audition privée chez lui. Votre réponse :
a) Rêve, pervers.
b) Pourquoi aller chez toi ? Prends ton visiophone et retrouve-moi aux toilettes !
c) Je serais ravie, M. Mogul !

2) Dans la queue devant les toilettes, un mec corpulent genre producteur vous demande ce que vous avez pensé de son film. Votre réponse :

a) J'ai trouvé qu'il y avait des problèmes de casting – par exemple, la jeune ingénue aurait pu être plus ingénue – mais ça allait…

b) Les costumes étaient jolis, bien que j'aie toujours trouvé que côté costumes, moins on en fait, mieux c'est.

c) Avez-vous déjà commencé le casting de la suite ?

3) Une star du cinéma mondialement connue, d'une beauté incroyable et internationalement reconnaissable vous invite à danser le tango. Votre réponse :

a) Le tango ? Je préférerais aller dans un endroit tranquille, loin de tous ces paparazzi.

b) Serre-moi fort. S'il te plaît, serre-moi fort.

c) J'ai toujours pensé que les homos faisaient les meilleurs danseurs !

4) Une starlette toute en jambes trébuche et renverse son cocktail de fruits partout sur vos nouvelles ballerines Sigerson Morrison en daim taupe. Votre réaction :

a) Aucune. Vous lui balancez juste votre verre à la figure.

b) Mes chaussures ! Ma fierté ! Ma *raison d'être** !

c) Et merde ! Je danserai pieds nus !

Déjà fini ? Ne trichez pas !

OK, la réponse à chaque question est la c). Comme si vous ne le saviez pas. On se voit ce soir !

Vous m'adorez, ne dites pas le contraire,

gossip girl

d a un ticket en or

Dan avait vu Bree dans plusieurs variantes de tenues de sport, et, bien sûr, complètement nue, mais jamais habillée pour de grandes occasions. De fait, lorsqu'il sortit de la ligne 6 sur la 77e Rue, il fut médusé quand il la trouva en train de l'attendre : une vision en caraco de soie blanche tout simple, avec ses cheveux blonds – qu'il n'avait jamais vus détachés – qui tombaient en cascade sur ses épaules baignées de soleil. On aurait dit qu'elle avait déniché sa longue jupe turquoise brodée qui arrivait sous le genou au marché aux puces en Turquie.

Dan portait la seule chose de sa garde-robe qui ressemblait à une tenue de soirée : un costume Agnès b gris anthracite près du corps, cadeau de son ancien agent, à l'époque où il se tenait prêt à être le prochain gros coup littéraire.

Pas un étudiant volage qui a failli abandonner la fac et qui trompe sa petite amie avec laquelle il vit.

— Hé, beauté ! cria-t-il audacieusement en franchissant d'un bond la dernière marche et en atterrissant sur le trottoir.

Prendre les marches *était* beaucoup plus facile depuis qu'il avait commencé son régime à base d'exercices physiques.

— Merci, dit Bree en l'embrassant sur la joue.

Concentré ? Tu es beau. J'espère que je ne suis pas trop mal habillée.

— Non, tu es parfaite. On y va ?

Ils descendirent Lexington sans se presser parmi les nuages de gaz d'échappement des bus. La lumière de début de soirée étincelait sur les vitres du Starbucks.

— Alors, reprit Bree en l'enveloppant de son bras en marchant. Je ne suis toujours pas sûre de comprendre pourquoi on t'a invité à cette soirée.

— Je ne sais pas, avoua Dan. Je connais Serena depuis longtemps… ou peut-être Vanessa m'a mis sur la liste ? Qu'est-ce que ça peut faire ? Une fête c'est une fête, non ?

Ils tournèrent sur la 71e Rue.

— C'est vrai, admit-elle en opinant avec raideur. (Elle semblait un peu nerveuse et coincée pour quelqu'un d'habitude si zen.) En parlant de Vanessa…

— Bien, dit-il, cherchant instinctivement ses Camel dans ses poches.

Dommage qu'il ait oublié ses cigarettes au chiendent et au ginseng.

Bree soupira.

— Je crois que tu as peut-être besoin d'y réfléchir. De méditer. De respirer profondément. De te concentrer. Tu finiras par trouver la clarté. Je ne peux pas te dire que faire, tu sais. C'est ta vie. Mais j'aimerais te voir trouver des réponses. C'est tout ce que nous voulons dans la vie, après tout, n'est-ce pas ?

— Oui, bien sûr, marmonna Dan en regardant des deux côtés avant de traverser la Troisième Avenue.

Peut-être qu'un taxi allait le renverser et il n'aurait pas à avoir cette conversation.

— Je ne sais pas, soupira Bree en nattant distraitement ses cheveux sur une épaule. Je vais à Santa Cruz à la fin de l'été de toute façon. Je n'ai aucun droit sur toi. Mais nous avons passé un super moment, non?

— Bien sûr, c'était génial (Il marqua une pause.) Tu entends?

Une clameur monotone brisa la tranquillité de la soirée : le bruit de Klaxons et de voitures qui passaient mêlé au hurlement occasionnel de sirènes et aux cliquetis incessants de milliers d'appareils photos.

— Est-ce la soirée? s'enquit-elle. C'est tellement… *bruyant.*

S'attendait-elle à ce que la soirée du mois soit quelque chose de tranquille?

— Viens, la pressa Dan en lui prenant la main, ravi de trouver un prétexte pour couper court à la conversation.

Il n'était pas d'humeur à discuter de l'état de son histoire avec Vanessa. Et la vérité, c'était qu'il n'avait pas de réponse.

— Je ne veux pas arriver en retard.

La rue calme de Holly Golightly n'était plus calme du tout. Il y avait des barricades et des videurs en place aux deux extrémités du pâté de maisons, et un tapis rouge, un vrai de vrai, partait du milieu de la rue jusqu'à l'entrée. Sur la 2e Avenue, la queue de limousines s'étendait sur deux pâtés de maisons, et à l'angle, un coin délimité par une corde était bondé de photographes et de reporters.

À la porte, Dan tendit son invitation au videur baraqué et arborant un bouc, qui acquiesça d'un signe de tête bourru et tamponna leurs mains plus violemment que nécessaire.

— Tu veux boire quelque chose? demanda-t-il à Bree quand ils passèrent devant une longue table où étaient disposées d'élégantes flûtes à champagne.

— Je ne sais pas si je devrais boire ce soir, répondit-elle d'un ton si sérieux qu'il ne put s'empêcher de se dire qu'elle insinuait que *lui aussi* ne devrait pas picoler.

Eh bien, n'est-elle pas le boute-en-train de service ?

Dan s'empara de deux verres – si elle ne voulait pas boire, alors il boirait pour deux – et en descendit un sur-le-champ. Rotant doucement, il posa le verre vide sur la table et se fraya un chemin à travers la foule dense, une main serrant celle de Bree, l'autre son champagne glacé. Ils s'ouvrirent une voie dans la foule, et entrèrent dans le vestibule. Bree traversa l'entrée en faisant des bonds et gravit les marches devant lui, toujours en bondissant. Peut-être s'habituait-elle à l'idée de la fête ?

— C'est un super exercice, observa-t-elle.

— Ouais, super, acquiesça Dan en haletant derrière elle.

Plus ils montaient, plus le vacarme de filles qui hurlaient et d'une basse qui cognait devenait assourdissant. Les murs de la maison de ville étaient étonnamment solides, mais même ainsi ils ne parvenaient pas à contenir le vacarme. Lorsqu'ils arrivèrent sur le palier du quatrième étage, ils tombèrent sur le surplus de l'appartement du dessus : Chuck Bass, si pomponné que ça en était inquiétant, les lorgnait depuis le dernier étage, son singe des neiges de compagnie perché sur son épaule, vêtu d'un tutu rose et brandissant une baguette magique en argent brillante.

— Romeo ! cria Chuck à Dan sur un ton de fausset de gamine.

Dan le gratifia d'un signe de tête accueillant. Il détestait ce connard et son costume Prada vert menthe années 80 à fermetures Éclair complément délirant. Il prit la main de Bree et lui fit gravir les marches derrière lui : il faudrait manœuvrer correctement pour qu'elle passe sans danger devant Chuck.

— Qui est-ce ? voulut-elle savoir.

— Personne, lui répondit Dan d'un ton ferme.

Ils se hâtèrent de gagner le dernier étage en esquivant des corps et en passant devant Chuck Bass en faisant le forcing, puis faillirent entrer en collision avec Vanessa Abrams. Une fois de plus.

Il *fallait* qu'ils arrêtent de se rencontrer comme ça.

Vanessa était accompagnée des mêmes petits garçons que ceux qui étaient dans son sillage à Central Park il y a deux jours, sauf qu'au lieu d'être barbouillés de glace, les gosses étaient tout propres, arborant des blazers bleus super classe aux boutons de cuivre, des shorts en crépon de coton, et des chemises en oxford blanches parfaitement repassées. Leurs cheveux blonds étaient lissés, très bien coiffés. Mais ils faisaient une de ces têtes !

— Dan, bafouilla Vanessa clairement surprise. Que fais-tu là ?

— Je… je… croyais que tu m'avais mis sur la liste… avant…, bégaya-t-il. Je ne pensais pas que tu serais là, après, tu sais…

— Leur sœur a travaillé sur le film, expliqua Vanessa en posant la main sur la tête des garçons. Il fallait que je sois là.

— Salut, dit Bree, mal à l'aise. Je m'appelle Bree. On s'est plus ou moins rencontrées l'autre jour.

— Moi c'est Vanessa.

Elle se fendit d'un petit sourire suffisant. Bree ? Qu'est-ce que c'était que ce prénom de merde ?

— Moi c'est Edgar, lança l'un des jumeaux en bombant le torse de fierté.

Il ôta sa main de celle de Vanessa et la tendit en

direction de Bree. Peut-être avait-il oublié son petit épisode de vomi ?

— Moi c'est Nils, ajouta l'autre garçon, en poussant doucement son frère hors de son chemin et en gratifiant Bree d'un grand sourire.

Dan ne put s'empêcher de constater qu'ils ressemblaient un peu à des Chuck en miniature.

Ils commencent tôt, ces garçons de l'Upper East Side.

Bree s'agenouilla et regarda intensément les deux petits garçons.

— Vous avez des auras vraiment très claires, tous les deux.

Vanessa rit sous cape. Dan pencha la tête et la scruta. En gros, elle n'avait pas changé : tête rasée, beaucoup de caractère, mais au lieu de son habituel jean noir, elle portait un pantalon noir brillant qui avait l'air hors de prix, et au lieu de son pull sans manches en coton noir, elle portait un haut noir à moitié satiné, doux et délicat – c'était peut-être même de la soie. Elle était presque féminine, et cela avait beau paraître étrange, Dan oubliait parfois ce qu'elle était : une fille.

— Tu veux que l'on aille quelque part pour discuter ? demanda-t-il d'un ton hésitant.

Vanessa haussa les épaules.

— Si tu arrives à t'arracher à elle.

Bree avait pris les garçons sur ses genoux et leur lisait les lignes de la main.

— On a pas mal de choses à se dire, non ? ajouta Dan alors que Bree se mettait à chanter en sanskrit.

C'était l'euphémisme de l'année.

le monde entier est une scène

Comme l'appartement n'était pas meublé à proprement parler, la foule éméchée avait transformé la pièce principale en piste de danse improvisée. Olivia, qui avait descendu trois Bellini, était prête à répondre à l'appel du devoir et à trémousser comme une folle son mignon petit cul. De plus elle avait appris par cœur la scène de la fête de *Diamants sur canapé* et savait ce que l'on attendait d'elle. D'accord, Serena était Holly – c'était indéniable – mais cela ne signifiait pas pour autant qu'elle n'avait pas le droit de passer une super putain de soirée elle aussi. Pour cela, elle avait beaucoup de picole et la soirée de ses rêves à sa disposition.

Sans parler d'un trop beau gosse.

— Hé, lui murmura Jason à l'oreille. C'est bon de te revoir.

Elle exécuta une imitation parfaite du shimmy de l'un des invités de la grosse fête du film original – mais seule une véritable experte comme elle saurait reconnaître cette partie de chorégraphie. Sa robe Blumarine sexy, style garçonne des années 20, bougeait en rythme avec les mouvements suggestifs de son corps, et elle serrait un porte-cigarettes en nacre démodé dans la main. Le diadème en diamants était le seul détail qu'elle avait décidé d'esquiver.

Elle n'avait pas besoin de la coiffure pour jouer le rôle d'une princesse.

— Danse! ordonna-t-elle en attrapant les longs doigts doux de Jason et en l'attirant contre elle.

Il avait le plus beau et le plus grand sourire qu'elle avait jamais vu, et il était si grand et si clean.

— Bien, m'dame!

Il déboutonna le haut de sa chemise Steven Alan en oxford bleu clair. Son côté limite ringard était tellement excitant!

Olivia se rapprocha de lui, appréciant combien sa taille immense lui donnait l'impression d'être minuscule, fragile et sexy.

Comme une certaine orpheline de Hollywood aux grands yeux tout ronds?

Elle sentait le savon sur sa peau et la bière dans son haleine, et le reste de la foule disparut en arrière-plan quand elle contempla d'un air rêveur son sourire éclatant. À cet instant il était difficile de se souvenir qu'elle avait aimé quelqu'un d'autre, y compris lord Machinbiduletrucchouette ou Sir Défoncé.

— Donc tu sais..., dit Olivia en battant des cils de manière suggestive, Serena retourne chez ses parents pour le reste de l'été, mais je crois que je pourrais rester ici...

— Nous serons voisins. (Il sourit.) Ça pourrait nous poser des problèmes.

— J'aime les problèmes.

Euphémisme, vous avez dit euphémisme?

— Eh bien alors...

Jason se fendit d'un grand sourire. Il se pencha et l'embrassa doucement. Ses lèvres avaient le goût de la bière sucrée qu'il avait bue toute la soirée et de quelque chose à la menthe poivrée. Il était succulent. C'était un premier baiser parfait, *parfait*.

Après quoi, elle lui rendit son sourire avant de passer la pièce en revue. Elle dansait un slow avec lui alors que tous les autres sautaient et tournoyaient sur le morceau enlevé de Madonna que le DJ venait de mettre. Elle attira le corps chaud de Jason encore plus près d'elle en dépit du fait qu'il faisait en gros quarante-trois degrés dans l'apparemment bondé. Puis, du coin de l'œil, elle vit Sir Défoncé en personne. Putain de merde. Même là elle pouvait encore compter sur Nate pour gâcher un moment parfait.

Nate Archibald était main dans la main avec quelqu'un qu'Olivia ne reconnut pas le moins du monde, et il ne s'agissait pas non plus de l'une de ces pouffiasses en Marni de l'Ecole. Cette fille ne portait assurément pas du Marni mais plutôt du… Target.

Tout chez elle était exagéré : son bronzage, ses seins, ses lèvres, son maquillage. Tout avait l'air faux. Pire que ses cheveux ultracrêpés et sa peau au bronzage orange ridicule, c'était sa tenue. Elle portait un pantalon capri couleur pêche et un pull sans manches incrusté de paillettes et avait accessoirisé sa tenue de soirée avec des espadrilles sales et un faux sac à dos Prada en satin pêche acheté au coin de la rue. Elle ne ressemblait à rien de ce qu'Olivia avait jamais vu. C'était un vrai désastre. Olivia jeta un coup d'œil furtif à Bailey Winter qui se tenait à l'autre bout de la pièce. Elle aurait payé cher pour entendre ce qu'il murmurait à Graham Oliver.

— Quelque chose ne va pas? demanda Jason en fourrant son nez dans son cou.

— Je suis désolée, marmonna-t-elle en se détachant de son étreinte. Je reviens dans une minute.

Il faut plus d'une minute pour se remettre du fait d'avoir vu votre premier amour avec quelqu'un d'autre.

quoi de neuf, coloc?

— Tu vas bien? demanda Vanessa à Dan qui s'était tu pendant trop longtemps et commençait à la faire flipper. Asseyons-nous.

Elle lui désigna d'un geste le rebord de fenêtre derrière eux. La fenêtre qui donnait sur le jardin était entrouverte, laissant passer une douce brise du soir. En bas, un groupe fumait, agglutiné autour d'un lilas abandonné.

— Les choses ont vraiment changé depuis le bac, hein? fit Dan en tendant la main. (Mais il la reposa avant de la toucher.) Je ne sais pas ce qui s'est passé ces dernières semaines.

Coupé mes doigts. Je ne sens plus rien.
Ne te sens plus. Ou toi. Toi.

— J'imagine que ce qui s'est passé, commença Vanessa sur un ton comminatoire mais pas désagréable, c'est que tu as rencontré quelqu'un d'autre. C'est bon. C'est vrai, je suis blessée, j'imagine. Mais surtout j'aurais aimé que tu n'essayes pas de me le cacher, surtout après cette scène à la soirée de remise des diplômes d'Olivia, comme quoi tu voulais rester avec moi à la rentrée…

— Scène? répéta Dan. J'ai fait une scène?

Il lui avait parlé en privé, dans un coin. Il n'y avait pas eu de *scène*. D'accord, son discours de remise des diplômes avait été une scène, mais heureusement elle n'y avait pas assisté.

— Enfin bref, là n'est pas la question. La question, poursuivit Vanessa, c'est que je n'ai pas été complètement honnête avec toi non plus.

Une fille bourrée au visage peu avenant, que Vanessa se souvenait avoir vu jouer les figurantes sur le film, tituba dans l'escalier. Elle portait un T-shirt TEAM JOLIE rouge cerise et un million de bracelets en argent au poignet. Elle jeta un œil à Vanessa, mais feignit de ne pas la reconnaître. Participer à cette soirée n'était clairement pas la conception que Vanessa se faisait d'un bon moment.

Trouble-fête.

— Tu vois quelqu'un ? lui demanda Dan, comme s'il allait se mettre à pleurer.

— Non, bien sûr que non. (Elle écrasa une mouche imaginaire devant elle.) Mais j'ai une nouvelle bizarre à t'annoncer : ton père a dit que je pourrais lui louer une chambre… même si nous avons cassé.

Dan grimaça et frotta la semelle de sa chaussure contre sa cheville. Ça ne lui était pas venu à l'idée qu'ils avaient officiellement rompu, mais il supposa que ce devait être le cas à présent.

— Et ? demanda-t-il.

— Et j'ai dit que j'acceptais. (Elle le regarda pour voir si elle pouvait lire en lui, mais il continuait à frotter sa chaussure contre sa jambe comme un chien en proie à une démangeaison.) C'est vrai, je ne peux pas payer beaucoup et il a dit qu'il me ferait un superprix et…

— Bien, dit Dan après un moment. Je ne pense pas que ce sera bizarre.

Ah bon ?

— Je pense que ce sera sympa, poursuivit-il.

Ah bon ?

— Alors, amis ? demanda-t-il.

— Amis, confirma Vanessa.

Amis… ?

regarde ce qu'a apporté le chat – et qui il a amené avec lui

Thaddeus Smith descendit d'un trait sa caipirinha glacée, se pencha vers Serena, et murmura d'un ton sexy à son oreille, l'haleine sentant le rhum épicé :

— *Qui est-ce*?

Il ne pointa personne du doigt, mais ce n'était pas nécessaire : n'importe qui saurait précisément de qui parlait Thaddeus Smith. Nate Archibald venait d'arriver.

Ils étaient entassés dans la minuscule cuisine, le meilleur endroit pour passer toute la pièce en revue, et, de cet avant-poste, Serena pouvait voir clairement Nate pour la première fois depuis la soirée de folie de remise des diplômes d'Olivia. Si Serena s'était déchaînée sur la piste de danse, Nate s'était assis par terre, encore plus déchiré que d'habitude, puis avait fini par se relever et embrassé à l'aveuglette la petite Jenny Humphrey. Le capitaine Archibald avait été tellement énervé que Nate ne soit pas en mesure de rapporter son diplôme à la maison que, le lendemain de la cérémonie, il avait lui-même conduit son fils à East Hampton, pour qu'il commence son été de dur labeur. Serena n'avait pas eu l'opportunité de lui dire au revoir, mais elle savait qu'elle ne tarderait pas à le revoir. Et le voilà, arborant un beau bronzage je-passe-ma-journée-dehors qui rendait ses dents déjà parfaites encore plus blanches, et ses yeux-déjà-magnifiques encore plus verts. Son torse était plus carré, ses avant-bras plus musclés. Pas étonnant que Thaddeus Smith l'ait remarqué.

— C'est Nate, répondit Serena avec désinvolture.

— Hétéro ? voulut savoir Thaddeus.

Serena haussa les épaules.

— Il est partant pour tout, gloussa-t-elle, mais on dirait qu'il n'est pas tout seul.

Une fille très blonde et très bronzée s'accrochait au bras de Nate comme à un gilet de sauvetage et enfonçait ses longs ongles manucurés rouge-camion-de-pompier dans son biceps. Ses yeux étaient grands ouverts et elle jetait des regards furtifs dans toute la pièce, tout excitée, comme si elle était droguée.

Une possibilité bien réelle.

— Je t'en prie, dis-moi que c'est sa sœur, chuchota Thaddeus. Porte-t-elle de l'ombre à paupières sarcelle ? Attends que je raconte ça à Serge quand je rentrerai à l'hôtel !

Serena examina attentivement la nouvelle venue. Elle portait en fait de l'ombre à paupières bleue. Elle était également toute de pêche vêtue de la tête aux pieds, ce qui était tellement… *pêchu*. Ses cheveux étaient blonds, à l'aspect vaguement givré : on aurait dit Barbie Strip-teaseuse à la plage.

Barbie Strip-teaseuse à la plage ? Voilà qui est racoleur !

— Et où a-t-elle trouvé ces fringues ? haleta Thaddeus, langue de pute.

Serena n'eut pas le temps de s'adonner à d'autres vacheries : Olivia se précipitait vers elle, une expression paniquée qu'elle ne connaissait que trop bien sur le visage.

— Merde, murmura Serena à voix basse.

— Qu'est-Ce-Que-C'est-Que-*Ça*, putain ? siffla Olivia, furieuse, en se frayant un chemin à travers la foule de badauds, direction la kitchenette étroite.

Serena n'avait nul besoin de lui demander de qui elle parlait.

— Oh, mon chou, déclara Thaddeus avec bienveillance, *tu* n'as aucun souci à te faire à son sujet.

— Je n'arrive pas à croire, reprit Olivia d'un ton cassant, que Nate ait les couilles de débarquer ce soir avec cette pouffe. Où l'a-t-il ramassée ? Au centre commercial ?

Eh bien, il y en a des tas comme elle à Long Island.

— Assieds-toi, ordonna Thaddeus en tapotant le plan de travail. Détends-toi.

— Merde ! (Olivia suivit son conseil et se hissa sur le plan de travail de la cuisine.) Il me faut un remontant.

— Reste avec nous, suggéra l'acteur en sautant à son tour sur le comptoir et en passant un bras protecteur sur les épaules nues de la jeune fille.

— Je ne pensais pas que c'était vrai, lança Chuck Bass en bousculant Serena pour rejoindre le trio dans la cuisine. Mais j'imagine que le voir c'est le croire, n'est-ce pas, euh, mesdames ?

— Hé, Chuck, soupira Serena en s'adossant au comptoir entre les jambes écartées de Thaddeus.

La dernière chose qu'elle désirait, c'était que Chuck Bass ne mette le grappin sur son sublime partenaire.

— Olivia, de retour de chez nous ! s'écria Chuck. C'est bon de te revoir !

Il se pencha et déposa un baiser rapide sur chacune de ses joues.

— Salut Chuck, répondit Olivia en acceptant consciencieusement ses baisers. Qui est la salope mystère ? demanda-t-elle.

Autant profiter de la seule chose positive chez Chuck Bass : on pouvait toujours compter sur lui pour obtenir un scoop, même faux.

— J'avais entendu parler d'elle, mais je ne l'avais jamais rencontrée, expliqua Chuck d'un ton fier. (Il but un coup à même la bouteille fraîchement ouverte de Dom Pérignon.) Oh ne regardez pas, murmura-t-il haut et fort, savourant clairement le moment, mais je pense que nous allons bientôt faire sa connaissance.

Nate conduisait Tawny à travers le fourré de la piste de danse en direction de l'amas de visages familiers dans la cuisine.

— Hé, cria Nate par-dessus le vacarme. Serena, Olivia.

Elles étaient encore plus belles que dans ses souvenirs. Comme si on les avait couvertes de poudre magique.

— Nate !

Serena fit un brusque mouvement en avant pour étreindre chaleureusement son ami : elle voulait éviter que le moment soit tellement bizarre qu'il en devienne insupportable.

Trop tard.

— Bonjour, lança Olivia, fumasse, en croisant les jambes et en brandissant son porte-cigarettes d'une longueur comique comme une arme. Pourrais-je avoir du feu, quelqu'un ?

Thaddeus Smith sortit son Zippo en argent monogrammé et alluma la cigarette de la jeune fille. La chanson se transforma en *Papa Don't Preach* de Madonna et certains figurants surexcités sautèrent au milieu de la piste de danse, feignant de chanter avec des micros imaginaires.

— Enfin un vrai gentleman, soupira Olivia sur un ton théâtral. Quelqu'un a-t-il vu mon mec ?

Attendez donc que Nate la voie rouler un patin à Jason ! Aha !

— Olivia, bégaya Nate, tu es très belle. Bienvenue chez toi !

Il ne savait pas quoi ajouter. Il se sentait tout con.

Olivia descendit d'un bond de son perchoir et tituba d'une démarche alcoolisée dans ses Jimmy Choo noires pointues lorsqu'elle atterrit sur les carreaux fissurés du sol de la cuisine dans un bruit sourd.

— Oui merci. (Elle opina du chef.) Tu vas devoir m'excuser. J'ai vraiment envie de danser. Il faut juste que je trouve mon partenaire.

Elle repartit dans le séjour d'un bon pas.

Serena gratifia Nate d'un sourire d'excuse.

— Je suis Serena au fait, dit-elle à la nouvelle en lui tendant la main.

Elle constata qu'elle avait en fait de jolis yeux bleus en amande et d'adorables taches de rousseur sur le moindre centimètre de peau.

Mais n'est-elle pas toujours en train de chercher quelque chose de gentil à dire ?

— Tawny, répondit la fille avec un accent fort prononcé qui donna quelque chose du style *Tauh-oh-nie*.

— Oui, désolé, marmonna Nate. Serena, voici Tawny.

— Et Thaddeus. (Serena serra affectueusement le bras de la star.) Voici Nate et Tawny.

Thaddeus descendit d'un bond du plan de travail et serra chaleureusement leurs mains, d'abord celle de Nate puis celle de Tawny. Une fille bourrée en minirobe pourpre American Apparel sans bretelles lui rentra accidentellement dedans. Il la poussa doucement hors de la cuisine.

— Ravi de vous rencontrer tous les deux, répondit-il, charmant.

C'est *vraiment* un bon acteur.

— Hum ! fit Chuck Bass en s'éclaircissant la gorge sur un ton théâtral. Et moi, c'est Chuck.

— Tawny.

La fille rajusta les bretelles de son minuscule sac à dos pêche et lui tendit la main avant de se retourner vers Thaddeus, les yeux grands ouverts et bavant presque.

— Enchanté, roucoula Chuck en lui baisant la main et en faisant une révérence. Faisons connaissance, chérie. Ça ne te dérange pas, n'est-ce pas, Natie ?

Nate lui aurait répondu : « Non, vas-y », mais il fut distrait par la vision d'Olivia main dans la main avec un grand type style banquier, riant en rejetant la tête en arrière. Elle le présentait à un homme petit, plus âgé et tiré à quatre épingles, et il y avait quelque chose de familier dans l'excitation avec laquelle elle flirtait avec les deux qui emplit Nate de nostalgie.

— Excusez-moi, balbutia-t-il. Il faut que j'y aille.

Alors qu'il se dirigeait vers la porte, il entendit Chuck dire : « Au fait, tu as un joli bronzage ».

À Tawny, bien sûr.

o est une source d'inspiration

— Chérie ! Ché-*rie* ! cria Bailey Winter d'une voix grinçante à Olivia. Tu dois, je le répète, tu *dois* venir chez moi sur l'île cet été. Tu es la *perfection incarnée.*

Ils se tenaient sur le pas de la porte de la chambre, soit le plus loin possible de la cuisine sans qu'Olivia ne puisse pour autant la perdre de vue. Elle plaça timidement ses cheveux foncés qui lui arrivaient presque à l'épaule derrière ses oreilles. Elle avait toujours aimé les compliments, mais que répondre quand on vous annonçait que vous étiez parfaite ?

Pourquoi pas « merci » ?

— Je lance une nouvelle collection. Elle s'appelle « Été /Hiver ». (Bailey fit un geste avec ses mains qui, selon Olivia, était censé évoquer les saisons, mais qui ressemblait davantage à une attaque.) Et toi, ma belle, tu es l'Hiver.

Jason posa sa grande main rassurante sur sa nuque.

— C'est incroyable, Olivia, dit-il d'un ton doux.

C'était incroyable, en effet, mais, du coin de l'œil, elle ne put s'empêcher d'observer Nate avec ses yeux verts brillants et son polo bleu clair parfaitement usé qui s'éloignait de Serena, de Chuck et de cette traînée de banlieusarde, et quittait la soirée. Où allait-il donc, bordel ?

— Et Serena, c'est l'Été ! s'écria Bailey, récupérant brusquement l'attention d'Olivia.

Il ôta d'un coup ses lunettes d'aviateur effet miroir et fixa, tout excité, la lumière au-dessus de sa tête.

Olivia croisa le regard de Serena de l'autre côté de la piste de danse. Naturellement, qu'elle soit l'une des deux muses ne faisait *franchement* pas partie du rêve, mais si elle devait partager les feux de la rampe avec quelqu'un, autant que ce soit avec sa meilleure amie.

Quelle générosité.

— Il faut que toutes les deux, vous viviez chez moi, naturellement. Pour l'inspiration, chérie ! Ne t'inquiète pas, il y a plein de chambres pour les visiteurs – dans la maison en bord de plage, dit-il d'une voix chantante en faisant un clin d'œil à Jason.

Olivia observa Nate taper dans le poing de Jeremy Scott Tompkinson de son équipe de lacrosse, dans le couloir. Parfois elle se demandait ce que se disaient les mecs dans les vestiaires. Leur avait-il tout raconté sur leur première fois ? Et sur ce qu'il avait fait avec Serena ? Olivia baissa les yeux et constata que ses mains étaient brusquement serrées en petits poings rouges.

— Bien, j'adorerais vous rendre visite, fit Jason en serrant Olivia contre lui. Si elle le veut.

Bailey rechaussa ses lunettes d'aviateur puis les redescendit sur l'arête de son nez.

— Je te prendrai si elle ne veut pas ! (Il rit puis frappa dans ses mains.) Oh tu dois être *terrorisé* ! Ne t'inquiète pas, je ne mords pas. Sauf si tu me le demandes !

Bailey poussa un petit cri de délice.

Olivia se fendit d'un sourire guindé. Elle avait du mal à se concentrer sur la voix en staccato de Bailey. Il lui avait dit qu'elle était parfaite – ça, elle l'avait entendu.

Évidemment.

Mais qu'est-ce que c'était que cette histoire de vivre avec lui ? Enfin ça pourrait marcher. Même si elle venait d'annoncer à Jason qu'elle restait là, le magnifique hôtel particulier de Bailey sur la 62e et Park lui conviendrait parfaitement avant qu'elle ne prenne l'avion pour Yale dans quelques mois. Audrey Hepburn avait sûrement dû vivre le même genre de machination en tant que muse, non ?

— J'ai le sentiment que ma mère passera prendre le thé tous les après-midi, lança-t-elle.

— Sera-t-elle à Georgica, elle aussi ? demanda Bailey en haussant encore plus ses sourcils foncés déjà anormalement arqués. Comme c'est merveilleux !

— Georgia ? dit Olivia en plissant le front.

Bailey était-il obligé d'être toujours aussi étrange ?

— Non chérie, Georgi*ca*. La maison au bord de la plage. À East Hampton ! Où nous serons tous ! expliqua-t-il. Tu te sens bien, mon petit ?

Attendez, les *Hamptons* ? Comme les Hamptons où Nate et cette petite pétasse de banlieusarde allaient passer l'été ? Pourquoi ne l'avait-il pas précisé plus tôt ?

Eh bien, *il l'avait fait*.

— Oui, affirma Olivia alors qu'elle faisait non de la tête. Je vais bien.

— J'ai peur que la maison d'invités construite en retrait sur la propriété ne soit *un tout petit peu* trop proche des voisins – bien qu'ils ne soient presque jamais là. Peut-être que tu les connais, chérie ? Les Archibald ? Leur fils passe l'été là-bas apparemment cette année. À peu près ton âge. D'une beauté diabolique.

Oh que oui, elle le connaissait.

Vous savez ce qu'on dit : *aime ton voisin* !

à trois sur le toit

Dan grimpa l'échelle, poussa la trappe qui menait sur le toit et sortit dans la nuit. Le bâtiment n'était pas assez élevé pour voir l'East River, mais il pouvait la sentir, froide, humide et dégageant une odeur de poisson. Pourtant le crépuscule à New York en été avait quelque chose de magique.

Il alluma une Camel et tira goulûment dessus. À travers le toit goudronné irrégulier, il sentait le battement des basses et percevait la clameur monotone de la foule. Il avait besoin de s'asseoir et de réfléchir dans la solitude. Gagnant le bord du toit sans se presser, il regarda attentivement dans le jardin du fond et, dans l'obscurité totale, il faillit trébucher sur Bree, assise au bord du toit en position du lotus, les yeux fermés, sa jupe de gitane turquoise disposée en éventail autour d'elle.

— Bree, tu vas bien ?

— Dan, répondit-elle calmement. (Elle ouvrit les yeux et lui sourit.) Tu fumes ?

Merde.

Il jeta le mégot brûlant dans la nuit.

— Désolé, s'excusa-t-il d'un air penaud.

— Tu n'as pas à t'excuser, fit-elle sur un ton si neutre qu'il était condescendant.

Dan s'installa à côté d'elle sur le toit alors que la nuit tombait. Le jardin était tellement plongé dans l'obscurité qu'il distinguait tout juste les hauts clairsemés des lilas et les tisons des cigarettes. Il ferma les yeux et tâcha de faire comme s'ils se trouvaient au sommet d'une montagne dans le nord-ouest du Pacifique, mais même son imagination de poète n'allait pas aussi loin.

Il n'y a pas d'oxygène par ici. Pas assez pour deux…

— Ça ne me dérange pas si tu veux fumer, poursuivit Bree. Je préférerais que tu ne le fasses pas, car c'est mauvais pour ton corps et c'est mauvais pour la terre, mais tu es toi. Tu peux faire ce que tu veux.

Dan n'avait pas envie de se disputer. Il sortit une autre cigarette et l'alluma. Voilà. Il se sentait déjà mieux.

— Je suis désolée que tu aies dû venir me chercher ici, s'excusa-t-elle.

Il décida de ne pas préciser que ce n'était pas elle qu'il cherchait, mais simplement une minute de paix et de nicotine.

— Enfin bref, je pensais que tu serais en bas en train de parler à Vanessa. Il est évident que vous deux avez un tas de choses à vous dire.

Dan ne sut que répondre. La vérité, c'était qu'il ne croyait pas vraiment que Vanessa et lui passeraient l'été en amis.

Amis avec des à-côtés, peut-être ?

— Je ne suis pas en colère ni rien, l'assura Bree et elle avait l'air sincère. On a passé de bons moments ensemble ces dernières semaines, non ?

— À fond, acquiesça Dan en opinant du chef.

Il savait ce qui allait suivre.

— J'ai vraiment apprécié l'expérience d'apprendre à te connaître, d'apprendre à te comprendre un peu, en tant que personne. C'est toujours un voyage magique, tu ne crois pas ?

Oh là là !

— Oui oui, répondit Dan.

Sa philosophie de vie charabiesque commençait à se faire vieille. Il serait ravi de ne plus avoir à l'entendre.

— Et c'est normal d'être triste lorsque le voyage s'achève, reprit-elle. Mais nos chemins se séparent. Ton chemin de vie t'a conduit dans une grosse fête hollywoodienne. C'est juste quelque chose que je ne comprends pas. Le mien m'emmène ailleurs.

Il avait risqué ses études et tout son avenir pour son histoire d'amour avec Vanessa et cela ne le gênait pas. Mais il avait risqué tout son avenir avec Vanessa pour Bree ? Où avait-il donc la tête ?

Bree se mit debout, s'étira, leva les mains bien au-dessus de la tête et expira profondément. Seuls son caraco blanc et ses cheveux blond platine étaient visibles dans l'obscurité : on aurait dit qu'elle flottait, sans jambes.

— Oh, Dan. (Elle renifla un peu.) C'est difficile de se dire au revoir, n'est-ce pas ? J'essaie de me rappeler ce que nous enseigne mon yogi sur le lâcher-prise, mais c'est dur. C'est vrai quoi, je ne suis encore qu'une élève.

Brusquement, il ne lui sembla pas difficile du tout de lui dire au revoir.

Dan l'étreignit mollement parce que cela lui semblait la chose à faire, puis l'observa disparaître par la trappe. Il était tout de même content qu'ils aient rompu, et assurément aux anges qu'elle s'en aille. Il avait beaucoup appris grâce à elle, sur la nature, sur l'exercice physique, sur la spiritualité, mais il avait atteint son point de rupture : il désirait simplement une cigarette, une minute de paix, puis il redescendrait et rentrerait chez lui avec Vanessa – en toute amitié.

— Mauvais trip, lança une voix masculine dans l'obscurité.

Pourquoi était-ce donc si difficile de passer une minute tout seul ?

— Qui est là ?

Tout ce que Dan pouvait voir, c'était un filtre cerise et sentir l'odeur éloquente d'un joint.

— Désolé, mec, dit Nate Archibald en se rapprochant de lui. Voulais pas écouter. J'imagine que tu n'avais pas réalisé que j'étais là.

— Oh salut !

Dan reconnut le petit bourge fumeur de shit qui avait brisé le cœur de sa sœur l'automne dernier. Comme Jenny semblait s'en être remise très vite, toutefois, il ne restait pas de rancune entre eux.

— Tu le prends super bien, observa Nate.

— Honnêtement, man, répondit Dan, philosophe, ça n'avait tout simplement pas lieu d'être. Je pensais que c'était quelqu'un qui m'intéressait. Je pensais que j'étais prêt à changer. Mais tu sais quoi ? J'avais tort. Je crois que je suis juste tombé dans le piège excitant de *l'idée* de quelqu'un de nouveau, même si nous n'étions absolument pas faits l'un pour l'autre.

— Vraiment ?

Nate toussa. Ce que venait de décrire Dan lui était quelque peu familier.

— Le fait est, poursuivit Dan, d'humeur philosophe, qu'il y a une fille en bas et que c'est elle, man. C'est *elle*. Comment ça, elle ?

— Je crois que je comprends tout à fait ce que tu veux dire, ajouta Nate, la voix une octave plus haute que la normale. Et cette meuf avait raison, aussi – il y a, genre, des chemins, et parfois, ils… se séparent. Pas vrai ?

Waouh.

— Je ne sais pas pour les chemins, répondit Dan, bien que toute cette histoire de chemins qui divergent fût en fait tirée du poème de Robert Frost *The Road Less Traveled* qu'il avait cité dans son discours de remise des diplômes. Toutes ces conneries de discours New Âge me gonflent, pour te dire la vérité.

— Ouais ? fit Nate.

Lui, il avait l'air de trouver ça plutôt cool, en revanche. Évidemment.

n fait sa sortie côté cour

Nate passa devant deux filles en plein mode shimmy et passa la salle en revue. Elle était tellement remplie qu'il avait du mal à trouver un visage familier.

Ou peut-être était-il tout simplement trop déchiré.

Il ne pensait pas avoir de révélation d'aucune sorte à cette soirée hollywoodienne débile. C'était censé être l'été où il deviendrait sérieux, où il tournerait le dos aux fêtes et au shit et où il cesserait de courir après les filles qui posaient plus de problèmes qu'elles ne le méritaient. C'était censé être l'été où il bosserait dur, s'userait les mains, ferait un boulot honnête et stimulant, apprendrait à se connaître et se préparerait à sa carrière à Yale. Le capitaine Archibald et même Michaels le coach étaient bien résolus à ce que le Nate, une fois à Yale, devienne un homme différent, un homme nouveau, capable de gérer des responsabilités. Et voilà que, soudain, Nate avait l'impression qu'il était *déjà* ce nouveau mec.

Ça allait vite.

Quelque chose que Dan avait dit le touchait vraiment : sa vie était juste là, elle l'attendait, dans ce petit appartement surpeuplé de merde. La fille avec qui il était censé sortir s'y trouvait, et la seule chose honorable à faire était d'annoncer la nouvelle à celle avec qui il n'était *pas* censé sortir.

Mais il fut incapable de trouver la crinière dorée familière de Tawny nulle part : l'appartement était bondé. Il se fraya un chemin à travers la piste de danse, ignorant le petit signe de la main que lui fit un hurluberlu, petit et hyperbronzé et qui portait des lunettes de soleil même à l'intérieur. Il n'avait pas le temps de papoter ; il était un homme en mission.

Il se faufila dans le minuscule espace qui faisait office de cuisine et grimpa d'un bond sur le plan de travail. De ce poste d'observation, il passa l'appartement en revue, à la recherche de Tawny. Il reconnut des visages – Isabel et Kati, agglutinées dans un coin, faisant des messes basses comme d'habitude ; cette fille chauve et blême à l'air sinistre qui parlait à des petits garçons – mais la pièce était en grande partie bourrée d'étrangers.

Puis il la vit : ses cheveux blonds étaient reconnaissables entre mille. Ils étaient épais et ondulés et tombaient sur ses épaules bronzées parsemées de taches de rousseur, dont l'une était nue là où son top pêche avait glissé. Nate dut admettre que c'était hypersexy. Il constata qu'elle dansait avec Chuck Bass à grands coups de frotti-frotta : celui-ci avait dézippé sa chemise vert menthe et ondulait de façon suggestive, torse nu, sur un remix *dance* du morceau de Ciara. Beurk.

Nate sentit quelqu'un tirer sur la jambe de son treillis Trovata et baissa les yeux sur Serena qui lui souriait.

— Tu cherches qui ? demanda-t-elle en se hissant à côté de lui.

— Hé, fit Nate en l'aidant à monter.

Il était très heureux qu'une vieille amie vienne lui tenir compagnie.

Serena passa la pièce en revue et regarda dans la direction que Nate fixait intensément, contemplant l'exhibition presque obscène de Chuck et Tawny qui dansaient.

— Tu sais, lui murmura Serena à l'oreille (son souffle doux le chatouilla agréablement), tu n'as aucun souci à te faire. Chuck Bass n'est qu'un connard inoffensif en manque, et c'est pour cela que nous l'aimons.

— Je ne suis pas inquiet, répondit Nate. Ce n'est pas ça.

— Ah bon?

Elle connaissait Nate et se gardait bien de le croire ; côté filles, en gros, il avait toujours tort.

Elle est actrice, vous vous souvenez? Elle ne fait que *jouer* les idiotes.

— Je croyais que si, mais je me suis trompé, admit Nate. Hé, où vont-ils?

Tawny avait pris Chuck par la main et tous les deux se faufilèrent derrière une porte.

— C'est la salle de bains, observa Serena.

Double beurk.

— Tant pis, fit Nate en haussant les épaules.

Il avait dépassé le stade où les filles qui disparaissaient dans la salle de bains avec des mecs qu'elles connaissaient à peine l'intéressaient. Il se fichait bien de ce qui se passait derrière cette porte en ce moment. Puis, sur la piste de danse, pieds nus et rayonnante, il remarqua Olivia qui enlaçait fermement un garçon beaucoup plus grand en costume gris classique. Leurs lèvres se scellèrent et Nate dut fermer les yeux.

— Je me barre, marmonna-t-il.

Il en avait marre de cette soirée. Il adressa à Serena son sourire en coin familier et désarmant. Puis il descendit du plan de travail d'un bond et disparut dans la foule.

générique de fin

Serena demeura sur le plan de travail et ôta la cigarette qu'elle avait judicieusement coincée derrière son oreille gauche. Elle lissa les plis de la robe noire Bailey Winter qu'elle avait « empruntée », se pencha sur l'un des brûleurs de la cuisinière pour allumer sa cigarette. Elle tira une longue taffe, éteignit le brûleur et reporta son attention sur la piste de danse qui continuait à vibrer.

— Où est allé Nate? s'enquit Olivia en déboulant dans la cuisine comme un ouragan.

— Qui sait? dit Serena en riant et en aidant son amie à la rejoindre sur le plan de travail. (Elle lui donna une Merit Ultra Light et passa la scène en revue, un sourire satisfait sur ses lèvres parfaites.) Où est Jason?

— Il est descendu dans son appartement, expliqua Olivia. Il lui reste du poulet frit au frigo et je meurs de faim.

— Quelle chance tu as! roucoula Serena en lui reprenant la cigarette.

Ouais, c'est bien Olivia la plus veinarde.

Serena glissa sa main dans la sienne. Elle se pencha et murmura quelque chose à l'oreille de son amie, qui arborait ce soir l'un des fameux O de Bvlgari.

— Cet été va être génial.

Olivia posa sa tête brune sur l'épaule de sa copine.

— J'espère que les Hamptons seront assez grands pour nous tous.

Serena serra affectueusement son genou en guise de réponse. Olivia passa le séjour en revue. Si elle plissait les yeux, le spectacle qu'elle voyait ressemblait *à cent pour cent* à la scène de la fête dans *Diamants sur canapé*. Elle avait tant de fois rêvé à ce moment, elle avait vécu tant de fois le film dans sa tête qu'il lui semblait familier. C'était merveilleux.

Il y avait Kati et Isabel, qui portaient des robes Toca noires assorties et essayaient de cacher le fait qu'elles faisaient des messes basses sur Serena et Olivia ; elles lui souriaient en faisant des gestes tout excités. Olivia n'avait aucun mal à imaginer ce que ces deux-là racontaient sur elle. Il y avait Chuck Bass, qui faisait virevolter cette blonde bronzée et frivole, son torse nu trempé de sueur. Une personne sur deux regardait dans *leur* direction. Était-ce Serena ou Olivia qui avait captivé leur attention ? Cela importait-il, d'ailleurs ?

Pas du tout.

Le DJ – un type qui transpirait comme un forcené et que Bailey Winter ne pouvait s'empêcher de reluquer – changea de disque ; il avait dû lire dans les pensées d'Olivia : l'appartement s'emplit d'un rythme tendu en staccato, puis une voix sexy chanta des paroles extrêmement familières :

Moon River, wider than a mile…
I'll be crossing you in style, someday.
Dream maker, you heartbreaker…

— C'est moi ! s'écria Serena.

— Tu chantes incroyablement bien ! lui dit Olivia, sincère, en lui prenant la main.

Dans le film dans sa tête, c'était la scène de clôture idéale. La musique était parfaite, et la foule se déchaînait sur la piste. Un garçon adorable lui préparait une assiette de poulet froid en bas dans son appartement. Même si ce n'était qu'un taudis sans meubles, l'appartement était hyperglamour. Olivia jubilait. C'était son chez-elle. C'était sa fête. D'accord, le film se terminait, mais l'été ne faisait que commencer.

Avertissement : tous les noms de lieux, personnes et événements ont été modifiés ou abrégés afin de protéger les innocents. En l'occurrence, moi.

Salut à tous !

Ouh là là ! Je ne pensais pas qu'il était possible d'avoir une gueule de bois aussi méchante que celle que j'ai en ce moment, mais bon c'est de ma faute : quand vais-je apprendre à ne pas forcer sur le champagne ? Mais bon j'ai toujours su mettre de l'ambiance. Quelle fête ! Je suis sûre que ceux d'entre vous qui ont eu la chance d'être présents seront d'accord : la deuxième meilleure et plus grosse teuf de l'été. J'en connais une qui est en passe de devenir une super-maîtresse de maison, vous ne croyez pas ?

MÉLANGE DE GENRES

On meurt d'envie de savoir qui est rentré chez soi avec qui ? J'ai le dossier complet :
T est bel et bien le type d'un seul homme. Sitôt la soirée terminée, il a sauté dans le premier taxi disponible et a tracé jusqu'au Mercer où il a retrouvé son chéri top secret. Il paraît que ces deux-là ont passé les quarante-huit heures suivantes confortablement installés dans la suite nuptiale.
Ce fabuleux créateur, celui qui met un point d'honneur à garder ses Ray Ban d'aviateur effet miroir à l'intérieur la nuit, a attiré par la ruse le DJ beau comme un dieu dans son presbytère sur Park Avenue, avec, sans nul doute, la promesse d'une tenue gratuite provenant de sa nouvelle

collection pour hommes. Me demande si le DJ fera tourner des vinyles dans les Hamptons le reste de l'été…
S est allée se coucher toute seule. Cela tient-il du miracle ?
D et **V** ont partagé un taxi pour rentrer chez lui, enfin chez eux, dans l'Upper West Side, mais leur histoire d'amour est officiellement morte. Chambres à part, tout le monde. Chambres à part.
N a été aperçu dans un train de nuit LIRR[1] en direction de l'île, tout seul. Qu'est-il donc advenu de…
Cette fausse blonde de bas étage au faux bronzage ? Elle et **C** ont poursuivi la fête, fait la tournée des boîtes et terminé au Bungalow 8 à cinq heures du mat. On est toujours sans nouvelles d'eux.
Voulez savoir pourquoi **S** est allée au lit toute seule ? Parce que sa coloc a squatté en bas. Mais **O** n'était pas seule, c'est sûr…

SI NOUS PRENIONS DES VACANCES…

Hé, tout le monde, n'oublions pas que l'été, c'est fait pour se détendre. Juillet pointe le bout de son nez et d'ici le 14 juillet – n'est-ce pas l'anniversaire de quelqu'un ? – nous serons officiellement au milieu des vacances. On aura largement le temps de travailler à la rentrée, pour les exams de milieu de trimestre et les soirées étudiantes mixtes et sélect, et de penser aux entretiens que nous passerons pour décrocher les meilleurs stages en entreprise l'été prochain. C'est le moment de nous éclater, alors passons aux choses sérieuses et… décompressons. Oh, de qui je me fous ? Dans cette ville, nous ne décompressons jamais ! OK, peut-être que **N** le

1. Long Island Rail Road. *(N.d.T.)*

fait, mais nous autres ne ralentissons jamais. En parlant de ne jamais ralentir…

O va-t-elle briser un autre cœur ? Elle a déjà rejeté deux prétendants et nous ne sommes même pas en juillet !

S sera-t-elle capable de s'adapter à la vie hors caméras ? Partagera-t-elle les feux de la rampe avec **O** dans les Hamptons ou partira-t-elle à Hollywood où elle passera le reste de sa vie avec sa nouvelle meilleure amie, **T** ?

N se réconciliera-t-il avec **O** ? S'aplatira-t-il devant **S** ? Ou a-t-il enfin décidé de ne plus courir après les filles et de grandir ? Et entendra-t-on encore parler de son petit coup d'été ?

Moi penser que oui. Après tout il a encore beaucoup de boulot à faire dans la maison de son entraîneur de lacrosse…

Et les Hamptons ? Ce parc d'attractions pour riches et célèbres sera-t-il assez grand pour **O**, **S** et **N** ? Et le reste de l'élite de Manhattan ? Le décor change peut-être, mais les stars sont des acteurs de genre – elles ne changent jamais vraiment.

Et sérieusement : que se passe-t-il donc entre **V** et **D** ? Les chances qu'ils ressortent ensemble d'ici le 4 Juillet sont de trois contre une. Des parieurs par ici ?

Je reste sur l'affaire et j'obtiendrai des réponses. C'est, après tout, mon job d'été et je suis la plus grosse bosseuse que je connaisse. Il faut bien que quelqu'un s'y colle !

Vous m'adorez, ne dites pas le contraire,

gossip girl

Achevé d'imprimer sur les presses de

BUSSIÈRE

GROUPE CPI

à Saint-Amand-Montrond (Cher)
en août 2007

FLEUVE NOIR
12, avenue d'Italie
75627 Paris Cedex 13

— N° d'imp. : 71261. —
Dépôt légal : septembre 2007.

Imprimé en France